名家散文典藏

彩插版

迟子建散文精选

迟子建　著

长江出版传媒　长江文艺出版社

图书在版编目（CIP）数据

迟子建散文精选 / 迟子建著. -- 武汉：长江文艺出版社，2018.2（2021.11 重印）
（名家散文典藏：彩插版）
ISBN 978-7-5354-9904-2

Ⅰ. ①迟… Ⅱ. ①迟… Ⅲ. ①散文集－中国－当代 Ⅳ. ①I267

中国版本图书馆 CIP 数据核字(2017)第 191602 号

责任编辑：程华清　　　　　　　责任校对：毛　娟
封面设计：龙　梅　　　　　　　责任印制：邱　莉　杨　帆

出版：长江出版传媒　长江文艺出版社
地址：武汉市雄楚大街 268 号　　邮编：430070
发行：长江文艺出版社
http://www.cjlap.com
印刷：武汉珞珈山学苑印刷有限公司

开本：640 毫米×970 毫米　　1/16　印张：14.75　插页：6 页
版次：2018 年 2 月第 1 版　　　2021 年 11 月第 7 次印刷
字数：185 千字

定价：28.00 元

版权所有，盗版必究（举报电话：027—87679308　87679310）
（图书出现印装问题，本社负责调换）

目录

迟子建散文精选

名家散文典藏

◆ 第一部分 ◆

龙眼与伞 / 003

带箬帽的小鸟 / 006

两个人的电影 / 009

灯祭 / 012

撕日历的日子 / 016

会唱歌的火炉 / 019

哑巴与春天 / 022

动物们 / 025

农具的眼睛 / 029

邻里间的围栏 / 032

寒夜生花 / 036

女人的手 / 039

冰灯 / 042

红绿灯下 / 045

北方的盐 / 048

光与影 / 051

迟子建散文精选

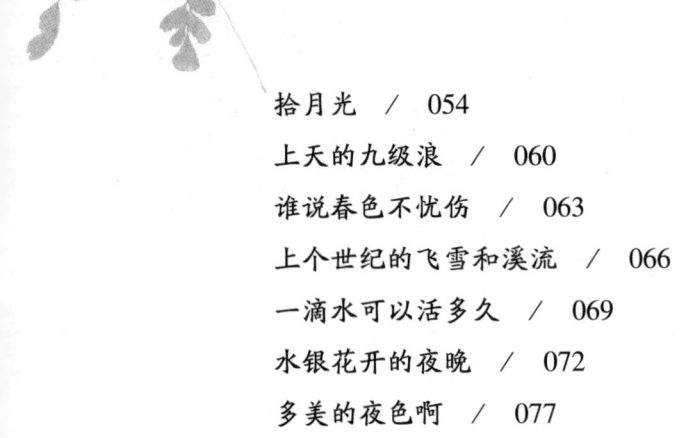

拾月光 / 054
上天的九级浪 / 060
谁说春色不忧伤 / 063
上个世纪的飞雪和溪流 / 066
一滴水可以活多久 / 069
水银花开的夜晚 / 072
多美的夜色啊 / 077
我的世界下雪了 / 080

◆ 第二部分 ◆

我对黑暗的柔情 / 087
雪山的长夜 / 090
奏捷之驿 / 093
周庄遇痴 / 097
苍苍琴 / 101
鲁镇的黑夜与白天 / 104
西栅的梆声 / 109

紫气中的烟火 / 113

听时光飞舞 / 116

飞向泥土的箭 / 120

尼亚加拉的彩虹 / 123

酒吧中的欧洲杯 / 127

废墟上的雄鹰和蝴蝶 / 130

艺术之"缘" / 134

柏林墙的第十七层防线 / 137

阿尔卡拉的王冠 / 140

光明于低头的一瞬 / 143

听海的心 / 146

最苍凉的海岸 / 150

◆ 第三部分 ◆

落红萧萧为哪般 / 157

小说的丛林 / 162

藩篱外的青草 / 166

锁在深处的蜜 / 169

原来姹紫嫣红开遍

　　——关于年货的记忆 / 171

是谁扼杀了哀愁 / 176

论谦卑 / 179

石头的诉说 / 183

静止航行的船 / 187

像雪花一样盛开 / 189

《收获》的女声部 / 191

琥珀年华 / 194

我的梦开始的地方 / 197

中篇的江河 / 202

文学的"求经之路" / 215

第一部分

龙眼与伞

大兴安岭的春雪,比冬天的雪要姿容灿烂。雪花仿佛沾染了春意,朵大,疏朗。它们洋洋洒洒地飞舞在天地间,犹如畅饮了琼浆,轻盈,娇媚。它们似乎知道自己的美丽,不像冬天的雪往往在夜里下,它们喜欢白天时从天庭下来,安抚着人们掠美的眼神。

我是喜欢看春雪的,这种雪下得时间不会长,也就两三个小时。站在窗前,等于是看老天上演的一部宽银幕的黑白电影。山、树、房屋和行走的人,在雪花中闪闪烁烁,气象苍茫而温暖,令人回味。

去年,我在故乡写作长篇《额尔古纳河右岸》。四月中旬的一个下午,正写得如醉如痴,电话响了。是妈妈打来的。她说,我就在你楼下,下雪了,我来给你送伞,今天早点回家吃饭吧。

没有比写到亢奋处遭受打扰更让人不快的了。我懊恼地对妈妈说,雪有什么可怕的,我用不着伞,你回去吧,我再写一会儿。妈妈说,我看雪中还夹着雨,怕把你浇湿,你就下来吧!我终于忍耐不住了,冲妈妈无理地说,你也是,来之前怎么不打个电话?问问我需不需要伞?我不要伞,你回去吧!

我挂断了电话。听筒里的声音消逝的一瞬,我马上意识到自己犯了最不可饶恕的错误!我跑到阳台,看见飞雪中的母亲撑着一把天蓝色的伞,微弓着背,缓缓地朝回走。她的腋下夹着一把绿伞,那是为我准备的啊。我想喊住她,但羞愧使我张不开口,只是默默地看着她

迟子建
散文精选

渐行渐远。

也许是太沉浸在小说中了，我竟然对春雪的降临毫无知觉。从地上的积雪看得出来，它来了有一两个小时了。确如妈妈所言，雪中夹杂着丝丝细雨，好像残冬流下的几行清泪。做母亲的，怕的就是这样的泪痕会淋湿她的女儿啊！而我却粗暴地践踏了这份慈爱！

从阳台回到书房后，我将电脑关闭，站在南窗前。窗外是连绵的山峦，雪花使远山隐遁了踪迹，近处的山也都模模糊糊，如海市蜃楼。山下没有行人，更看不到鸟儿的踪影。这个现实的世界因为一场春雪的造访，而有了虚构的意味。看来老天也在挥洒笔墨，书写世态人情。我想它今天捕捉到的最辛酸的一笔，就是母亲夹着伞离去的情景。

雪停了。黄昏了。我锁上门，下楼，回妈妈那里。做了错事的孩子最怕回家，我也一样。朝妈妈家走去的时候，我觉得心慌气短。妈妈分明哭过，她的眼睛红肿着。我向她道歉，说我错了，请她不要伤心了，她背过身去，又抹眼泪了。

我知道自己深深伤害了她。我结婚时，最高兴的就是她了，她知道自己把女儿交给了一个最放心的人。我爱人去世后，她大病一场，一年中衰老了许多。她大约知道无人疼怜我了，向我张开了衰老的臂膀，把她那受了命运伤害的孩子又揽回怀中，小心呵护着。可我虽然四十多岁了，在她面前，却依然是个任性的孩子。

母亲看我真的是一副悔过的表情，便在晚餐桌上，用一句数落原谅了我。她说：以后你再写东西时，我可不去惹你！

《额尔古纳河右岸》初稿完成后，我来到了青岛，做长篇的修改。那正是春光融融的五月天。有一天午后，青岛海洋大学文学院的刘世文老师来看我，我们坐在一起聊天。她对我说，她这一生，最大的伤痛就是儿子的离世。刘老师的爱人从事科考工作，常年在南极，而刘老师工作在青岛。他们工作忙，所以孩子自幼就跟着爷爷奶奶，在沈阳生活。十几年前，她的孩子从沈阳一个游乐园的高空意外坠下身亡。事故发生后，沈阳的亲属给刘老师打电话，说她的孩子生病了，想妈妈，让她回去一趟。刘老师说，她有一种不祥的预感，觉得儿子可能已经不在了，否则，家人不会这么急着让她回去。刘老师说她坐上开

往沈阳的火车后，脑子里全都是儿子的影子，他的笑脸，他说话的声音，他喊"妈妈"时的样子。她黯然神伤的样子引起了别人的同情，有个南方籍的旅客抓了几颗龙眼给她。刘老师说，那个年代，龙眼在北方是稀罕的水果，她没吃过，她想儿子一定也没吃过。她没舍得吃一颗龙眼，而是一路把它们攥在掌心，想着带给儿子。

　　刘老师讲到这里哽咽了，我的眼睛也湿了。我不敢设想她带着那几颗龙眼去看儿子时的场景。

　　那个时刻，我的眼前蓦然闪现出春雪中妈妈为我送伞的情景。母爱就像伞，把阴晦留给自己，而把晴朗留给儿女。母爱也像那一颗颗龙眼，不管表皮多么干涩，内里总是深藏着甘甜的汁液。

带笤帚的小鸟

去年冬天，老天也不知有什么喜事，把大兴安岭当作了欢庆的道场，每隔七八天，就向那里发射一场礼花般的雪花。我在哈尔滨，一早一晚给母亲打电话请安时，她常常对我说："咱这儿又下雪了！"她从来都用"咱"来形容我自幼长大的地方，因为在她眼里，不管我走多远，那儿才是我真正的家。

她最初报告雪的消息时，语气是欣喜的；可是后来雪越来越大，她就抱怨了。她足不出户，可她的儿女们要上下班，雪天行路的艰难，她是知道的；而且雪来得频了，寒流入侵，室温开始下降，这对于腰腿不好的她来说，实在不美妙。更重要的是，大雪封山后，鸟儿找不到吃的，成了流浪汉，一群群地在窗外盘旋。

我们在故乡的居室，靠近山脚。山下有河流、树丛和庄稼地，春夏秋三季，它们就是飞鸟的乐园。鸟儿喜食的粮食和虫子，在那里都可觅到。想必吃得美吧，这时节的鸟儿，活泼明丽极了。

可是大雪封山后则不一样了，鸟儿可食的东西，都被掩埋住了！别看雪花是柔软的，它们一旦形成规模，积雪盈尺，那就成了一堵封在大地上的白色石墙，鸟儿尖利的喙儿，也奈何不了它。

母亲怜惜那些鸟儿，她异想天开，打开窗户，将小米撒到户外的窗台上，打算喂喂它们。

自从撒了谷物，她每天起床后的第一件事，就是奔到窗前，看外

面的小米是否还是原样。

开始的几天，母亲在电话中跟我嘟囔："你说那些小鸟多傻呀！飞来飞去的，也不知低头看看窗台！你说它们眼睛不好使了，鼻子也不好使了？怎么就闻不到米味呢？"

我在电话这端直乐，逗她："小鸟可能嫌小米不好吃吧？"

母亲的声音提高了："那它们还想吃什么！"

话虽这么说，母亲又在窗台摆上了另外的食物：葵花子。

几天后的一个早晨，我正美美地睡回笼觉呢，母亲兴冲冲地打来电话报告："小鸟来吃米啦——吃了一大片！"

母亲说，天还没亮，迷迷糊糊中，她听见窗外有鸟儿叽叽喳喳叫。她并没太理会，以为它们不过如往日般一掠而过，哪想到是在享用窗台的小米呢。

打这天起，小鸟就成了我们家族的一员，母亲在电话里，几乎每天都要聊到它们。母亲说来吃米的鸟儿的队伍，逐日扩大，想必这是它们互相吆喝的结果。她还虚拟着鸟们之间的通话："哎，这家有米吃，快去吧！"说是这样一传十，十传百，小鸟越来越多。原来两把米够它们吃一天的，现在得好几捧了。弟弟去粮油店，特意买了袋小米，专供喂养。我吓唬母亲，说是山中的小鸟要是都知道她的窗台有米可吃，估计一天一袋米都不够。母亲豪迈地说："让它们可劲吃，吃不穷！"

在我想来，母亲喂鸟，也有点"还债"的意思。多年以前，姐夫在春天时，喜欢张网捕鸟。捕到的鸟，用开水秃噜掉毛，再用剪子铰了它们的腿，用盐渍了，油炸吃了。母亲说那时她没有阻止姐夫捕鸟，还吃它们，犯了大罪！她的腿摔伤骨折过两次，本来是路面的冰雪作的祟，可她偏说这是动剪子铰小鸟的腿，遭了报应了！所以母亲喂养找不到食物的鸟儿，我们姊妹都积极支持，起码这对她的心理，是个莫大的安慰。

大兴安岭很少有这样的奇寒，连续多日，气温都徘徊在零下四十度。由于每天早晨开窗给鸟儿撒食，而室内外温差有六十多度，母亲受了风寒，咳嗽起来。从此后，她撒米时，要戴上帽子，围上围巾。

迟子建
散文精选

母亲告诉我，小鸟儿很胆小，总是天不亮就过来吃食。等人们起来，它们就无影无踪了。我说在它们的经验里，居民区里的粮食，都是诱饵，贪吃后往往丧失自由，所以警惕性高。兴许再过一段，它们白天也会来的。还真被我说着了，没过多少日子，母亲欣喜地说小鸟白天也来吃食了，它们吃饱了，还在窗台蹦蹦跶跶的，朝窗里望呢。

窗里当然有可望的了。母亲爱花，在窗台摆了一溜儿盆花。杜鹃，仙鹤来，兰花，还有我叫不上名字的一些草花，红红白白地开了满窗台。我想小鸟儿在户外望着那些花时，一定很疑惑：这家人，大雪天的，怎么过着春天的日子呢？

鸟儿赏花的时候，母亲也在窗前悄悄赏它们。它们在不经意间，也成了她眼里的春色了！置身于一个鸟语花香的世界，想来母亲是不会寂寞的。

有一天，母亲神神秘秘地对我说，因为小鸟来得太多，吃得太多，外面窗台上积了厚厚一层鸟粪。爱洁的姐姐，有天抱怨起来，说是开春时，还得清理窗台上的鸟粪，实在麻烦。母亲说真奇怪，姐姐说完那话，第二天早晨起来，她发现窗台的鸟粪，差不离都消失了！好像知情的鸟儿听着了那话，连夜把鸟粪给打扫干净了。她问我，是不是夜里刮大风给吹没影的？我说不大可能，因为鸟粪遗落的一瞬是新鲜的，它会被寒风，牢牢地冻结在窗台上。再肆虐的风，到了窗台都是强弩之末，不可能吹落鸟粪。母亲感慨地说："那还真是小鸟自己打扫的呀。"

在我眼里，小鸟的爪子就是笤帚。想想看，每只鸟都绑着一双小笤帚，它们清理起阳台的鸟粪，当然是一夜之间的事情啦。

两个人的电影

母亲今春血压居高不下,我怀疑是故乡的寒冷气候使然,劝她来哈尔滨住上一段,换换水土,她来了。说也怪,她到后的第二天,血压就降了下来,恢复正常。我眼见着她的气色一天天好看起来,指甲透出玫瑰色的光泽。她在春光中恢复了健康,心境自然好了起来。她爱打扮了,喜欢吃了,爱玩了,甚至偶尔还会哼哼歌。每天她跟我出去散步,看待每一株花的眼神都是怜惜的。按理说,哈尔滨的水质和空气都不如故乡的好,可她却如获新生,看来温暖是最好的良药啊。

白天,我看书的时候,母亲也会看书。她从我的书架上选了一摞书,《红楼梦》《毛泽东的晚年生活》《慈禧与我》《"文化大革命"十年史》等,摆在她的床头柜上。受父亲影响,她不止一次读过《红楼梦》,熟知哪个丫鬟是哪一府的,哪个小厮的主子又是谁。大约一周后,她把《红楼梦》放回去,对我说,后两卷她看得不细。母亲说《红楼梦》好看的还是前两卷,写的都是吃呀喝呀玩呀的事情,耐看。而且,宝玉和黛玉那时还天真着,哥哥妹妹斗嘴斗气是讨人喜欢的。到了后来,宝玉和宝钗一结婚,小说就不好看了。母亲对高鹗的续文尤其不能容忍,说他不懂趣味,硬写,把人都搞得那么惨,读来冷飕飕的。她对《红楼梦》的理解令我吃惊,起码,她强调了小说趣味性的重要。

母亲对历史的理解也是直观朴素的。那段时间,我正看关于康有

迟子建
散文精选

为的一些书籍，有天晚饭同她聊起康有为，她说，这个人不好啊，他撺掇着光绪闹变法，怎么样？变法失败了，他跑了。要是不听他，光绪帝能死吗！为了证明她的判断是正确的，她拿来《慈禧与我》，说那里面有件事涉及康有为，也能证明他的不仁义。母亲翻来翻去，找不见那页了，她撇下书，对我说："不管怎么着，连累了别人的人，不是好人啊。"康有为就这样被她给定了性。

我想让母亲在哈尔滨过得丰富些，除了带她到商场购物，去饭店享受美食，去植物园看牡丹和郁金香外，还带她进剧场。我陪她看了一场京剧，是省京剧院在五月份推出的"京剧现代戏经典剧目回顾"展，上演的是《红色娘子军》《沙家浜》《磐石湾》《海港》等的片段。当舞台上出现穿着蓝军服、戴着红袖标的娘子军时，母亲直摇头。而到了《磐石湾》的演员演唱"负伤痛冲破千层巨浪"时，她干脆堵起了耳朵。好不容易挨到戏散，她得救般地对我说："这样板戏有什么好看的？太难听了！现在怎么还演这个？这东西怎么还成了'经典'了？"母亲接着说了一大堆传统折子戏的名字，什么《打渔杀家》《贵妃醉酒》《霸王别姬》《杜十娘》《空城计》等，她说："还得是这些老戏是个东西啊，样板戏那叫什么玩意啊。"听了她的话，我回去后给她放梅兰芳的唱碟，谁知她对我说："换了换了，我最不喜欢梅兰芳的戏了。"我诧异，问她为什么？她说："我不喜欢男人扮女声，听起来不舒服。"母亲真是本色到家了。

刘老根大舞台最近落户哈尔滨的工人文化宫，每晚都有演出，场面很火爆。我约母亲一同去看，她说："那东西有什么看头？就是耍嘛！"母亲伸出手来，绘声绘色地学着演员："这边观众的掌声不热烈呀，给点掌声好不好啦？"她说她受不了这个。不过她没有拗过我，有一天，我还是把她拉到剧场。虽然不是周末，但上座率还是很高。母亲说得没错，演出一开始，演员就朝观众要掌声，有的还蹦下台，在观众席中怂恿观众鼓掌。高分贝的音乐震耳欲聋，母亲再次堵起了耳朵，一副痛苦状。演出只到半程，当又一位演员出场后耸着肩膀嬉皮笑脸地要掌声时，母亲终于忍不住了，她几乎是用命令的口气大声对我说："咱走吧！"，我也没有料到演出是那么低俗，赶紧跟着她出

来了。出了剧场,她长吁了一口气,对我说:"怎么样?我说就是个'耍'嘛。花着钱遭着罪,再坐下去,我都要犯心脏病了!"

有一天,我和母亲黄昏散步时路过文化宫,看见王全安导演的《图雅的婚事》在上映,立刻买了两张票。我知道这部电影在威尼斯国际电影节上拿了奖。按照票上的时间,它应该开演五分钟了,我正为不能看到开头而懊恼呢,谁知到了小放映厅门口却吃了闭门羹。原来,这场电影只卖出这两张票,放映厅还没开呢。我找来放映员,他说坐飞机要是一个乘客,人家都得给飞,电影票呢,哪怕只卖出一张,他也会给放的。放映员打开门,为我和母亲放了专场电影。当银幕上出现了蒙古包、羊群和纯朴的牧民时,母亲慨叹了一句:"这是真景啊。"母亲看过两部流行大片,对里面电脑制作的假景很反感,所以这真实的场景让她觉得亲切。故事很简单,一个女人征婚,要带着"无用"的丈夫嫁人。而这个丈夫之所以"废"了,是因为打井所致的。这背后透视出的是草原缺水的严峻现实。虽然它与多年前轰动一时的《老井》有似曾相识之处,但影片拍得朴素,自然,苍凉而又温暖,我和母亲被吸引住了,完整地把它看完了。出了影厅,只见大剧场刘老根大舞台的演出正在高潮,演员在台上热闹地和观众做着互动,掌声如潮。

我和母亲有些怅然地在夜色中归家,慨叹着好电影没人看。快到家的时候,母亲忽然叹息了一声对我说:"我明白了,你写的那些书,就跟咱俩看的电影似的,没多少人看啊。那些花里胡哨的书,就跟那个刘老根大舞台一样,看的人多啊。"

母亲的话,让我感动,又让我难过。我没有想到,这场两个人的电影,会给她那么大的触动。那一瞬间,我觉得自己是幸运的,因为有母亲在,我生命中的电影,就永远不会是一个人的啊。

灯祭

父亲在世时,每逢过年我就会得到一盏灯。那灯是不寻常的。

从门外的雪地上捡回一个罐头瓶,然后将一瓢滚热的开水倒进瓶里,啪的一声,瓶底均匀地落下来,灯罩便诞生了。赶紧用废棉花将灯罩擦得亮亮的,亮到能看清瓶中央飞旋的灰尘为止。灯的底座是圆形的,木制,有花纹,面积比灯罩要大上一圈,沿边缘对称地钻两个眼,将铁丝从一只眼穿过去,然后沿着底座的直径爬行,再扎入另一只眼中,铁丝在手的牵引下像眼镜蛇一样摇摆着身子朝上伸展,两个端头一旦汇合扭结在一起,灯座便大功告成了。那时候从底座中心再钉透一根钉子,把半截红烛固定在钉子上。待到夜幕降临时,轻轻捧起灯罩,嚓地点燃蜡烛,敛声屏气地落下灯罩,你提着这盏灯就觉得无限风光了。

父亲给我做这盏灯总要花上很多工夫。就说做灯罩,他总要捡回五六个瓶才能做成一个。不是把瓶子全炸碎了,就是瓶子安然无恙地保持原状,再不就是炸成功了,一看却是一只猪肉罐头瓶子,怎么擦都混浊,只好弃了。

尽管如此,除夕夜父亲总能让我提到一盏称心如意的灯。没有月亮的除夕里,这盏灯就是月亮了。我怀揣着一盒火柴提着灯走东家串西家,每到一家都将灯吹灭,听人家夸几句这灯看着有多好,然后再心满意足地擦根火柴点燃灯去另一家。每每转回到家里时,蜡烛烧得

只剩下一汪油了。

那时父亲会笑吟吟地问:"把那些光全折腾没了吧?"

"全给丢在路上了。"我说,"剩下最亮的光赶紧提回家来了。"

"还真顾家啊。"父亲打趣着我去看那盏灯。那汪蜡烛油上斜着一束蓬勃芬芳的光,的确是亮丽至极,将死的光芒总是灿烂夺目的。

过年要让家里里外外都是光明。所以不仅我手中有灯,院子里也是有灯的。院子中的灯有高有低。高高在上的灯是红灯,它被挂在灯笼杆的顶端,灯笼穗长长的,风一吹,唰唰响。低处的灯是冰灯,冰灯放在窗台上,放在大门口的木墩上,冰灯就能照亮它周围的一些景色,所以除夕夜藏猫猫要离冰灯远远的。无论是高出屋脊的红灯还是安闲地坐在低处的冰灯,都让人觉得温暖。但不管它们多么动人,也不如父亲送给我的灯美丽。

因为有了年,就觉得日子是有盼头的。而因为有了父亲,年也就显得有声有色。而如果又有了父亲送我的灯,年则妖娆迷人了。

年一过去后,新衣服就脱下来了,灯也收了,院子里黑漆漆的,那时候我就会望着窗外的雪花发怔,心想:原来一年之中只有几天好日子啊。人为了那几天充满光明的好日子,就要整整辛苦一年。嗨。

我一年年地长大了,父亲不再送灯给我,我已经不是那个提着灯串来串去的小孩子了。我开始在灯下想心事。但每逢除夕,院子里照例要在高处挂起红灯,在低处摆上冰灯。

然而父亲没能走到老年就去世了。父亲去世的当年我们没有点灯。别人家的院子灯火辉煌,我们家却黑漆漆的。我坐在暗处想:点灯的时候父亲还不回来,看来他是迷了路了。我多想提着父亲送我的灯到路上接他回来啊。爸爸,回家的路这么难找啊?

从此之后,虽然照例要过年,但是再也没有接受灯的那种福气了。

一进腊月,家里就忙年了。姐姐会来信叙说年忙到什么地步了,比如说被子拆洗完了,年干粮也蒸完了,各种吃食采买得差不多了,然后催我早点回家过节。所以,不管我身在西安、北京还是哈尔滨,总是千里迢迢地冒着严寒朝家奔。当然,今年也不例外。

腊月廿六我赶回家中,母亲知道这个日子我会回去的。因为腊月

迟子建
散文精选

廿六要请父亲回家过年。

我们就去看父亲了。给他献过烟和酒，又烧（捎）了些钱，已经成家立业的弟弟就叩头对父亲说：

"爸爸我有自己的家了，今年过年去儿子家吧，我家住在——"

弟弟把他家的住址门牌号重复了几遍，怕他记不住。我又补充说："离综合商场很近。"父亲生前喜欢到综合商场买皮蛋来下酒，那地方想必他是不会忘的。

父亲的房子上落着雪，周围都是雪，还有树，有时从树林深处传来鸟鸣。太阳极端明亮。

我们一边召唤着父亲回家过年，一边离开墓地。因为母亲在姐姐家，所以弟弟也跟着来了。我们都喜欢姐姐家的孩子小虎，他刚过周岁，已经会走路了，非常漂亮。

一进门母亲就抱着小虎从里屋出来了。我点着小虎的脑门说："把你姥爷领回来过年了。"

小虎乐了，他一乐大家也乐了。

当夜小虎哭个不休。该到睡觉的时辰了，他就是不睡。母亲关了灯，千般万般地哄，他却仍然嘹亮地哭着。直到天亮时，他才稍稍老实起来。

姐夫说："可能咱爸跟到这来了，夜里稀罕小虎了。"

说得跟真事似的，我们都信了。

父亲没有看过他的外孙，而他生前又是极端喜欢孩子的。我们从墓地回来，纷纷到了姐姐家，他怎么会路过女儿的家门而不入呢？而他一进门就看见了小虎，当然更舍不得离开了。

母亲决定把父亲送到弟弟家去。

早饭后，母亲穿戴好后推起自行车，对父亲说："孩子也稀罕过了，跟我到儿子家去过年吧。"

母亲哄孩子一般地说："慢慢跟着走，街上热闹，可别东看西看的，把你丢了，我可就不管了。"

我心想：这回母亲要把父亲丢了，一定是丢到街上的酒馆了。

母亲把父亲送走的当夜，小虎果然睡了个安稳觉。第二天早晨起

来他挨个屋子走了一遍，咕噜着，一双黑莹莹的眼睛东看西看的，仿佛在找什么，小虎是不是在想：姥爷到哪去了？

初三过后，父亲要被送回去了。我愿意请他回来，而永远不希望送他回去。天那么冷，他又有风湿病，一个人朝回走会是什么样的心情呢？

正月十五到了。这天是我的生日。二十八年前，一个落雪的黄昏，我降临人世了。那时窗外还没有挂灯，天似亮非亮，似冥非冥，父亲便送我一个乳名：迎灯。没想到我迎来了千盏万盏灯，却再也迎不来幼时父亲送给我的那盏灯了。

走在冷寂的大街上，忽然发现一个苍老的卖灯人。那灯是六角形的，用玻璃做成的，玻璃上还贴着"福"字，我立刻想到了父亲，正月十五这一天，父亲的院子该有一盏灯的。

我买下了一盏灯。天将黑时，将它送到了父亲的墓地。嚓地划根火柴，周围的夜色就颤动了一下，父亲的房子在夜色中显得华丽醒目，凄切动人。

这是我送给父亲的第一盏灯。

那灯守着他，虽灭犹燃。

撕日历的日子

又是年终的时候了，我写字台上的台历一侧高高隆起，而另一侧却薄如蝉翼，再轻轻翻几下，三百六十五天就在生活中沉沉谢幕了。厚厚的那一侧是已逝的时光，由于有些日子上记着一些人的地址和电话，以及偶来的一些所思所感，所以它比原来的厚度还厚，仿佛说明着已去岁月的沉重。它有如一块沉甸甸的砖头，压在青春的心头，使青春慌张而疼痛。

发明台历的人大约是个年轻人，岁月于他来讲是漫长的，所以他让日子在长方形的铁托架上左右翻动，不吝惜时光的消逝，也不怕面对时光。当一年万事大吉时，他会轻轻松松地把那一摞用过的台历捆起，随便扔到什么地方让它蒙尘，因为日子还多得是呢。而对于中老年人来说，看着那一摞摞用过的台历，也许会有一种人生如梦的沧桑感。

于是想到了撕日历。

小的时候，我家总是挂着一个日历牌，我妈妈叫它"阳历牌"，我们称它"月份牌"。那是个硬纸板裁成的长方形的彩牌，上面是嫦娥奔月的图画：深蓝的天空，一轮无与伦比的圆月，一些隐约的白云以及袅娜奔月的嫦娥飘飞的裙裾。下面是挂日历的地方，纸牌留着一双细眯的眼睛等着日历背后尖尖的铁片插进去，与它亲密地吻合。那时候我每天最喜欢做的事情就是撕日历。早晨一睁开眼，便听得见灶

房的柴火噼啪作响，有煮粥或贴玉米饼子的香味飘来。这基本上是善于早起的父亲弄好了一家人的早饭。我爬出被窝的第一件事不是穿衣服，而是赤脚踩着枕头去撕钉在炕头被架子一侧的月份牌，凡是黑体字的日子就随手丢在地上，因为这样的日子要去上学，而到了红色字体的日子基本上都是星期天，我便捏着它回到被窝，亲切地看着它，觉得上面的每一个字母都漂亮可爱，甚至觉得纸页泛出一股不同寻常的香气。于是就可以赖着被窝不起来，反正上课的钟在这一天成了哑巴，可以无所顾忌地放纵自己。有时候父亲就进来对炕上的人喊："凉了凉了，起来了！"

"凉了"不是指他，是指他做的饭。反正灶坑里有火，凉了再热，于是仍然将头缩进被窝，那张星期日的日历也跟了进来。父亲是狡猾的，他这时恶作剧般地把院子中的狗放进睡房，狗冲着我的被窝就摇头摆尾地扑来，两只前爪搭着炕沿，温情十足地呜呜叫着，你只好起来了。

有时候我起来后去撕日历，发现它已经被人先撕过了，于是就很生气，觉得这一天的日子都会没滋味，仿佛我不撕它就不能拥有它似的。

撕去的日子有风雨雷电，也有阳光雨露和频降的白雪。撕去的日子有欢欣愉悦，也有争吵和悲伤。虽然那是清贫的时光，但因为有一个团圆的家，它无时不散发出温馨气息。被我撕掉的日子有时飘到窗外，随风飞舞，落到鸡舍的就被鸡一轰而啄破，落到猪圈的就被猪给拱到粪里也成为粪。命运好的落在菜园里，被清新的空气滋润着，而最后也免不了被雨打湿，沤烂后成为泥土。

有会过日子的人家不撕日历，用一根橡皮筋勒住月份牌，将逝去的日子一一塞进去，高高吊起来，年终时拿下来就能派上用场。有时女人们用它给小孩子擦屁股，有时候老爷爷用它们来卷黄烟。可我们家因为有我那双不安分的手，日子一个也留不下来，统统飞走了。每当白雪把家院和园田装点得一派银光闪闪的时候，月份牌上的日子就薄了，一年就要过去了，心中想着明年会长高一些，辫子会更长一些，穿的鞋子的尺码又会大上一号，便有由衷的快乐。新日子被整整齐齐

迟子建
散文精选

地装订上去后，嫦娥仍然在日复一日地奔月，那硬纸牌是轻易不舍得换的。

长大以后，家里仍然使用月份牌，只是我并不那么有兴趣去撕它了，可见长大也不是什么好事情。待到上了师专，住在学生宿舍，根本没日历可看，可日子照样过得一个不错。也就是在那一时期，商店里有台历卖了，于是大多数人家就不用月份牌了。我自然而然地结束了撕日历的日子。

我在哈尔滨生活的这几年才算像模像样过起了日子，每天早晨起来的第一件事就是翻台历，让它由一侧到另一侧。当两侧厚薄几乎相等时，哈尔滨会进入最热的一段日子。年终时我将用过的台历用线绳串起，然后放到抽屉里保存起来。台历上有些字句也分外有趣，如一九九三年二月十四日记载着"不慎打碎一只花碗"；而二月二十八日则写着"一夜未睡好，梦见戒指断了，起床后发现下雪了"；八月二十八日是"天边出现双彩虹，苦瓜汤真好喝"！

到了一九九四年的一月十九日，是腊月初八的日子，东北人喜欢这天煮"腊八粥"，我在这天的日历上记着："煮八宝粥。材料：大米、小米、绿豆、小楂子、葡萄干、核桃仁、大枣、花生"。三月三日写着"武则天墓被万人践踏，只因为她践踏了万人"。而七月十一日是"德国队以１：２败给保加利亚队。保加利亚用火一样的激情焚烧了陈旧的德国战车"（好像引自一位体育评论记者之言）。

台历有意无意成了我的简易日记本，当然就更加有收藏价值了。不管多么不愿意面对逝去的日子，不管多么不愿意让青春成为往事，可我必须坦然面对它。当我串起一九九五年的台历、将一九九六年散发着墨香气的日子摆在铁皮架上时，我仍然会在上面简要书写一些我的所作所为、所思所感的。如果能把幼时已撕去的日历一一拾回，也许已故的父亲就会复活，他又会放一条狗进我的睡房催我起床，也许我家在大固其固的那个已经荒芜了的院落又会变得绿意盈门。但日子永远都是：过去了的就成为回忆。

可它毕竟深深地留在了心底。当我年事已高，将台历的日子看花了，翻台历的手哆嗦不已时，嫦娥肯定还在奔月。

会唱歌的火炉

我的少年时代是在大兴安岭度过的。那里一进入九月,大地的绿色植物就枯萎了,雪花会袅袅飘向山林河流,漫长的冬天缓缓地拉开了帷幕。

冬天一到,火炉就被点燃了,它就像冬夜的守护神一样,每天都要眨着眼睛释放温暖,一直到次年的五月,春天姗姗来临时,火炉才能熄灭。

火炉是要吞吃柴火的,所以,一到寒假,我们就得跟着大人上山拉柴火。

拉柴火的工具主要有两种:手推车和爬犁。手推车是橡皮轮子的,体积大,既能走土路装载又多,所以大多的人家都使用它。爬犁呢,它是靠滑雪板行进的,所以只有在雪路上它才能畅快地走,一遇土路,它的腿脚就不灵便了,而且它装载小,走得慢,所以用它的人很零星。

我家的手推车买的是二手货,有些破旧,看上去就像一个辛劳过度的人,满面疲惫的样子。它的车胎常常慢撒气,所以我们拉柴火时,就得带着一个气管子,给它打气。否则你装了满满一车柴火要回家时,它却像一个饿瘪了肚子的人蹲在地上,无精打采的,你又怎么能指望它帮你把柴火运出山呢!

我们家拉柴火,都是由父亲带领着的。姐姐是个干活实在的孩子,所以父亲每次都要带着她。弟弟呢,那时虽然他也就是八九岁的光景,

迟子建
散文精选

但父亲为了让他养成爱劳动的习惯，时不时也把他带着。他穿得厚厚的跟着，看上去就像一头小熊。我们通常是吃过早饭就出发，我们姊妹三人推着空车上山，父亲抽着烟跟在我们身后。冬日的阳光映照到雪地上，格外的刺眼，我常常被晃得睁不开眼睛。父亲生性乐观，很风趣，他常在雪路上唱歌、打口哨。他的歌声有时会把树上的鸟给惊飞了。我们拉的柴火，基本上是那些风刮倒的树木，它们已经半干了，没有利用价值，最适宜做烧柴。那些生长着的鲜树，比如落叶松、白桦、樟子松是绝对不能砍伐的，可伐的树，我记得有枝丫纵横的柞树和青色的水冬瓜树。父亲是个爱树的人，他从来不伐鲜树，所以我们家拉烧柴是镇上最本分的人家。为了这，我们就比别人家拉烧柴要费劲些，回来得也会晚。因为风倒木是有限的，它们被积雪覆盖着，很难被发现。我最乐意做的，就是在深山里寻找风倒木。往往是寻着寻着，听见啄木鸟"笃笃"地在吃树缝中的虫子，我就会停下来看啄木鸟；而要是看见了一只白兔奔跑而过，我又会停下来看它留下的足迹。由于玩的心思占了上风，所以我找到倒木的机会并不多。往往在我游山逛景的时候，父亲的喊声会传来，他吆喝我过去，说是找到了柴火，我就循着锯声走过去。父亲用锯把倒木锯成几截，粗的由他扛出去，细的由我和姐姐扛出去。把倒木扛到放置手推车的路上，总要有一段距离。有的时候我扛累了，支持不住了，就一耸肩把倒木丢在地上，对父亲大声抗议："我扛不动！"那语气带着几分委屈。姐姐呢，即使那倒木把她压得抬不起头来，走得直摇晃，她也咬牙坚持着把它运到路面上。所以成年以后，她常抱怨说，她之所以个子矮，完全是因为小的时候扛木头给压的。言下之意，我比她长得高，是由于偷懒的缘故。为此，有时我会觉得愧疚。

冬天的时候，零下三四十度的气温是司空见惯的。在山里待得时间久了，我和弟弟都觉得手脚发凉。父亲就会划拉一堆枝丫，为我们笼一堆火。洁白的雪地上，跳跃着一簇橘黄的火焰，那画面格外的美。我和弟弟就凑上去烤火。因为有了这团火，我和弟弟开始用棉花包裹着几个土豆藏到怀里，带到山里来，待父亲点起火后，我们就悄悄把土豆放到火中，当火熄灭后，土豆也熟了，我们就站在寒风中吃热腾

腾、香喷喷的土豆。后来父亲发现了我们带土豆，他没有责备我们，反而鼓励我们多带几个，他也跟着一起吃。所以，一到了山里，烧柴还没扛出一根呢，我就嚷着冷，让父亲给我们点火。父亲常常嗔怪我，说我是只又懒又馋的猫。

  天越冷，火炉吞吃的柴火就越多。我常想火炉的肚子可真大，老也填不饱它。渐渐地，我厌烦去山里了，因为每天即使没干多少活，可是往返走上十几里雪路后，回来后腿脚也酸痛了。我盼着自己的脚生冻疮，那样就可以理直气壮地留在家里了。可我知道生冻疮的滋味很不好受，于是只好天天跟着父亲去山里。

  现在想来，我十分感激父亲，他让我在少年时期能与大自然有那么亲密的接触，让冬日的那种苍茫和壮美注入了我幼小的心田，滋润着我。每当我从山里回来，听着柴火在火炉中"噼啪噼啪"地燃烧，都会有一股莫名的感动。我觉得柴火燃烧的声音就是歌声，火炉它会唱歌。火炉在漫长的冬季中就是一个有着金嗓子的歌手，它天天歌唱，不知疲倦。它的歌声使我懂得生活的艰辛和朴素，懂得劳动的快乐，懂得温暖的获得是有代价的。所以，我成年以后回忆少年时代的生活，火炉的影子就会悄然浮现。虽然现在我已经脱离了与火炉相伴的生活，但我不会忘记它，不会忘记它的歌声。它那温柔而富有激情的歌声在我心中永远不会消逝。

哑巴与春天

　　最惧怕春风的，莫过于积雪了。
　　春风像一把巨大的笤帚，悠然扫着大地的积雪。它一天天地扫下去，积雪就变薄了。这时云雀来了，阳光的触角也变得柔软了，冰河激情地迸裂、流水之声悠然重现，嫩绿的草芽顶破向阳山坡的腐殖土，达子香花如朝霞一般，东一簇西一簇地点染着山林，春天有声有色地来了。
　　我的童年春光记忆，是与一个老哑巴联系在一起的。
　　在一个偏僻而又冷寂的小镇，一个有缺陷的生命，他们的名字就像秋日蝴蝶的羽翼一样脆弱，渐渐地被风和寒冷给摧折了。没人记得他的本名，大家都叫他老哑巴。他有四五十岁的样子，出奇的黑，出奇地瘦，脖子长长的，那上面裸露的青筋常让我联想到是几条蚯蚓横七竖八地匍匐在那里。老哑巴在生产队里喂牲口，一早一晚的，常能听见他铡草的声音，嚓——嚓嚓，那声音像女人用刀刮着新鲜的鱼鳞，又像男人抡着锐利的斧子在劈柴。我和小伙伴去生产队的草垛藏猫时，常能看见他。老哑巴用铁耙子从草垛搂下一捆一捆的草，拎到铡刀旁。本来这草是没有生气的，但因为有一扇铡刀横在那儿，就觉得这草是活物，而老哑巴成了刽子手，他的那双手令人胆寒。我们见着老哑巴，就老是想逃跑。可他误以为我们把草垛蹬散了，他会捉我们问责，为了表示他支持我们藏猫，他挥舞着双臂，摇着头，做出无所谓的姿态。

见我们仍惊惶地不敢靠前，他就本能地大张着嘴，想通过呼喊挽留我们。但见他喉结急剧蠕动，嗓子里发出"呃呃"的如被噎住似的沉重的气促声，但他却说不出一句话来。

老哑巴是勤恳的，他除了铡草、喂牲口之外，还把生产队的场院打扫得干干净净。冬天打扫的是雪，夏天打扫的是草屑、废纸和雨天时牲畜从田间带回的泥土。他晚上就住在挨着牲口棚的一间小屋里。也许人哑了，连鼾声都发不出来，人们说他睡觉时无声无息的。老哑巴很爱花，春天时，他在场院的围栏旁播上几行花籽，到了夏天，五颜六色的花不仅把暗淡陈旧的围栏装点出了生机，还把蜜蜂和蝴蝶也招来了。就是那些过路的人见了那些花儿，也要多望上几眼，说，这老哑巴种的花可真鲜亮啊，他娶不上媳妇，一定是把花当媳妇给伺候和爱惜着了！

有一年春天，生产队接到一个任务，要为一座大城市的花园挖上几千株的达子香花。活儿来得太急，人手不够，队长让老哑巴也跟着上山了。老哑巴很高兴，因为他是爱花的。达子香才开，它们把山峦映得红一片粉一片的。人们说老哑巴看待花的眼神是挖花的人中最温柔的。晚上，社员们就宿在山上的帐篷里。由于那顶帐篷只有一道长长的通铺，男女只能睡在一起。队长本想在通铺中央挂上一块布帘，使男女分开，但帐篷里没有帘子。于是，队长就让老哑巴充当帘子，睡在中间，他的左侧是一溜儿女人，右侧则是清一色的男人。老哑巴开始抗议着，他一次次地从中央地带爬起，但又一次次地在大家的嬉笑声中被按回原处。后来，他终于安静了。后半夜，有人起夜时，听见了老哑巴发出的隐约哭声。

从山上归来后，老哑巴还在生产队里铡草。一早一晚的，仍能听见铡刀"嚓——嚓嚓——"的声响，只不过声音不如以往清脆，不是铡刀钝了，就是他的气力不比从前了。那一年，他没有在场院的围栏前种花，也不爱打扫院子，常蜷在个角落里打瞌睡。队长嫌他老了，学会偷懒了，打发了他。他从哪里来，是没人知道的，就像我们不知他扛着行李卷又会到哪里去一样。我们的小镇仍如从前一样，经历着人间的生离死别和大自然的风霜雨雪，达子香花依然在春天时静悄悄地绽放,依然有接替老哑巴的人一早一晚地为牲口铡着草料,但我们总觉得少了点什么。原来这小镇是少了一个沉默的人——

一个永远无法在春天中歌唱的人!

动物们

有一种门，是门中门，只有一尺见方，通常设置在院门的底端，挨着地，由两个自由翻转的合页一左一右牵着它，既能往里开，又能向外开，这门当然不是走人的，更不是什么装饰物，它是专为家中的动物和家禽而设计的。白天时主人锁上家门，上班的上班，下田的下田，猫啊狗啊鸡啊鹅啊的就各忙各的去了，觅食的觅食，闲逛的闲逛，会友的会友。主人们若是回来晚了，当它们该回家的时候，就会从这扇小门钻进院子，喝喝水啦，趴在院子里打个盹啦等等。而当它们又想出门的时候，只要用头一顶这扇门，眼睛里看到的就是户外的风景了。

动物和动物的力气是不一样的，比如狗的力气就比猫大。而家禽呢，鸡的力气就比不上鹅。所以那扇小门的厚度就有个讲究，要轻点，薄点，使它们进出时自如一些。但是它们又不能过于轻薄，否则赶上风大的夜晚，它就会被吹得一脚门里一脚门外地摇荡，发出啪啪的响声，而搅扰了屋里人的美梦。

最自如出入这扇门的无疑就是狗了。看家的狗一般忠于职守，但它们老是待在院子里也是闷的，所以寂寞时会溜出家门，看看院外的风景，或者与其他相熟相知的狗亲昵一会儿。猫呢，它们身怀翻墙跨院的绝技，高高的院墙对它们来说根本就不是屏障，它们往往不走这扇小门，尤其是有狗望着它们的时候，它们会精神抖擞、三下两下爬

迟子建
散文精选

过院墙,轻盈地跳到院外,让狗只能低头哀叹自己的愚笨,所以猫与狗的关系总是比较疏离。

我养过两条狗,一条是黄狗,一条是黑狗。黄狗叫傻子,黑狗叫黑子。傻子其实一点都不傻,它威风凛凛的,很剽悍,是北极村数得上的一条好狗。它太厉害,一直被一条长长的铁链拴着,只能待在后菜园里。它的嗅觉很灵敏,若是有生人来,隔着一条街,它就会发出吠叫;而若是有主人要回来了,也是隔着很远,它就能感知,提前摇起尾巴,做出欢迎的姿态,而姥爷或是舅舅一会儿的工夫就会推开家门。我常拿了馒头在它面前吃,趁大人不注意,会掰一半喂它。傻子很聪明地飞快地一口把它吞下,然后歪着脑袋十分动情地望着我,发出温柔的叫声,用一只前爪轻轻挠着地,企望我再偷着喂给它一些。我受不了它那种如水的目光和低低的猜叫,总是想方设法满足它。所以,我往往是吃了一个馒头还不够,再去拿第二个。傻子有个爱好,它喜欢吃蜜蜂,它跳得很高地捉空中飞旋的蜜蜂,几乎是百发百中,让我为之欢呼。不过它一吃了蜜蜂我就为它担心,万一蜜蜂没死,蜇破了它的肚子,它还怎么吃食儿啊?我一见它躁动不安地拖着锁链哗啦啦地走来走去,就想,糟了,一定是蜜蜂在傻子的肚子里嗡嗡地飞,闹得它心烦意乱了。我至今不明白它为什么喜欢吃蜜蜂,也许蜜蜂身上有蜂蜜,吃了能甜它的心?傻子的任务就是看家护院,不过到了冬天,家人若是去很远的山中拉烧柴或者是去江上捕鱼,就会把傻子带上。山中有野兽,狗能判断出它们的方位,发出警告的吠叫,提醒主人。而去江上捕鱼时,傻子要被套上爬犁,去时爬犁上装着捕鱼的工具,回来时则多了一样东西,那就是鱼了。傻子一跟着去捕鱼就兴高采烈的,如果运气好,上网的鱼多,姥姥会把狗鱼等不太上讲究的鱼撇给它一两条,它在冰面上就把它生吃了。回家的时候,傻子拖着沉重的爬犁,走了一身的汗,毛发上的汗气凝结成霜,使它看上去成了一条白狗了。我离开北极村的时候,最不舍得的就是傻子。我握着它的爪,哭了。回到父母身边后,只要姥姥家来信了,我会问信上说没说傻子怎么样了,可信上都是人的消息,没有关于傻子的只言片语。隔了很多年我再回北极村时,傻子还认得我,不过它已经老态龙钟了,

毛发稀疏而没有光泽，姥姥说傻子有一回偷吃了鸡窝的蛋，被姥爷打得半死，至此后精神就一天不如一天。傻子最后死了，姥姥念着它对主人多年的恩情，把它埋了。

　　黑子是我回到父母身边后家人养的狗。它的毛很短，尖头尖脑的，瘸着一条腿，十分丑陋，我不明白家里为什么要养这样一条狗。我不喜欢它，左邻右舍家来了人，它多管闲事地叫得很凶，而当我们家来了生人呢，它却欢天喜地地给迎进来了，简直就是个叛徒。我爸爸的风湿病一旦发作，走路就一瘸一拐的，跟着爸爸走的黑子呢，也是一瘸一拐的，同学们见了我会不怀好意地说，你家的狗跟你爸走路怎么一模一样啊？我觉得很没面子，真想找条绳子把它悄悄勒死。我最厌烦在放学的路上它来迎我，别的同学也有被家中的狗迎接着的，但人家的狗个个都精神，黑子呢，它严格来说是个残疾，所以它一旦跑过来亲昵地蹭我的裤脚，我就没有好声气地斥责它，把它赶走。它夹着尾巴灰溜溜地一瘸一拐地离去，总能招来同学们的嘲笑声。黑子虽然面容丑，它的心却是不丑的。鸡回家时若是顶那扇小门吃力了，它就帮助撞开，用一条腿支着门，让鸡进院子，很有绅士风度的样子，所以鸡们都不反感它。大多数人家的鸡喜欢与狗争食儿，我们家的鸡却不会去吃黑子的食儿。后来镇子里发生狗瘟，黑子染了病，被勒死了，当时让我觉得无比畅快，觉得一团碍眼的东西终于从眼前被清除了。只是以后在镇子里再也看不到有一条狗是一瘸一拐地走路，总觉得少了点什么。而且黑子死了，家中的鸡也显得有些落寞，傻呆呆的，不爱出门，大约是怕回来时万一顶不开门，再也没有狗帮助它们了。不过鸡的落寞也落寞不了多久，它们在冬天时会被宰了，用雪埋了，留做过年时吃。在人丛中，家禽的命运跟狗的命运一样，是轻薄的。

　　比较而言，猫的命运相对要好一些。它们可以依偎在主人的饭桌旁，分享主人吃的东西。而且，它们除了捉老鼠之外，没有其他的活计，所以猫常常是蜷伏在热炕上呼呼大睡。不过，若是仓房中的老鼠闹得凶，主人在米缸里发现了漆黑的老鼠屎，它们就会遭到叱骂，主人会饿着它，不让它进屋门，让它在仓房中专心捉鼠。偏偏很多猫是懒惰和贪图富贵的，一怒之下离家而去，再不肯为主人效劳。所以你

迟子建
散文精选

家丢失了的猫，几年后在另外一个村镇的人家的炕头上可能会看到。而一个人家养的狗，你就是每天打它五十大板，它也还会兢兢业业地为主人家守夜，这大约就是猫与狗的不同之处吧。常吃人的食物的猫，也许不知不觉中，把人与人的背信弃义的气息也沾染了过去。而狗呢，就像旧时代的小媳妇，即使遭受了天大的委屈，也会忍辱负重地陪伴主人过下去。

农具的眼睛

看一个农民的活计做得是否地道，打量他家的农具便知晓了。

农具一般被放置在仓棚中，或者被挂在山墙上。放在仓棚中的，是镐头、犁杖、铁齿子和钐刀，而挂在山墙上的，是耙子、锄头和镰刀。农具似乎与树木有着亲缘关系，农具的把儿几乎都是木柄制成的。你能从光滑的农具把儿上，看到树的花纹和节子。那些大大小小的木节一个个圆圆的，有黑色的，也有褐色的，好像农具长了眼睛似的。

农具当中，我最憎恨的就是犁杖了。有了它，我们就得干牛做的活儿。由于家中没养牲口，用犁杖耕田时，我爸爸就把我们姐弟三人当成牛，套在犁杖上，让我们拉犁。我一拉犁就有屈辱的感觉，常常是直着腰，只把绳子轻飘飘地搭在肩头。这时父亲就会在后面叫着我的乳名打趣我，说我真不简单，能把绳子拉弯了。我父亲是山村小学的校长，曾在哈尔滨读中学，会拉小提琴，他那双手在那个年代既得写粉笔字，又得摸农具，因为我们上小学时，学工学农的热潮风起云涌，我们每周都要到生产队的田地里劳作一两次。而且，家家户户又都拥有园田，种植着各色菜蔬，自给自足，所以无论大人还是孩子，没有没摸过农具的。

农具当中，我不厌烦的是锄头和镰刀。锄头的形态很像道士帽，所以你若把它倒立着，俨然是一个清瘦的道士站在那里。锄头既可用于铲除庄稼中的杂草，又可给板结的田地松土。我扛着锄头去田间劳作，一般是到土豆地里去了。土豆一般要铲三次，人们称之为"头趟、二趟、三趟"。没打垄前铲头趟，那时苗才出齐不久，土豆秧矮矮的，杂草极好清除，半天的时间，一片地就会铲完了。铲二趟的时候呢，那是在土豆打垄之后，粉的白的蓝的土豆花也开了，杂草与土豆秧争夺生长的空间，这时就得抡起锄头"驱邪扶正"。到了铲三趟的时候，闷在土里的早熟的土豆已有把泥土顶破了的，这时稗草疯长，有的和秧苗缠绕在一起，颇有"绑票"的意味，想把秧苗一并拖垮，这时候为土豆清除"异己"就显得尤为重要了。所以，铲三趟的时候最累，有时候你得撇下锄头，亲手一下一下地把纠缠在土豆秧身上的杂草摘除。我喜欢铲二趟，我爱那些细碎的土豆花，它们会招来黄的或白的蝴蝶，感觉是在花园中劳作。干活乏了小憩的时候，躺在被阳光照耀得发烫的泥土中，感受着如丝绸一样柔曼滑过的清风，惬意极了。清风拍打着土豆花，土豆花又借着风势拍打着我的脸颊，那些娇柔玲珑的花朵如蜜蜂一样蜇着了我，让我脸颊发痒，那是一种多么醉人的痒啊。渴了的时候，我会到田边草丛中采上几枝酸浆来吃，它长得跟竹子一样，光滑的身子，细长的叶片，它的茎能食用，酸甜可口，十分解渴，我铲地时就不背水壶，因为酸浆早已存了满腹的清凉之汁等着我享用。

  我父亲是个知识分子，他伺候庄稼的本事与他的教学本领是无法相提并论的。我们家的地不是因为施肥过少而使庄稼呈现一派萎靡之气，就是垄打得歪歪斜斜的，宽的宽，窄的窄，白菜和豆角往往长着长着就露出根茎，阻碍了它们的成长，所以进了我家园田的庄稼，很像是被送入孤儿院的弃婴，命运总是不大好。我就不止一次听见邻人在路过我家的田地时，发出的"啧啧"的叫声，那不是赞赏的"啧啧"声，而是惋惜，好像我们辜负了那肥沃的田地似的。我们家的农具，也因而比别人家的要邋遢许多，锄头上锈迹斑斑，镐头和犁杖上携带的尘土足够蓄一只花盆的，镰刀钝得割草时草会发出被剧烈撕扯的痛苦的叫声，如乌鸦一样呀呀呀地叫，而不是锋利的镰刀割草时所发出的刷刷刷的如流水一样的声音。而那些地道的农家，农具总是被磨得雪亮，拾掇得利利索索的，该放仓棚的就放在仓棚里，该挂在山

墙上的就挂在山墙上，不似我们家的农具，一律被堆置在墙角，任凭风雨侵蚀，如一群衣衫褴褛的乞丐。即便如此，我还是热爱我们家的农具，热爱它的愚钝和那满身岁月的尘垢。

我喜欢镰刀，是因为割猪草的活儿在我眼中是非常浪漫的。草甸子上盛开着野花，你割草的时候，也等于采着花了。那些花有可供观赏的，如火红的百合和紫色的马莲花，还有供食用的，如金灿灿的黄花菜。用新鲜的黄花菜炸上一碗酱，再下上一锅面条，那就是最美妙的晚饭了。我打草归来，肩上背的是草，腰间别的是镰刀，左手可能拿的是一束马莲，右手握的就是黄花菜了。所以我觉得猪的命运也不算坏，它一天到晚除了吃就是睡，窝里絮的草还来自于芳菲的大草甸子，比耕田的牛马要有福气，可惜它的命太短太短了。看来单纯为了人的口福而生存的动物，总是薄命的。

我们家在山村小镇使用过的那些农具，早已失传了。它们也许流失到别人手中，依然被农人的手把握着，春种秋收；也许它们已经在被废弃的老屋中静悄悄地腐烂了，成了一堆废铁。但我忘不了农具木把儿上的那些圆圆的节子，那一双双眼睛曾打量过一个小女孩如何在锄草的间隙捉土豆花上的蝴蝶，又如何在打猪草的时候将黄花菜捋到一起，在夕阳下憧憬着一顿风味独具的晚饭。我可能会忘记尘世中我所见过的许多人的眼睛，那些或空洞或贪婪或含着嫉妒之光的眼睛，但我永远不会忘记农具身上的眼睛，它们会永远明亮地闪烁在我的回忆中，为我历经岁月沧桑而渐露疲惫、忧郁之色的眼睛，注入一缕缕温和、平静的光芒。

邻里间的围栏

邻里间的关系如同夫妻间的关系，有融洽的，也有隔阂。融洽的邻里通常共用一个院子，中间不设围栏，彼此走动方便些。你家今天吃什么饭，主人穿什么衣服，他家买了什么东西，来了什么客人，大家互为相知，俨然一家人的样子。如果东家包了饺子，一定要端上一碗，给西家送去；而西家烙了油饼的话，也会拣上两张，送与东家。当然，夫妻间难免有磕磕碰碰的，若是西家传来了吵架声，东家就会悄然谛听，静观事态发展。小打小闹的也就随它去了，若是吵到大打出手的程度，孩子们发出惊恐的哭声，东家就不能袖手旁观了，要挺身而出去拉架。拉架是有学问的，夫妻就是再吵，吵过之后依然亲，你所要做的，并不是为人家明辨是非，你充当的不过是一盆冷水的角色，把熊熊怒火浇灭了就可以了。等夫妻冷静下来，他们自会剖析和检讨自己的过错。偏偏有糊涂的拉架者，非要充当包公的角色，为人家评说是非曲直，最后反受人家奚落，碰了一鼻子灰回来，这样的事情也不是没有的。

互相交恶的邻里，最明显的标志就是院子与院子之间设置着围栏。见面还能彼此点个头的，围栏也就不那么阴森，只不过是矮矮一道透出缝隙的木板障子；而那些见了面连招呼都不能打，甚至互相啐痰飞白眼的邻里，其围栏就跟看守所的一样森严了，高且不说，一定是密不透风的，连蚂蚁钻过来也要吃力些。

我们那幢房，邻里间的关系是分外融洽的。那是一栋东西向的板夹泥房子，呈长方形，共住着四户人家。东面住着一户祖籍湖南的夫妻，他们有六个孩子，三男三女；西头人家的主人是个木匠，他家平素是五个孩子的，但有的时候会突然变成六个，因为男主人有两次婚姻，前方的夫人为他生了个儿子，他虽然远在外地，但有的时候会突然背着旅行包出现在西头的院落。不谙世事的我们就像打量怪物一样，悄悄跑过去偷偷瞧他，看他的眉眼有没有像木匠的地方，回家报告给大人。住在中间的是我们家和另外一户，我家挨着湖南人家，而与木匠家相邻的那户似乎总也住不长，今年是姓张的一对年轻夫妇，明年可能又是姓李的。住这户的人家不太爱与邻里交往，他们多是外地来的，与本地人总有些格格不入，显得落落寡欢。所以围栏就是必不可少的了。不过两道围栏不高，缝隙也大，我家和木匠家也都能在夏天时看到女主人在院子里洗衣服或者奶孩子的身影，不过有些支离破碎罢了。

邻居间的交往主要靠的是女主人，而女人交往的方式就是串门。串门也可说是家与家之间的外交，由于女人生性是琐碎的，所以这种家长里短的外交在增进友谊的同时，也难免生出是非。我就见过不少因串门而绝交的邻居，深究起来，她们居然都是为鸡毛蒜皮的小事而绝交的。比如张家的女人去了李家，正赶上人家吃晚饭，李家的女人就热情地添上一双筷子请张家的女人尝尝她的手艺。张家女人大大咧咧的，就实话实说哪道菜做得不好，并把做这道菜的窍门告诉给她，李家女人自然觉得在自家男人面前丢了面子。偏偏张家女人第二天晚饭时又会把自己做的同样的一道菜送过来，李家的男人吃了赞不绝口，你想李家女人能高兴吗？她找个借口，说是自己家的鸡讨厌，老爱溜到张家拉屎，脏了人家的院子，就砍来几捆柳条，把两家共用的院子隔开了，各走各的门，从此后两家也就疏远了，各过各的日子。但这样的人家毕竟占少数。

我喜欢到东头的湖南邻居家串门。他家喜欢把生肉吊到灶房的房梁下，由着油烟熏烤。时间久了，肉会渐渐风干，变成酱红色，并且会掉下乳白的蛆来。一看到蛆，我就联想到厕所，心想他们家怎么把

迟子建
散文精选

肉变成厕所里的东西才会吃，真是奇怪啊。可他们家把它切成片蒸熟后，却吃得津津有味的。一到春节，我们家的山东亲戚会寄来一包花生米，而他们家的湖南亲戚寄来的则是一箱通红的干辣椒，大家就互送一些品尝。我爸爸喜欢把干辣椒放到炉盖上烤酥，捏成碎末撒到萝卜条汤里。我呢，也把他家的东西当成自家的来使，我家的扁担硌肩膀，挑水时我见他家的扁担闲着，就取来用，用后放归原处即是了。如果家里来了客人，凳子不够使了，就去他家拎回两个。他家呢，发面团时没了面引子或者是做鱼时要块干姜，也会到我家来取。后来这家的男主人在冬天伐木时出了事故，人受了重伤，被送到哈尔滨后截掉双腿，也没能保全住性命。邻居没了男主人，逢年过节的，他家就会传来女主人的哭声，母亲这时就得叹着气过去宽慰她。可偏偏是祸不单行，又过了两年，她的二女儿得了急病死了，从此后就很难看到她的笑脸了。冬天时，两家都打了不少木柴没处垛，大家就自然而然地把它们摞到两家的院子中间，他家一垛，我家一垛，有了一道不高也不矮的屏障，从此就各用各的院子。又几年过去，这位失去了丈夫和二女儿的邻居，又失去了大女儿，此时她已变得麻木了。我常见她失神地站在菜园里看天。过年的时候，母亲总打发我去她家和她说话，让她转移对已逝亲人的思念，可我一踏进她家的院子，就觉得头皮发麻，总觉得鬼影在每一个角落里飘动着，尤其是当我看到除夕夜她蹲在十字路口给亲人们焚烧纸钱的时候，更觉得她家发出的每一声响声都是鬼发出的。从此后，我不大敢上她家了，而且走夜路也没有以前胆子大了，常常是走了一身的冷汗回来。

偶尔我也会到西头的木匠家去。我喜欢看他打桌子、椅子和躺柜，一看到他打棺材，就远远避开了。我喜欢他给活人打东西，一给死人打，我就惊恐。后来他家也死了一个女儿，我觉得他家也是鬼影幢幢，不敢去了。我早期作品那股浓郁的死亡气息，与这种童年生活经历不能说没有关系。

我们那个小镇邻里间没有围栏的历史，最后因为一件轰动全国的杀人案，而彻底宣告结束。与我们家隔着一条道的，有一幢住着四户人家的板夹泥房子。中间的两家因为处得好，就用一个院子。一户姓

张,是瓦匠;一户姓蓝,男主人在县城的派出所上班,女主人在家打理家务。女主人很俊俏,戏也唱得好,生产队年终唱戏时,她是绝对的主角。姓蓝的由于在城里上班,每天骑着自行车早出晚归的。也许由于他有工作,而这工作又比较显赫,腰间挎着枪,他看上去有些自负,见了小镇的人,也不爱打招呼。突然有一天,他开枪杀死了瓦匠夫妻以及他们的一个儿子,当他没有子弹的时候,他就举刀去砍瓦匠的女儿,幸而那个女孩从后菜园逃走了。姓蓝的自知被捉到后必死无疑,他用刀砍自己的脖子,企图自杀。可是他在杀自己上比较手软,没有杀死,我在枪响后跑到出事现场后,目睹了姓蓝的躺在地上,脖子上咕噜噜冒着血泡的情景。他被抢救过来后交代,他家和瓦匠家共用一个院子,他在县城上班,他怀疑整天待在家中的瓦匠对自己貌美的妻子心怀不轨,所以想把他们一家斩尽杀绝。此案一出,整个小镇的人都惊呆了。人们私下议论说,如果两家不是合用一个院子,悲剧也许就不会发生了。看来家与家之间的围栏是必要的。从此后,那些不设置围栏的邻居,都先后竖起了围栏;有了围栏的人家,则加高加固了它。而小镇邻里间的关系总不像过去那么融洽,相互警惕的多了,女人们连门也串得少了。只是邻里间的动物和家禽们还一如既往地保持它们之间的亲密交往,让人们在透出冷漠之气的人际关系中,仍能感受到一丝温暖和一脉平和之气。

寒夜生花

今冬大兴安岭奇寒，春节前后，气温都在摄氏零下三十七八度之间徘徊。世界看似冻僵了，但白雪茫茫的山林中，依然有飞鸟的踪迹；冰封的河流下，鱼儿也在静静地潜游。北风呼啸的街头，人们也依然忙着年。

有生命的不止这些，还有花儿。

是霜花！

每天早晨，我从床上爬起，拉开窗帘，便可望见玻璃窗上的霜花。户外寒风凛冽，室内温度只有十七八度，所以今冬我见的霜花，不像往年只蔓延在窗子底部，而是满窗盛开！

霜花姿态万千，真是要看什么有什么。挺直的冷杉，摇曳的白桦，风情万种的柳树，初绽的水仙，半开的芍药，怒放的菊花，你在霜花的世界中，都能寻到。当然，除了常见的树木和花朵，霜花也隐现动物的形影，比如呼呼大睡的肥猪，飞翔的仙鹤，低头喝水的鹿，奔跑的狗，游走的蛇等。你要问霜花中有没有人？答案是肯定的。亭亭玉立的少女，蹒跚学步的儿童，弯腰弓背的老人，霜花也不吝惜它的笔，勾勒他们的形影，并为之配上人间的烟火气——房屋、水井、田地、牛车、犁铧、米缸、灶台、饭桌、碗筷甚至肥皂。仅有这些还不够，没有光，世界是彻头彻尾僵死的，于是霜花中就有了日月星辰，有了来自天庭的照耀！

不要以为霜花总是烟花般灿烂，它也有孤独的脚印；它也不总是祥云缭绕，那里也有离人的眼泪！

在这里，一年中最寒冷的时刻，也是最黑暗的时刻。太阳三点多就落山了，好像它答应了要去照耀另一个更黑暗的世界，而把人间过早地推入暮色之中。白昼中被阳光鞭挞的寒流，在太阳消失后，竟做起了浪漫的事情。它们中的一部分，潜入千家万户的窗缝，在人们熟睡时，用月光星光做笔，蘸着清芬的霜花，在明净的玻璃窗上，点染出一幅幅图画。

有千万扇窗户，就有千万个霜花的世界，因为霜花的世界没有相同的。今天你看到的芭蕉树形态的霜花，明天演变为一片葳蕤的野花了；今天你看到的少女，明天就可能变成老妪；今天你看到的光秃秃的树，明天挂上了几盏灯笼。还有那饭桌和房屋，可能一夜之间会缺了桌脚，或是两层的房屋变成了三层四层，让你慨叹它们造房的神速。

太阳走得早，并没有想着第二天要早来。它晚来也好，霜花会存留长久些。七点多钟，晨曦初现，霜花被映照成柠檬色，远看像张金箔纸；等八点多太阳完全冒出头来，霜花就是橘红的了，如果此时恰好有酒杯形态的霜花闪烁其中，我就是喝到浓郁的葡萄酒了；而等太阳升得高了，阳光照耀着雪地，天地间跃动着白炽的光芒，霜花就回到本色，一片银白，玻璃窗就成了银库了！不过，太阳每前进一步，霜雪图就损毁一些：花瓣凋零了，树木枯萎了，河流干涸了，房屋坍塌了，动物少了四蹄或是尾巴，犁铧残破了，玻璃窗像是心疼什么人似的，漫溢着霜花的泪滴。阳光把这样的泪滴照耀得晶莹剔透，美轮美奂。如果说冬天也有露珠的话，该是它们吧。

霜花在正午时消失了，玻璃窗干干净净的了！不要以为它们的故事就此结束了，夕阳尽了，霜花又会在玻璃窗上重谱新篇。于是像我这种爱做梦的人，又有了新的憧憬。

霜花似乎很懂得主人的心思，有的时候，我能从霜花中看到已故亲人用过的东西，比如茶壶、眼镜，比如砚台、笔管。让人怀疑他们夜间悄悄匍匐在窗棂上，听我梦中的呓语。在冷酷的现实世界中失去的，那个世界又温柔地回馈了我，让我直想亲吻那片霜花，让我所爱的，再度与我的呼吸共融。

  没有一个早晨，我不是与霜花共度的。我站在它面前看它，它也在静静地看我。能与心灵共通的世界，谁敢说是虚幻的！霜花是彼岸世界送给此岸世界的哈达，你的目光与它交汇时，就是领受了福气。

  2012龙年到来的那一刻，我凑近霜花，仔细地闻。有一个熟悉的声音在我身后说，你还能闻出香味来？是啊，霜花不是尘世的花朵，没有凡俗的香味。可它那股逼人的清新之气，涤荡肺腑，这难道不是上天赐予人间最好的香味吗？我把这话说与身后发问的人，回首处，却看不见人影，只有门楣处的红灯笼，在寒夜里一闪一闪的，像是在跟我搭话。

女人的手

　　如果不出什么意外的话，一般来说，女人的手都比男人的要小巧、纤细、绵软和细腻。不是常常有人用"纤纤素手"、"十指尖尖如细笋"来形容女人的手吗？

　　旧时代女人的手真正是派上了用场。纺织、缝补、浆洗、扯着细长的麻绳纳鞋底、擦锅抹灶、给公婆端尿盆、为外出打工的男人打点行装、洗尿布等等，真是不一而足。当然也有耽于刺绣、抚琴而歌、拈扇捕蝶的小姐的手，但那不是大多数女人的手的命运，所以也就略去不计了。

　　女人的手虽然备受辛劳，但很奇怪它们总是保持着女性的手应有的本色，灵巧而充满光泽。看许多古代的仕女图，画得最美的不是眼睛和嘴，而是那一双双安然垂在胸前的手。它们光滑美丽，像玉一般莹莹泛光。几百年过后，再看那画中的女人，只感觉那手充满灵性地又要动起来，仿佛又要去挑油灯的灯花，又要撩开竹帘看一眼她屋里的男人，又要到河边去窸窸窣窣淘米一样。

　　女人的手是经久不衰的。

　　现在的女人不必那么辛苦了。但是她们照例要下厨房、要照顾小孩子。她们仍然要洗衣、淘米、切菜、站在煤气灶前将葱花撒到沸油中爆响。若是她们有好心情，她们还要编织毛衣、裁剪、布置居室等等。她们用手使屋子一尘不染，连窗台上莳弄的花卉的叶片也纤尘不

迟 子 建
散 文 精 选

染，家里的空气真正是透明的。女人在忙碌这些的时候就丢掉了一些时光，她们的额头和眼角会悄悄起了皱纹，发丝的光泽不似往昔，但她们的手却仍然有别于男人，即使粗糙也是一种秀气的粗糙。

于是我便想，女人的手为什么不容易老呢？我想其中的一个主要原因是由于它们经常接触蔬菜水果、花卉植物和水的缘故。女人们在切菜的时候，柿子那猩红的汁液流了出来、芹菜的浓绿的汁液也流了出来、黄瓜的清香汁液横溢而出、土豆乳色的汁液也在刀起刀落之间漫出。它们无一例外地流到了女人的手上，以丰富的营养滋养着它们，使它们新鲜明丽。女人的手在莳弄花卉和常绿植物时必然也要沾染它们的香气和灵气，这种气韵是男人所不能获得的。女人大都爱水，米浆、洗衣水的每一次浸泡都使得手获得一次极好的滋润。

我这样说，并不是鼓励女人都下厨房。可是不下厨房的女人有味道吗？

女人的手不容易老的另一个原因，我猜想是因为眼泪的滋养。女人爱哭，很少有人会任泪自流到脖颈衣襟而不管不顾，也很少有人会像古典小说中的女人一样拈着手帕擦泪，女人哭起来大多是"鼻涕一把泪一把"，手也就适时而来，一把一把地在脸颊上擦个不停。眼泪是一个人的精华，它只有在人极度悲伤和高兴的时候才夺眶而出，它对女人的手的滋养肯定不同凡响。泪水在手的表皮上慢慢地透过毛孔浸透在人手的内部，这时悲哀也就随之化解，青春和希望的力量在渐渐回升，女人的手经过泪水的洗礼变得更加有活力。

以上我所揣测的两点，最好不要被医学专家看到，不然便免不了要深究我犯了如何如何的常识错误，我可不想"唇红齿白"地对簿公堂。何况，我对一些常识的千年不变总是深怀恐惧和怀疑。

不去说它了。

忘了哪一年在一本书上看到，女人在临终前比男人喜欢伸出手来，她们总想抓住什么。她们那时已经丧失了呼唤的能力，她们表达自己最后的心愿时便伸出了手，也许因为手是她们一生使用了最多的语言，于是她们把最后的激情留给了手来表达。

我现在是这样一个女人，我用手来写作，也用它来洗衣、铺床、

切蔬菜瓜果、包饺子、腌制小菜、刷马桶。如果我爱一个人，我会把双手陷在他的头发间，抚弄他的发丝。如果我年事已高很不幸地在临终前像大多数女人一样伸出了手，但愿我苍老的手能哆哆嗦嗦地抓住我深爱的人的手。

冰灯

冰是寒冷的产物，是柔软的水为了展示自己透明心扉和细腻肌肤的一场壮丽的死亡。水死了，它诞生为冰，覆盖着北方苍茫的原野和河流。

我出生在漠河，那里每年有多半的时间被冰雪笼罩着，零下三四十摄氏度的气温是司空见惯的。我外婆家的木刻楞房子就在黑龙江畔，才入九月，风便把树梢经霜后变得五颜六色的树叶给吹得四处飘扬，漫山漫坡落叶堆积，斑斓奇丽。然而这金黄深红的颜色没有灿烂多久，雪便从天而降，这时节林中江面都是一片白茫茫的。奔腾喧嚣的黑龙江似乎流得疲惫了，它的身上凝结了厚厚的冰层，只有极深处的水在河床里潜流着。那时候冰上就可以打爬犁，用鞭子抽陀螺玩，当然还可以跑汽车。水在变成冰后异常坚硬，它的负载能力极其惊人。这时节我们还用冰钎凿开冰层捕鱼，将银白的网撒向鱼儿穿梭的底层的水域。撞网的鱼总是络绎不绝。

在水源枯竭的漫漫寒冬，人们曾凿冰放到缸里融化，使之成为饮用水。而将冰做成一盏盏灯，不知是谁最先发明的。总之人在利用冰满足了物质需求之后，理所当然便有了审美的要求。我最初见到冰灯是在童年记事的时候，当然是过年的时候了。人们用维得罗（俄语音译，意谓小水桶，一种底小肚大、横面切断呈梯形的盛水用具）装满清水，然后放到屋外的寒风中让它冻成冰，未等它全部冻实，便将其

提回屋里，放到火炉上轻轻一烤，冰便不再粘连桶壁，再从正中央凿一小小的圆洞，未成冰的水在桶倾斜时汩汩而出，剩下一具腹中空空、四面冰壁环绕的躯壳，那便是冰灯了。除夕，家家户户门口的左右两侧都摆着冰灯，它们体体面面地坐在木墩上，中央插着蜡烛，漆黑的夜里，它们通身洋溢着无与伦比的宁静和光明，那是每家每户渴望春天的最明亮的眼睛了。

北方的百姓如今过年仍然沿袭着这一古老的习俗，在吃热气腾腾的团圆饺子时，屋外干冷的空气中绽放着睡莲般安详的冰灯，它的美丽和光明曾温暖了我寂寞的童年时光。

离开大兴安岭后，我来到了哈尔滨。一到冬天，这座有典型俄罗斯情调的城市便开始筹备一年一度的冰灯游园会了。人们在冰封的松花江上切割下一块块巨大的冰，然后用吊车弄到岸上，再由卡车运至兆麟公园，接下来便是来自世界各地的冰雕艺术家施展才华绝技的时候了。他们在园子里竖起了一道道晶莹剔透的冰墙，然后在各个角落雕出了狮子、老虎、雄鹰、孙悟空西天取经、天使、长城、荷花、宫殿等等千姿百态、栩栩如生的冰雕作品。冰雕里装饰着五颜六色的彩灯，一到夜晚，那些灯亮起来，那冰因此而变成了嫣红、橘黄、天蓝、浓翠、浅粉和深紫。来自各地的观光游客就纷纷涌向那里。

我也去看了冰灯。公园里人潮涌动，照相机的闪光灯闪烁不休，千姿百态的冰雕作品妖娆地出现在我眼前。我走上一条长长的冰墙筑成的走廊，我摘下手套，用温暖的手去抚摸冰墙，寒冷透过肌肤浸润着我的整个身心。我的心竟悚然为之一抖。我抚摸的是松花江的冰，这玲珑剔透的冰是松花江水失去呼喊后沉默的结晶。这是沦陷时那曾经被鲜血浸染的松花江的水吗？这是遭受现代工业文明污染后的松花江的水吗？这是那负载过无数苦难的岁月之舟的松花江的水吗？它是如此冰冷、凛冽而断肢解体地把那晶莹和单纯展现给观众，它那么虚荣地把河床底层淤积的泥沙和碎屑给摈弃了。它的红色是彩灯装点的结果，而不是沦陷时人民惨遭日军屠戮陈尸松花江的那种血腥之色了；它的黄色也是彩灯装点的结果，而不是连年来遭受严重污染、水患纵横的松花江浊黄的水流了。如果说松花江是多么慷慨大度地把轻盈的

043

迟子建
散文精选

美浮托给了世人，莫如说松花江是多么脆弱和公正：它的脆弱在于它无法拒绝世人慕美的心态，它的公正在于它只展现瞬间的美。当春风拂动大地的时候，再美的冰雕也会化成空气和水，消失在广阔的土地和茫茫的宇宙之中。

　　在远离人烟的地方，人们点起冰灯是为了驱散沉重的黑暗；而在人烟稠密被灯火笼罩着的城市，人们之所以不让冰灯呈现本色、而装饰起各种彩灯，是因为城市已经没有真正的黑夜可言，人们只能把美寄托给多彩的光焰。但绚丽的色彩永远抵不上一种本色更为经久不衰。

　　从冰灯乐园出来，我的心中矗立的仍然是二十几年前漠北家门口的那两盏冰灯：它那寂静单纯的美对我的诱惑和滋养是永恒的。

红绿灯下

在城市,当你走到十字街头时,往往会与红绿灯相遇。

说来好笑,我最初来到城市时,最怕的就是过街。在西安和北京求学期间,只要是有天桥和地下通道,我绝不走十字街。我对红绿灯不信任,它们闪来闪去的,像是两只鬼眼,变幻太快,常常是绿灯一亮,我起步走,却遭逢侧向驶来的一串汽车,它们占据了半边路,阻断你。等它们过去后,你再前行,绿灯的心房就颤动了,红灯随之亮起,你被隔在马路中央,身前身后是川流不息的车辆,有被钢铁夹击的感觉。此时我总会联想起卓别林的《摩登时代》中,那个被卡在机器中的工人,觉得自己是工业化时代的一个可怜虫。

我喜欢回到故乡,其中的一个缘由是,在乡间路上,我不会为红绿灯左右。能够阻断我脚步的,有时是一群在黄昏中归家的羊,有时是几只正午时通过堤坝,要下河戏耍的鸭子。

据说在交通事故中,死于红绿灯下的行人占了很大比例。闯红灯,是肇事的元凶。有时是汽车闯红灯殃及行人,有时是行人闯红灯自蹈黄泉,这样的行人无疑就是举着阎王爷掷来的招魂牌在过街。不管责任在哪一方,倒霉的总归是人。所以家长送孩子上学的路上,在过十字街时,如临虎口,总要拉起孩子的手。在幼儿教育中,学会通过红绿灯下的街口,也成了必修课。走到红绿灯下,人的心就会紧张起来,你要眼观六路,耳听八方,稍有不慎,就会酿下惨祸。在我眼中,十

迟子建
散文精选

字街就像匍匐在大地的十字架，它主宰着人的生死。行人到了它面前，只能心怀虔诚，脚踏实地慢行，才会安然无恙；反之，慌里慌张，视红灯于不顾，则会遭遇不幸。

我到哈尔滨生活以后，习惯了走红绿灯。前些年，每当过十字街时，看见绿灯闪烁了，我会一路飞奔，分秒必争，抢在红灯敲响警钟时到达街对面。由于年轻，体力充沛，我与绿灯的赛跑很少有输的时候。当街口的行人集体闯红灯时，我也尾随其后，大摇大摆地招摇过市。汽车像一支支飞来的箭，刷刷地在我们身旁呼啸而过，可是大家对它们毫无惧色，我也心底泰然。

二〇〇二年初春，爱人离开哈尔滨时，带我去花店买花。我们到了海城街的鲜花批发市场，我选了一束红色康乃馨，几枝玫瑰。当我把玫瑰拿在手中的时候，爱人说，别老买黄色的，换点鲜艳的颜色吧。于是，我挑了两枝娇艳的粉色玫瑰。他捧着康乃馨，我拿着玫瑰，散步回家。经由红军街桥下的十字路口时，恰好赶上绿灯眨眼了，我说等下一个绿灯再过吧。爱人说，你跟着我，能抢过去的！他个子高，步伐大，很快就跑到街对面了。我呢，一见红灯亮了，腿立刻就软了，向回撤。这样，我站在街这头，他站在对面，我们中间，是一台连着一台的疾驰的车辆。车辆就像汪洋大海，把我们分开了。三天后，爱人在回故乡的山间公路上出了车祸。故乡的路没有红绿灯，可是他为了早点回到工作的地方，急于赶路，还是出了事故。他的心中，看来一直亮着一盏颤动着的绿灯啊。他是一个疯狂的旅人，只知道一刻不停地向前赶，赶，赶。这种"赶"，这种热情的"奔命"，使我们一个在此岸，一个在彼岸，永隔着万水千山。他像流星，以为自己生命的光华还很漫长，却不知道当他飞速掠过天际的时候，迎接他的却是永恒的寂静。

爱人离去后，我身边没了陪伴的人，可是路还是要走下去的。我曾在十字街头为他焚烧纸钱，都说那是灵魂聚集的地方。再经过那样的路口时，我感觉有无数的灵魂在幽幽地歌唱。远远地看到绿灯要变换了，我便会放慢脚步，在路边静心等待；人们蜂拥着闯红灯时，我也会原地不动，气定神凝地候着。红绿灯下那些步履匆匆、神色慌张

的赶路人，在我眼里是那么的可怜可笑。

　　我想，人生是可以慢半拍，再慢半拍的。生命的钟表，不能一味地往前拨，要习惯自己是生活的迟到者。人是弱的，累了，就要休息；高兴了，就要开怀大笑。郁闷的时候，何苦要掩饰自己，对着青山绿水呼喊吧。我们可以与友人畅饮，一醉方休；也可以对那些邪恶的人当面示以唾弃。我们可以在月夜下多几分缠绵，也可以在旅途中因着美好的风景而多几日的停留。随遇而安，随缘而行。随风而舞，随雨而歌！

　　是的，我们要给自己多亮几盏红灯，让生命有所停顿，有所沉吟。这样的红灯，就是我们生命中不息的火焰！只有这样，弱的生命才会变成强的生命，暗淡的生命才会变成有光华的生命！当生命的时针有张有弛、疾徐有致地行走的时候，我们的日子，才会随着日升月落，发出流水一样清脆的足音。

北方的盐

盐那雪白的颜色常使我联想到雪。在北方,盐与雪正如雷与电,它们的美是裹挟在一起呈现的。

盐与雪来历不同。雪从天上来,而盐来自地下。雪的成因与低沉的云气有关,而盐的提取有两种途径,其一是多年矿物质的沉积,其二便是海水的凝结。不论它们来自天上还是人间,其形成都有一个浪漫的过程。云与海水作为雪与盐的载体,其氤氲与浩渺的气质总令人浮想联翩,谁能想到缥缈的云会幻化出那么轻盈、美丽、灿烂的雪花?谁能想到奔涌的海水荟萃取出结晶的、闪着宝石一样光泽的盐粒?

是北方的寒冷引得雪花翩跹起舞,还是姿态袅娜的雪的降临赋予了北方以寒冷?反正在北方,寒冷与雪花是一对孪生姐妹,它们总是结伴而来,形影不离。尤其在北方之北方,也就是我的故乡北极村——那个夏至时可以看到白夜的地方,每年的九月底就进入冬季了,雪花会与还没有享受够暖阳的我们不期而遇。初始的雪似乎还不大敢肯定这就是它们的落脚之地,所以雪下得很斯文,有点小心翼翼的味道。一旦它们发现这片寒冷的土地使它们毫发无损,且能保持其明艳的肤色时,它们就一改矜持的姿态,沸沸扬扬地腾空而下,把大地染得一片洁白、一片苍茫。

雪来了,天气越来越冷了。这时的北方大地寸草不生,看不到一抹绿色,所有的植物都成了寒冬的战利品,被彻底地俘虏了,无声无

息。我童年记忆中的北方人的餐桌上，是看不到新鲜的绿色菜蔬的。不似现在，运输的畅通和市场经济的发达，数九天气也能吃到来自南国的蔬菜。

盐在漫漫寒冬中披着它银色的铠甲在北方闪亮登场了。它其实在秋天就亮着它的白牙向北方女人微笑了。秋季是北方人腌菜的时节。家庭主妇们把还新鲜的豆角、辣椒、芹菜、黄瓜、萝卜、芥菜等等塞进形形色色的缸里，撒上一层又一层的盐，做成咸菜，以备冬季食用。北方人爱吃的、一直以来被大张旗鼓腌制的酸菜，更是缺少不了盐。盐被白花花地撒向缸里的时候，会发出簌簌的声响，好像盐在唱歌。在秋天，山间的蘑菇也露出毛茸茸的头了，蘑菇除了晒干外，还可以用盐腌渍在坛子里存储起来，冬天时用清水漂出它的盐分，吃起来味道仍是鲜美的。所以盐在秋季是撒向北方土地的最早的雪，它融化了，融化在菜蔬最后的清香中。如果你问一个北方人，你们的灶房里什么东西最多？我猜十有八九的人都会冲口而出：咸菜缸！的确，腌酸菜的大缸，腌萝卜和芥菜的中等型号的缸，以及腌糖蒜和韭菜花的坛子等等，就像乐池上摆放着的形形色色的乐器一样，你一进灶房它们就会扑入你的视野，并且在你不小心碰撞了它们的时候，为你奏出或沉郁或清脆的乐声。

咸菜是北方人餐桌上的"正宫娘娘"，在寒风呼啸的日子里占据着统治地位，因而北方人也较其他地区的人摄盐量大，形成了口重的习惯，似乎不多加盐的食物都是寡淡无味的。北方人对盐有种近乎崇拜的心理，认为它是力量的化身，所以民间流传着吃盐长力气的说法。那些靠力气而生活的伐木工及家庭主妇，对盐的青睐可想而知了。记得童年时看电影《白毛女》，看到白毛女在山洞里因为多年吃不到盐，而过早地白了少年头的时候，盐在我心目中还具有了乌发的作用，这印象一直延续至今，根深蒂固。现代膳食讲究低盐少糖，这与北方人对盐的巨大热情是背道而驰的。北方人心脑血管的发病率远远高于江南，其气候的寒冷与摄盐过量无疑是两大元凶。尽管如此，北方人对盐仍然像对老朋友一样紧紧相拥，人们并未将它当敌人一样警惕着，虽然冬季可以从副食商场购得新鲜蔬菜，紫白红黄地点缀着餐桌，但

迟子建
散文精选

在餐桌的一角，总会有几碟颜色黯淡的酱菜与之唱和着，有如一部歌剧在结尾时撒下的袅袅余音，它们呈现着旧时阳光的那种温暖与美好，令人回味。

当我们吃着腌制的酱菜望着窗外的雪花、听着时光流逝的声音时，浓云会在深冬的空中翻卷，海水会在遥远的天际涌流。而当我们为着北方的冻土上所发生的那些故事无限感怀时，泪水便会悄然浮出眼眶。泪水一定来自大海，不然它为什么总是咸的?!

因为有了寒冷，有了对寒冷尽头的温暖的永恒的渴望，有了对盐那如同情人般的缠绵和依恋，我想北方人的泪水会比南方人的泪水更咸。

光与影

光肯定不单单是为了黑暗而存在的,因为光也生长在光明的时刻。比如白昼时大地上飞舞的阳光,它就是光明中的光明。当然,大多的光是因了黑暗的存在而存在的,生长这样光明的物品有:蜡烛、油灯、马灯、电灯泡、灯笼、篝火等等。月亮和星星无疑也是生长在黑暗中的光明,但它们可能是无意识地生长的,所以对待黑暗的态度也相对宽容些。月亮有圆有缺,即使它满月时,也可能一头扎进乌云的大厚被子中蒙头大睡,全不管有多少夜行人等待它的光明。星星呢,它们的光暗淡的时候多于明亮时,所以人类想借助它们的光明,是不大容易的。

我记忆最深的光,是烛光。上小学的时候,山村还没有通电,就得用烛光撕裂长夜了。那时供销社里卖得最多是蜡烛,蜡烛多是五支一包,用黄纸裹着。当然也有十支一包的,那样的蜡烛就比较细了。蜡烛白色的居多,但也有红色的,人们喜欢买上几包红蜡烛,留到节日去点。所以供销社里一旦进了红蜡烛,买它的人就会挤破门槛。在那个年代,蜡烛是完全可以作为礼品送人的。正月串亲戚的人的礼品袋中,除了鸡、鸭、罐头和布匹外,很可能就会有几包蜡烛。懂得节省的人家,一支蜡烛能使上四五天,只要月亮的光能借上,他们就会敞开门窗,让月光奔涌而入,刷碗扫地,洗衣铺炕。我最爱做的,就是剪烛花。蜡烛燃烧半小时左右,棉芯就会跳出猩红的火花,如果不剪它，费蜡烛不说，它还会淌下串串烛泪，脏了蜡烛。我剪烛花，不像别人似的用剪刀，我用的是自己的手，将大拇指和二拇指并到一起，屏住气息探进烛苗，尖锐的指甲盖比剪刀还要锋利，一截棉芯被飞快地掐折了，蜡烛的光焰又变得斯文了。我这样做，从未把手烧着，不是我肉皮厚，而是做这一切眼疾手快，火还没来得及舔舐我。烧剩的蜡烛瘪着身子，但它们也不会被扔掉，女孩子们喜欢把它们攒到一起，用一个铁皮盒盛了，坐到火炉上，熔化了它们，采来几枝干树枝，用手指蘸着滚烫的烛油捏蜡花。蜡花如梅花，看上去晶莹璀璨，有喜欢粉色的，就在蜡烛中添上一截红烛，熔化后捏出的蜡花就是粉红色的了。在那个年代，谁家的柜子和窗棂里没有插着几枝蜡花呢！看来光的结束也不总是黑暗，通过另一种渠道，它们又会获得明媚的新生。

　　光中最不令我喜欢的就是阳光了。往往我还没有睡足呢，它就把窗户照得雪亮了。夏天的时候，它会晃得你睁不开眼睛，让人在强烈的光明中反倒有失明的感觉。不过我不讨厌黄昏时刻的阳光，它们简直就是从天堂播撒下来的一道道金线，让大地透出辉煌。比较而言，月光是最不令人厌烦的了，也许有强大的黑暗作为映衬，它的光总是柔柔的，带着股如烟似雾的缥缈气息，给人带来无边的遐想和温存的心境。好的月光质感强烈，你觉得落到手上的仿佛不是光，而是绸带，顺手可以用来束头发的。而且泻在山山水水的月光也不像阳光那样贫乏，月光使山变得清幽，让水变得柔情，流水裹挟着月光向前，让人觉得河面像根巨大的琴弦一样灿烂，清风轻轻抚过，它就会发出悠扬的乐声。

　　马灯和油灯，因为有了玻璃灯罩作为衬托，其性质有点像后来的电灯了。很奇怪，我印象中使马灯的都是些老气横秋的更倌和马夫，他们提着它，要么去给牲口喂夜草，要么去检查门闩是否闩上了。而掌着油灯的人呢，又多数是年老的妇人，她们守着油灯纳鞋底或者是补衣裳，油灯那如豆的火苗一耸一耸的，映着她们花白的头发和衰老平和的面庞。所以我觉得马灯和油灯与棺材前的长明灯密切相关，因为使着这两种灯的人，离点长明灯的日子是不远的了。

　　有了光，而又有了形形色色的天上和人间的事物，就有了影子。

云和青山有影子，它们的影子往往是投映在水面上了；树、房屋、牲畜、篱笆、人、花朵与飞鸟，都会产生影子。有些影子是好看的，如月光下被清风摇曳的树影，黄昏时水面漂泊的夕阳的影子以及烛光中小花猫蹑手蹑脚偷食儿的影子。我印象最深的影子，是烛光反射到墙面的影子，它们有桌子的影子，有花瓶的影子，有插在柜角的鸡毛掸子的影子，也有人影。这些上了墙的影子随着光的变幻而变幻着，忽而胖了，忽而又瘦了；忽而长了，忽而又短了，让人觉得影子毕竟是影子，一从实物中脱离出来，它就走了样了。

老人们爱说，一个人有影子是好事情，要是有一天你发现自己的影子消失了，说明你离做鬼的日子不远了。所以我从小特别恐惧看自己的影子。它在，你可以气定神凝；一旦寻不着它，真的会急出一身冷汗，以为身后已经跟着一群小鬼了。而一个人即使沐浴在光明中，也并不总能看到自己的影子。而且，自己的影子有时也会吓着自己，比如走夜路的时候，我在前面走，我的影子就跟在我后面走，让我觉得身后跟着一个人，惴惴不安的。回过头一望，影子却不见了，可当你转过身接着行走的时候，影子又跟在身后了，甩也甩不掉，就像一条忠诚于主人的狗一样，一直跟着你。

在光与影的回忆中，有一把小提琴的影子会浮现出来。我家的墙壁上挂着一把小提琴，只有父亲能让它歌唱。它的旋律响起来的时候，即使在阴郁的天气中，你仍能感受到光明。"文革"中，那把小提琴被砸烂了，因为那是属于小资阶级的东西。琴声能流淌出光明，这样的光明能照亮人荒芜的心，可是这种光明是看不到影子的，如果用老人们的说法去推理它，音乐与鬼魅就是难解难分的了。难怪最忧伤最动人的旋律在给人带来心灵光明的时候，也会在一个特殊年代带来生活上的灾难，因为音乐带着鬼啊。

生活的富足，使马灯、油灯渐次别我们而去了，烛台也只成了一种时髦的展览了。当我们踏着繁华街市中越来越绚丽的霓虹灯的灯影归家，为再也找不见旧时灯影的痕迹而发出一声叹息的时候，那些灯影斑驳的往事，注定会在午夜梦回时幽幽地呈现。

拾月光

　　我出生在北极村,那里有一条美丽的黑龙江从它的身旁流过。

　　村子是由高大的木刻楞房子组成的居民区。房子与房子之间间隔很大,足足可以用柳条圈成两个大菜园。菜园中的土不须说,自是黑土,肥沃,且有香味。人们就在这园子中种菜、盖猪栏、架鸡舍等。

　　家家的门前都养着一只狗。入夜,风声大作的时候,狗叫声也就像涨潮一样汹涌不息了。

　　当然,这都是十几年前的事。

　　十几年前的我正是爱做美梦的童年时期。我的饱经沧桑的外祖父和善良慈祥的外祖母曾给我讲了许多许多关于这条江,关于生活在这条江两岸的人们的故事。这些动人的故事就像阳光照耀下的沙滩上的五彩石一样,在我幼小的心灵里焕发着光辉。

　　可有一件事我却弄不明白,那就是外祖父所说,他说还有比我们北极村更远的地方。他说那个地方的人们住冰房子,吃生鱼。外祖父没有到过那地方,可他却说得那样津津有味,仿佛是真的似的。

　　"姥爷,您没去过那里,为什么知道那里的事情呢?"

　　"姥爷想的。"

　　"那我可不可以想一个呢?"

　　"那怎么不行?"外祖父说。

　　原来任何一个没有去过的地方,都可以按自己想的去诉说那里的

故事呀。"

于是，我就想了一个更遥远的北极的故事。

我被一股强大的冷空气流给袭击到了那里。呀，这里除了白色的东西之外，就是天空上的太阳是微红色的了。

最先迎接我的是穿着银白色礼服的企鹅们。它们个个都长得丰腴美丽，步子迈得很有乐感，好像是集体出嫁的新娘。

企鹅带着我，先把我领进一个冰房子里。冰房子里没有生火炉，但阳光却洒满了房子，冰房子的四壁都洋溢着一种玫瑰色的喜气。

一个身穿虎皮的老人向我走来。他的胡子比他的个子还长，拖在地上，像彗星的长尾巴，在冰地上飘逸着。他快到我身边的时候，就轻轻地弹了一下手指，于是，那些企鹅就安静地出去了。

"你是哪个国家来的呀——姑娘？"

"我是中国的，我来自北极村。"

"你叫什么名字，孩子？"

"爸爸，你看她浑身在抖，你别问她叫什么名字了吧，先让她吃点熊肉。"一个穿着黑色裘皮衣服的少年对老人说。

"好吧，好吧。"

我就被那少年领进冰房子里面的一个小空间。这里有一个像太阳那么大的火炉，炉子里烧的不是柴火，但橘黄色的火苗却很旺。

"这里烧的是什么？"

"是月光。"

"月光怎么能烧呢？"

"月光烧起来最温暖了，又不冒烟。"

"可怎么能拾到月光呢？"

"晚上，月亮升起来的时候，我们就带着桦皮篓，然后用铲花的小锄来拾。"

"怎么拾呢？"我还是问。

"晚上我带你去，你就知道了。"

我开始吃熊肉，我冷极了，也饿极了。熊肉煨得很烂糊，也很香，

迟 子 建
散 文 精 选

外祖母可从来没有做过这么好吃的熊肉。外祖母炖熊肉总是要用盐水煮,里面扔几粒花椒。

"这熊肉这么好吃,它是怎么煮的?"

"它是用银河的水,加上白桦树的汁液以及雪莲花的花瓣煮成的。"

这多奇妙,我不由得吐吐舌头。

吃完了熊肉,我觉得浑身都暖洋洋的。我就坐在一块狗皮上,跟少年讲北极村的故事。

"你们北极村有企鹅吗?"

"没有,我们那有山雀,红脑门的,可漂亮呢,也很会叫。"

"那你们那有冰房子吗?"

"没有,我们住木头房子。里面砌上两面大火墙,烧原木疙瘩,可暖和呢。"

"那你们养狗吗?"

"我们养狗,家家的门前都养一条狗。"

"你们养狗做什么用呢?"

"看家、打猎。"

"那你叫什么名字,几岁了?"

"我都十岁了。我叫迟子建。"

"迟子建?是什么意思呢?"

"迟子建,是我爸爸给起的名字。他喜欢读曹植的《洛神赋》,而曹植的名字叫子建,他就给我起了这个名。"

"可曹植是谁呢?"

"我也不知道,爸爸说我大了就知道了。"

"那他还活着吗?"

"爸爸说他早死了,死了很久很久了。"

"哦,这真有意思。"少年托着腮帮,接着问我。

"你的小名叫什么?"

"叫迎灯。我是正月十五生的,正月十五是灯节,我生在傍晚,天刚黑,灯还没点,所以叫'迎灯'。你们这不过这个节日吧?"

"我们没有这个节日。我们每年只过一个节，是新年。"

"那你们这可没有我们那好。没有节日的日子多难过呀。"我说。

我和这少年说了好久。他告诉我，他叫杰克，今年十三岁了，喜欢拉弓射箭。

晚上，杰克带着我去冰上拾月光。这里的月亮好大好大呀，我一出冰房子就惊喜得要跳起来了。好像是再长几年，那枚月亮我就可以摘下来。它那么温柔地照着极地的每一个地方，橘黄色的光辉在冰面就像刷了一层油似的，亮晶晶的。

我把桦皮篓卸下来，杰克就开始用小花锄拾月光了。他轻轻地铲；每铲一下，月光就消失了一下，一层黄油似的东西就堆在一起，像块奶油似的。

最后，我们拾了满满一篓子的月光。桦皮篓一下子膨胀起来了。被刮过月光的冰面上呈现出银白的色调来，好像一大块丰收的麦田上飘拂着一块白纱巾。

我们背着桦皮篓往冰房子里走。杰克坚持不让我背，他说这么浓的月光很沉，我的肩膀现在还承受不了这重量。

那天晚上我就睡在冰房子里。

第二天早晨，胡须拖地的老人把我摇醒了。他让我起来吃饭。他说吃过饭后，我们就坐着雪橇去捕鱼。

早餐是杰克起大早打来的。他射了一只老鹰，我们用它调汤喝。汤的味道鲜美极了。喝汤的时候，我和杰克共用一只桦皮碗，我们边喝边互相瞅着。

"杰克，吃饭不要东张西望。"老人说他。

"我在锻炼眼睛捕捉东西的能力呢。"杰克舀了满满一勺子汤。

"嗯。"老人不满地咕噜一句。

雪橇早已准备好，四条大黄狗被套在那里。企鹅们刚刚吃过早饭，都容光焕发地站在冰房子外面迎接我们出去。

杰克把网扔在雪橇上，然后就把一块熊皮铺好，让我坐在上面。

迟子建
散文精选

一会儿的工夫,我们的雪橇就出发了。

雪橇像电一样嗖嗖地跑着,空气中雪粒飞扬,扑了我一脸,使我喘不过气来。四条黄狗跑得气喘吁吁,身上冒着大雾一样的汗气。

这里没有山没有树。这里只有冰和雪。雪橇在冰面上滑行一个多小时后,终于到达了一个大洋。

杰克说它叫北冰洋。我告诉他,这地方我听外祖父讲过。这是深蓝色的一望无际的冰封的大洋。大洋的上空正托着一轮辉煌的红日。整个洋面辽阔坦荡、茫茫无边,就像我见过的家乡秋季的天空一样。

"杰克,你去把昨天下的网起出来。"老人吩咐他。

杰克答应着,就去起网了。他先用铁钎锤击一块圆形的冰面,然后再用铁笊篱把碎冰碴捞起来,一圆孔的北冰洋的水就呈现在面前了。

杰克埋头起网,网被提出来了,一条条活蹦乱跳的鱼像一群光着屁股的胖娃娃,欢呼雀跃地上了冰面。老人用一条大麻袋再把它们装进去。每装满一袋,就用绳子扎紧口子,然后扔在雪橇上。

我做杰克的帮手。有些大鱼他一个人弄不过来,我就上前为他使劲。老人为着收获的喜悦激动着,嘴角挂着笑意。

下午,太阳变得灰蒙蒙的,我们的雪橇装满了鱼,我和杰克坐在雪橇上回冰房子了。这时,天空飘下大片大片的雪来,很快,冰面上什么也看不清,模糊一片,白茫茫的。

回到冰房子时,雪还没有停,企鹅们却焦急地等了好久了。它们没有去看雪橇上的鱼,就先唧唧哝哝地跟老人讲什么。老人点着头,然后回头看我,我感觉到那目光很让人害怕。

进了冰房子,才发现外祖母家那只可爱的白鸽子被绑了双脚,正在那里掉眼泪呢。

"白鸽子,你怎么在这?"

我扑上去,把它抱在怀里,然后冲杰克大发脾气,我说他们这个地方的人怎么不讲人性,我家乡的鸽子来了竟受到这种待遇。杰克知道这是企鹅们自作主张办的蠢事,就狠狠地把它们骂了一顿,于是,那些肥胖的企鹅就垂头丧气地出去了。

"杰克,我们得让她走了。"老人捻着胡须对他说。

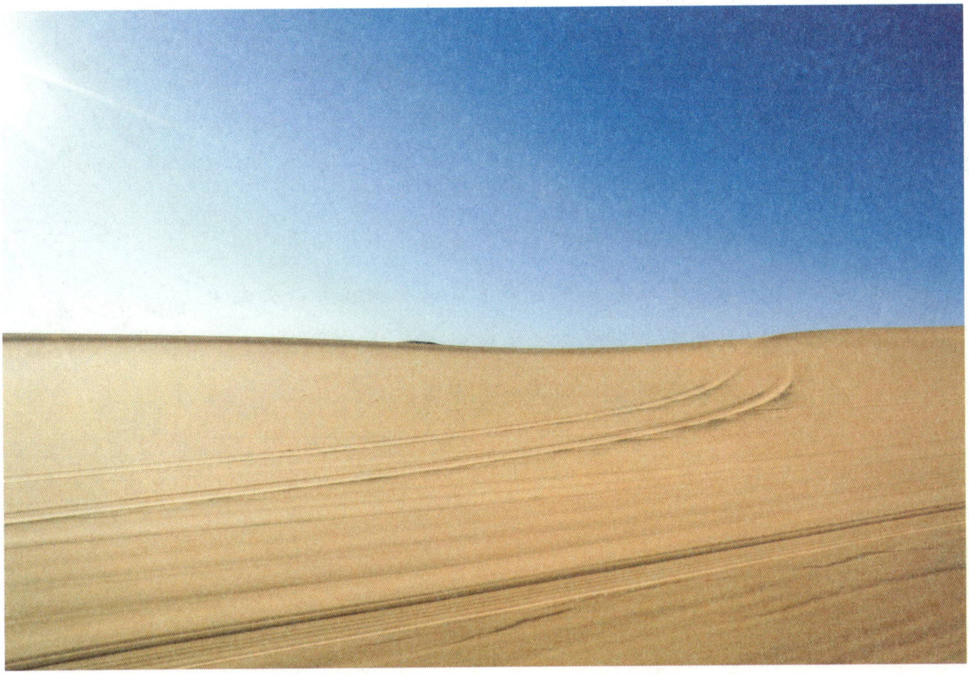

并不是所有的阴云都能演化成雨水。
暴雨过后，天空还飞涌着大片大片的云。
这些云带着股重生的喜悦，翩翩起舞，姿态万千。
灼灼的夕阳把西边天空的云照得一片嫣红，
而东方的云，却是一派金黄。

"为什么要让她走呢?"

"因为她的外祖母让鸽子捎来封信,说她是在睡梦中飞出来的。她爱做梦,可她的外祖母却很着急。"

"那他们怎么知道她到这来了呢?"

"因为她外祖母说,她是这里天空的一颗小星星。"

我终于想起来了,我七八岁的时候,妈妈就常常跟我说,她说她生我的时候曾经梦见一颗星星扑在她的奶子上。她说我是顶着星星下来的。可我不知道,我就是这里的一颗星,这里这么这么的遥远,又这么这么的冷,而且人又这么这么的稀少,而且一年才只过一次节日。

——我就是这里的一颗星星呀?!

杰克听完这些话,就低头不作声了。杰克长着一双漂亮得像北冰洋的水那么蓝的眼睛,杰克没有一个很高傲的鼻子。杰克在冰面上拾月光的时候,动作非常的优雅。

我和杰克还没有玩够呢。

可我不得不回去。我要走的那一晚,我和鸽子、杰克、老人围在月光炉上吃饭。这次我们吃的是蒸鱼。味道鲜美,恐怕这辈子是忘不了的了。

吃完饭,我就和杰克背着桦皮篓到冰房子外面拾月光。当桦皮篓里的月光满了的时候,我忽然发现杰克不见了。我喊他,他不答应,我就去冰房子找老人,老人也不见了。我又去找企鹅,企鹅也没了。

都没了,只剩下一片浏亮冰面上的好月光和我的一桦皮篓的月光。我趴在那里哭了。

这就是我常常做过的北极的梦。这梦想已过多年。我背着装有月光的桦皮篓,从北极村走出多年了。我还常常想起杰克,想起那老人和那座冰房子。

既然妈妈说我是一颗星,那么,我希望几十年后,有了我归宿的那一天,我就去那里。

可我不知道杰克是否死了,或者,他活着却已经苍老了。可我还会爱他的,只因为那一块纯净的天地和纯净的情怀。

059

上天的九级浪

　　楼下的农家，大约在白山黑水间生活久了的缘故，他家饲养的家禽，非黑即白。看门的狗呢，也是一黑一白。白的是大狗，黑的是小狗。女主人六十多岁了，虽然她多子多女，但因为孩子们大都下岗，无力奉养她，她便一早一晚地，蒸了馒头，拿到小市场卖。她出门的时候，由白狗率领着，那条威猛的白狗看上去就像翻卷在她前面的一团云。

　　白狗在家，小黑狗是老实的。白狗和主人一出门，小黑狗大约觉得天下是自己的了，立刻神气起来了。它会翻越木栅栏，跳到鸭子和鹅的领地，把鸭子撵得四处奔逃。鸭和鹅平素也是招架的，但小黑狗一旦欺负鸭子了，鹅就会昂首挺胸的，梗起它气贯长虹的脖子，雄赳赳地出击。小黑狗此时会落荒而逃，溜回果树下的老窝。别以为它受了威胁后会长记性，没脑子的小黑狗，下次照样去骚扰鸭子。

　　这些鸭子和鹅居于园田的角落。鹅一律是白色的，鸭子呢，大多是灰黑的。有一只鸭子，羽毛是黑的，唯有胸脯那儿是白的，好像这只鸭子给自己开了一扇窗。这只鸭子，便也遭同类的嫉妒，不仅黑鸭子对它群起而攻之，傲慢的大白鹅，也时常袭击它。它们那架势，似乎不合力把它胸前的那扇窗撞碎，就绝不罢休。所以只要听到楼下的鸭子发出受惊的叫声了，十有八九是那只黑白花的鸭子。

　　狗对鸭子和鹅的食物，是不闻不碰的，它们吃的不是一路的。狗

捡主人的剩饭，鹅和鸭呢，啄食的多半是谷物。冬天的时候，尤其雪大的日子，山上的麻雀寻觅不到吃的了，就会惦记这家院落家禽的食物。麻雀密密麻麻地落下来，往往刚偷个三口两口的，鹅就会张开蒲扇似的翅膀，驱赶它们。麻雀一哄而起，逃向天空。我想鹅身上无所畏惧的英雄主义气概，大概缘自它与众不同的眼睛吧。老人们说鹅眼是收缩的，所以往往把人和风景都看小了。人在它眼里也许只是谷穗一般大，麻雀呢，不用说就是一缕浮沉了。

我观察了，不仅人喜欢看风景，动物也是一样的。起风的时候，果树抖得厉害，狗就喜欢钻出窝，歪着脖子看摇摆的树，赏它的万种风情吧。正午的阳光将大地照得泛出白光时，鸭子和鹅就格外欢实，"嘎嘎——呱呱——"地叫着，且歌且舞。它们张开翅膀的时候，一定是把阳光当成了上天垂下的长发，而把自己的翅膀当成了梳子。

五月二日的傍晚，天空本来晴朗着，可是突然，一团连着一团的阴云从西南方向飞涌而出。它们气势宏大，像一支无坚不摧的铁甲部队，顷刻间横跨天际，占领了东北部的天空。灰云压顶，天色黯淡，它们却还嫌兵力不够，继续增兵，阴云厚起来，天黑起来，一看，就是大暴雨要来了。果然，我刚把窗子关上，雷声轰隆隆响起，闪电在云层中游鱼似的穿梭，暴雨已经来了。它们把玻璃窗打得噼啪噼啪响，像是放爆竹。我站在窗前，看了一眼楼下的农家小院，发现家禽都已回棚了，小黑狗也回窝了，只有白狗，站在窗棂下，随时准备出发的样子。

大兴安岭的暴雨就是这样，来得猛烈，去得也快。一刻钟吧，云薄了，雨小了。又一刻钟，天放晴了。本该落山的太阳，又明晃晃地跳了出来，大约雷声把它给打回来了吧。山上的水雾与阳光交融，生出了今年的第一道彩虹！好像老天嫌山河还缺乏春意，特意为它加上一只妩媚的眼。本来它要加一双的，可是第二条彩虹只是隐隐约约眨了眨眼，就不见了。而第一条彩虹，也很快被轰轰烈烈的云霓所淹没。

并不是所有的阴云都能演化成雨水。暴雨过后，天空还飞涌着大片大片的云。这些云带着股重生的喜悦，翩翩起舞，姿态万千。灼灼的夕阳把西边天空的云照得一片嫣红，而东方的云，却是一派金黄。

迟子建
散文精选

给人的感觉就是西方的天空在炼丹,而东方的天空则在炼金。在这嫣红和金黄之间,又有逐渐化开的蓝天,一块块地,散发着宝石色的光泽。风云变幻的天空,其壮丽之色,让我想起了艾伊瓦佐夫斯基的《九级浪》。都说天空如海,那多半是指它平静广阔的一面;而这场暴雨后的天空,让我明白天空之所以如海,是它也能卷起层层波浪!而且每一条波浪,都那么的惊险,又那么的绚丽!

　　农家小院的鸭和鹅,抖着翅膀出来了。它们看上去欢欣鼓舞的,大概知道彩虹出来后,河水就会暖了,它们离下河嬉戏的日子也就不远了。只是它们不知道,主人还有没有时间放牧它们。因为暴雨过后,它们透过木栅栏,看见小黑狗侧着身子蹭着果树玩耍,而白狗又引领着老迈的女主人,去小市场卖馒头去了。

谁说春色不忧伤

在我的故乡，十月便入冬了。雪花是冬季的徽标，它一旦镶嵌在大地上，意味其强悍的统治开始了。虽说年分四季，但由于南北不同和季节差异，四季的长度是不相等的，有的春短，有的秋长。而我们那儿，最长的季节是冬天。它裹挟着寒风，一吹就是半年，把人吹得脸颊通红，口唇干裂，人们在呼号的风中得大声说话，不然对方听不清。东北人的大嗓门，就是寒风吹打的吧。你走在户外，男人的髭须和女人的刘海，都被它染白了，所以北国人在冬天，更接近童话世界的人，他们中谁没扮过白须神翁和白毛仙姑呢。

被寒流折磨久了、被炉火烤得力气弱了、被冬日单一蔬菜弄得食欲寡淡的人，谁不盼着春天呢？春天的到来是最铺张的，它的前奏和序幕拉得很长。三月中旬吧，就有它隐约的气息了。连续几个晴天后，正午时屋檐会传来滴答滴答的水声，那是春天的第一声呼吸，屋顶的积雪开始融化了。人们看见活生生的水滴，眼里泛着喜悦的光影。但别高兴得太早，春天伸了一下舌头，扮个鬼脸，就不见了。寒流的长鞭子又甩了出来，鞭打得人还不能脱下冬衣。人们眼巴巴地看着屋檐滴水时凝结的冰溜儿，就像望着脆弱的琴弦，不敢把动人的旋律弹奏。到了四月初，屋顶的积雪全然融化了，家家的白屋顶露出了本色，红瓦的现出热烈的红色，青瓦的现出深沉的钢青色，这时春天的脚步真的近了。雪花隐遁，天空由灰白变成淡蓝，太阳苍白的面庞有了暖色，

063

迟子建
散文精选

河岸柳树泛红，林中向阳山坡的达子香花，羞答答地打骨朵了，人们饲养的家禽，开始在冬窝里频频伸展翅膀，想啄春天的第一口湿泥，做自己的口红，这时的春天怎么说呢，是到了婚日的盛装的新娘，呼之欲出了！

春天就是一个宝石库，那里绿翡翠最多。地上的草，林中的树，园田的菜圃，呈现着一派娇嫩的绿；山间原野的花儿，姹紫嫣红，争奇斗艳，蓝的如宝石，红的如玛瑙，白的如珍珠，金黄的如琥珀。这时窗缝的封条撕下来了，门上用于抵御寒风的棉毡也取下来了，人们换下棉衣棉裤，家禽们又可以寻觅园田肥美的虫子，作为它们的小点心了！到了五月，春天波涛汹涌地来了，所有的生命都荡漾在它明媚的波涛里！

但这样的春色，也许过于寻常，并没有烙印在我心灵深处。我对最美春色的记忆，居然与伤痛联系在一起。也就是说，有两个年份的春光，分别因身体和心灵的伤痛，而化为了化石，嵌在我骨头缝里，无法忘怀。

我在大兴安岭师专读二年级时，也就是三十四年前，春末时分，我突患牙痛。先是一颗牙起义，疼了起来，跟着它周边的牙呼应它。半口牙痛起来的感觉，你甚至想当自己的刽子手，砍下头颅。我还记得童年时一个杀猪的因为牙痛，要喝农药，他老婆喊邻人阻止丈夫愚蠢行为的情景。有过牙痛经历的人都知道，那种痛锥心刺骨，尤其是夜深它扰得你不能安眠时。记得我被牙痛连续折磨了两昼夜，一天凌晨，天还没亮，我实在忍耐不住，一个人悄悄穿衣起来，出了集体宿舍，走向校园西侧的原野。那天有雾，我张开嘴，希望雾气能像止痛散，发挥点作用。当我步出宿舍区，接近原野的时候，发现了一团黑乎乎的东西。走近一看，是台用于耕地的拖拉机！我想起白天时，曾望见它在原野上工作。拖拉机驾驶舱的门，居然一拉就开了。我像发现了一个古堡，兴奋地跳上驾驶室。完全不懂驾驶技术的我，试图开动它。好像拖拉机的履带一转，我的病痛就会被碾碎似的。我不知哪里是油门刹车，双脚乱踏，手抚在方向盘上，振振有词地喊着前进前进，可拖拉机纹丝不动。但这丝毫没有减淡我的热情，我像对付一匹

野马似的，执意要驯服它，一直和它战斗，直到雾气野鬼似的在日出中魂飞魄散，我才大汗淋漓地休战。太阳从背后升起来，照亮了我面前的原野。它的绿是那么的鲜润，就像一块刚压好的豆腐，只不过这是块巨大的翡翠豆腐！这片触目惊心的绿震撼了我，我跳下拖拉机。牙痛就在我奔向原野的时刻，突然止息了。病牙撤兵，整个身心都获得了解放。我感恩地看着春天的原野，想着它蛰伏一冬，冲出牢笼后出落得如此动人，可我从未细心打量过它，辜负如此春色，实在不该。

另一片记忆中的至美春色，是与2002年联系在一起的。那年5月3日，爱人在归乡途中车祸罹难，我赶回故乡奔丧。料理完丧事，回到塔河，正是新绿满枝的时候。姐姐见我很少出门，有一天领着孩子，拉着我去堤坝走走。太阳已经很暖了，可走在土路上，我却觉得脊背发凉。堤坝是我和爱人常去的地方，我们曾在河边打水漂，采野花，看两岸的山影、庄稼和牛羊。我走下堤坝，看到几棵嫩绿的柳蒿芽，随手采了，那是我和爱人喜欢吃的野菜，把它用开水焯了，蘸酱吃鲜美无比。我采了柳蒿芽，又看见了野花，白的，粉红的，淡蓝的，星星似的眨眼。我没有采花，因为以往采回的野花，会放到床头桌上，照亮两个人的梦境。想着爱人与这样的春色永别了，想着再无人为我采撷这大好春色，伴我入梦，我忍不住落泪了。"万木皆春色，惟我枝头泪"，这是我为《白雪乌鸦》里丧夫的女主人公写的一句内心独白，它其实也是我的内心独白。那天我怕姐姐看见我的泪，便朝茂密的柳树丛走去。泪眼中的春色飞旋起来，像一朵一朵的云，在人间与天堂之间绽放，那么迷离，那么凄美！四野寂静，我听见了自己的心跳声。我想一颗依然能感受春光的心，无论怎样悲伤，都不会使她的躯壳成为朽掉的木。爱情的春光抽身离去，让我成为无人点燃的残烛，可生命的春光，依然闪烁！

我最爱的词人辛弃疾，曾写过"春风不染白髭须"的名句。是啊，春风染绿了山，染红了花，染蓝了天，染白了云，可它不能把我们的白须白发染黑，不能让岁月之河倒流。但春风能染红唇，能让它像一朵永不凋零的花，吐露心语，在夜深时隔着时空，轻唤你曾爱过的人，问一声你还好吧？

上个世纪的飞雪和溪流

去年深冬,在回故乡的慢行列车上,我遇见了两个老者。他们一胖一瘦,相对着坐在茶桌旁,一边喝酒,一边愉快地交谈。其中的一个说,四十多年前的一个夜晚,他驾着手推车,从山上拉烧柴回家,走到半程时,天飘起了雪花。雪越下越大,到了一个三岔路口时,他习惯地上了一条路。然而走了一会儿,他发现那路越走越生,于是掉转车头,又回到岔路口。雪花纷纷扬扬的,天又黑,他分辨不出南北东西了,于是凭着直觉,又踏上了一条路。可是他越走越心虚,因为那条路似乎也是陌生的,他害怕了,又一次回到岔路口,心想这么目的不明地乱走,不如停在原地,等待天明雪住了再说。怕夜里狼来袭击,他生起了一团火。深夜时,家人寻来了。他这才知道,他第一次踏上的路,是正确的。只不过因为雪太大,改变了路的风貌。那人说:"谁能相信,我让雪花给迷了路呢!要是搁现在,可能吗?"他指着车窗外的森林说:"看看,这雪一年比一年小,风一年比一年大,这还叫大兴安岭吗?"

透过车窗,我看见稀疏的林地上,覆盖着浅浅的积雪,枯黄的蒿草在风中舞动。而在雪大的年份,那些蒿草会被雪深深地埋住,你是看不到的。天虽然仍是蓝的,可因为雪少得可怜,那幅闪烁的冬景给人残破不堪的感觉。

而这样的景象,在大兴安岭,自新世纪以来,是越来越司空见

惯了。

我想起童年在小山村的时候,每逢冬天来临,老天就会分派下一项活儿,等着我们小孩子来接收,那就是扫雪。那个年代的雪,真是恋人间啊!常常是三天一小场,十天一大场,很少碰到一个月没有雪的时候。雪会大到什么程度呢?有的时候,它闷着头下了一夜,清晨起来,你无法出去抱柴了,因为大雪封门了。这个时候,就得慢慢地推门,让它渐渐透出缝隙,直到能伸出笤帚,一点点地掘开雪,门才会咧开嘴,将满院子的白雪推进你的视野,有如献给你一个明朗的笑。门开了,我们赶紧穿上棉鞋,戴上围脖和手套,去院子中扫雪。先是扫出一条能容人通行的小路,然后把雪撮到大花筐里,放到爬犁上,一车车地运到自家的菜园里,堆起来,做肥料了。第二年春天,融化的雪水会滋润黑土,利于耕种。

因为雪造访得频繁,冬天时,那些爱串门的人,在踏进别人家的门槛时,第一件事就是跺脚,抖掉沾在鞋上的雪。因此,那儿的人家,在冬天时,爱在门口放一个毡垫。

那个年代,不光是雪多,溪流也是多的。夏天,我们常到山上玩,渴了,随时捧山间的溪水来喝。溪水清冽甘甜,带着草木的清香,我喝的这世上最好的水,就是大兴安岭的溪水。那时植被好,雨水丰沛,因而溪流纵横。女孩们夏天洗衣服,爱到溪水旁。省了挑水,可以洗个透彻。洗衣服的时候,蝴蝶和蜻蜓在你眼前飞来飞去的,它们的翅膀有时会温柔地触着你的脸;而溪水中呢,不仅浸泡着衣服,还浸泡着树和云的影子,好像它们嫌自己不干净,要你帮着洗一洗似的。洗完了衣服,我们往往会趁着太阳好,把衣服搭在溪畔的草地上。晾晒着的衣服紫白红黄都有,蜜蜂也许把金黄的衣服当成了大盘的向日葵,围着它嗡嗡地闹;而盘旋在红衣服上空的,往往是乌鸦,它们一定以为那是一大块鲜肉,想着大快朵颐。

大兴安岭的河流,到了冬天都封冻了。柔软的水遇到零下三四十摄氏度的严寒,哪有不僵的呢?可母亲告诉我,我们家在设计队住的时候,后山上有一道泉水,冬天是不冻的。她觉得这条泉神奇,于是常常去那儿接了泉水,挑回来给我们喝。她常用劳苦功高的语气说:

067

迟子建
散文精选

"你聪明，就是喝那山泉喝的！"可我也有愚蠢的时候，便问她是否也曾让我喝过阴沟的水，母亲气呼呼地冲我翻白眼，叫着："没良心啊！"母亲说，我们后来搬家了，所以那道泉水在那座山上，究竟活了多少个冬天，她是不知道的。

冬天有冬天的样子，夏天有夏天的样子，风霜雨雪交替而来，那才叫好日子啊。雪灾、旱灾和火灾，那时真是少有啊。我还记得，有一年起了雷击火，父亲奉命去打火，他们到了山中，只是打了防火隔离带，守着它而已。火着到一定程度，自然灭了，父亲回家了，他带回了公家发放的压缩饼干，我们抢饼干吃的时候，竟然觉得打火是一件美妙的事情。

大兴安岭的开发，使林木资源日渐匮乏，小时候常见的参天大树，好像都被老天召走，做了另一个世界晚祷的蜡烛，难觅踪影了。而那如丰富的神经一样遍布大地的溪流，也悄然消逝了。好在政府实施了天然林保护工程，使受到摧残的林地有了复苏的机会。如今的大兴安岭，冬天少雪，夏季少雨，风天多了起来，火灾时有发生，在那儿工作的人，春秋两季的防火，成了一年中最重要的事情。我已故的爱人，对人是悲观的，他说只要人在，自然就会遭受破坏。他曾天真地对我说："大兴安岭全境人口不过五十多万人，我看不如把所有的人口都迁出去，异地安置，做到真正的封山。这样，政府也不用往这儿投一分钱，靠自然的力量，几十年后，树起来了，动物也起来了，中国会留下最好的一片原始森林。"大兴安岭的面积相当于一个法国，如果他的愿望实现的话，这不仅仅是中国人的福气，也是世界人的福气。可我知道，这样的想法，无论是在他生前还是死后，都是"天上的想法"。

我怀念 20 世纪故乡的飞雪和溪流。我幻想着，有一天，它们还会在新世纪的曙光中，带着重回人间的喜悦，妖娆地起舞和歌唱。

一滴水可以活多久

这滴水诞生于凌晨的一场大雾。人们称它为露珠，而她只把它当作一滴水来看待，它的的确确就是一滴水。最初发现它的人是一个七八岁的小女孩，她不是在玫瑰园中发现它的，而是为了放一只羊去草地在一片草茎的叶脉上发现的。那时雾已散去，阳光在透明的空气中飞舞。她在低头的一瞬发现了那滴水。它饱满充盈，比珠子还要圆润，阳光将它照得肌肤浏亮，她在敛声屏气盯着这滴水看的时候不由得发现了一只黑黑的眼睛，她的眼睛被水珠吸走了，这使她很惊讶。我有三只眼睛，两只在脸上，一只在草叶上，她这样对自己说。然而就在这时她突然打了一个喷嚏，那柔软的叶脉随之一抖，那滴水骨碌一下便滑落了。她的第三只眼睛也随之消失了。她便蹲下身子寻找那滴水。她太难过了，因为在此之前她从未发现过如此美的事物。然而那滴水却是难以寻觅了。它去了哪里？它死了吗？

后来她发现那滴水去了泥土里，从此她便对泥土怀着深深的敬意。人们在那片草地上开了荒，种上了稻谷，当沉甸甸的粮食蜕去了糠皮在她的指间矜持地散发出成熟的微笑时，她确信她看见了那滴水。是那滴水滋养了金灿灿的稻谷，她在吃它们时意识里便不停地闪现出凌晨叶脉上的那滴水，它莹莹欲动，晶莹剔透。她吃着一滴水培育出来的稻谷一天天地长大了。有一个夏日的黄昏她在蚊蚋的歌唱声中发现自己成了一个女人，她看见体内流出的第一滴血时确信那是几年以前

迟子建
散文精选

那滴水在她体内作怪的结果。她开始长高，发丝变得越来越光泽柔顺，胸脯也越来越丰满，后来她嫁给了一个种地的男人。她喜欢他的力气，而他则依恋她的柔情。她怎么会有这么浓的柔情呢？她俯在男人的肩头老有说也说不尽的话，好在夜晚时被男人搂在怀里就总也不想再出来，后来她明白是那滴水给予她的柔情。不久她生下了一个孩子，她的奶水真旺啊，如果不吃那滴水孕育出的稻米，她怎么会有这么鲜浓的奶水呢？后来她又接二连三地生孩子。渐渐地她老了，她在下田时常常眼花，即使阴雨绵绵的天气也觉得眼前阳光飞舞。她的子孙们却像椴树林一样茁壮地成长起来。

她开始抱怨那滴水，你为什么不再给予我青春、力量和柔情了呢？难道你真的死去了吗？她步履蹒跚着走向童年时去过的那片草地，如今那里已经是一片良田，入夜时田边的水洼里蛙声阵阵。再也不见碧绿的叶脉上那颗纯美至极的水滴了，她伤感地落泪了。她的一滴泪水滑落到手上，她又看见了那滴水，莹白圆润，经久不衰。你还活着，活在我的心头！她惊喜地对着那滴水说。

她的牙齿渐渐老化，咀嚼稻米时显得吃力了。儿孙们跟她说话时要贴着她耳朵大声地叫，即使这样，她也只是听个一知半解。她老眼昏花，再也没有激情俯在她男人的肩头咕哝不休了。而她的男人看上去也畏畏缩缩，终日垂头坐在门槛前的太阳底下，漠然平静地看着脚下的泥土。有一年的秋季她的老伴终于死了，她嫌他比自己死得早，把她给丢下了，一滴眼泪也不肯给予他。然而埋葬他后的一个深秋的月夜，她不知怎的格外想念他，想念他们的青春时光。她一个人拄着拐杖哆哆嗦嗦地来到河边，对着河水哭她的伴侣。泪水落到河里，河水仿佛被激荡得上涨了。她确信那滴水仍然持久地发挥着它的作用，如今那滴水幻化成泪水融入了大河。而她每天又都喝着河水，那滴水在她的周身循环着。

直到她衰老不堪即将辞世的时候，她的意识里只有一滴水的存在。当她处于弥留之际，儿孙们手忙脚乱地为她穿寿衣，用河水为她洗脸时，她的头脑里也只有一滴水。那滴水湿润地滚动在她的脸颊为她敲响丧钟。她仿佛听到了叮当叮当的声音。后来她打了一个微弱的喷嚏，

安详地合上眼帘。那滴水随之滑落在地，渗透到她辛劳一世的泥土里。她不在了，而那滴水却仍然活着。

她在过世后又变成了一个七八岁的小女孩，有一天凌晨大雾消散后她来到一片草地，她在碧绿的青草叶脉上发现了一颗露珠，确切地说是一滴水，她还看见了一只黑亮的眼睛在水滴里闪闪烁烁，她相信她与一生中所感受的最美的事物相逢了。

水银花开的夜晚

腊月到正月,在哈尔滨还是有花可看的,那是寒流之笔,描画在玻璃窗上的霜花。出了正月呢,即使飘雪的日子还有,但雪魂魄已失,落地即化,霜花也杳然无影了。你若想看花,只能去花店买南方运来的鲜花了。花儿是女儿身,经不起折腾,一路奔波令其花容失色,瓶中的"花娘娘"们,总有种"身在异乡为异客"的落寞感,没有本土应时而开的花儿,那么气韵饱满。

猫冬让北方人筋骨疲弱,所以当积雪消融,埋藏在雪下的枯草出狱似的,瑟瑟缩缩地出现在阳光下时,人们以为摸到春天的触角了,奔向户外的漫步者不在少数。寒风虽是强弩之末,但威力尚存,我不幸被击中,有一日傍晚从江畔回来,咳嗽流涕,身上阵阵发冷。

我便取放在玄关托盘上的体温计,想看看自己是否发烧。

我取体温计的时候,不慎将外壳的护帽朝下,这一竖不要紧,由于对接处咬合不严,护帽叛徒似的落地而逃,将体温计彻底出卖了,它随之坠落,摔成两截。

它这一跌,我家的黑夜亮了。

从玻璃管内径流溢而出的水银,魔术般地分裂成大大小小的珍珠状颗粒,像一带雪山巍峨地屹立在我面前。我先是拿来一块抹布擦拭,以为它们会像水滴一样,迅速被吸附,岂料它们欢欣鼓舞地一分二、二分三、三分四地遍撒银珠,泻地水银非但未少,反而如满天繁星,

在白桦木地板上，朝我眨眼。它们近在咫尺，却仿佛远在天边，不可征服。

我少时数理化不灵光，对水银的了解，竟来自当时广为流传的一本小人书《一块银圆》，主要情节围绕一块银圆展开，写了穷人的苦，地主的恶，其中最让人惊悚的情节，是一个地主婆死了，她的儿子竟让一对童男童女为他老娘殉葬。他们给童男童女灌注了水银。故事浓墨重彩的是那个身世凄惨的童女，在出殡的行列中，她端坐在莲花上，手持一盏纱灯，双目圆睁，虽死犹生。她的亲人在路旁声声唤她，可她无法应答了。那个画面给我幼小的心灵，带来了强烈的阴影，恨地主，也恨水银。水银是毒蛇，它要了如花似玉的姑娘的命！

我们在日常生活中能接触到水银制品，除非是在镇卫生所。那时日子穷，谁家会拥有温度计和体温计呢！如果感冒发烧了，卫生所的护士会神气地甩一下体温计，将它夹在患者腋下。童年时我曾盼着感冒（因为父母会给感冒的孩子买山楂罐头吃），但却怕发烧，万一去卫生所测体温，体温计碎裂了，水银流入我体内，我成了僵死的人，那可怎么好？谁还能在爸爸喝醉时为他取一杯茶？谁还能在妈妈拆洗被褥时为她挑上满缸的水？谁还能在姐姐除夕夜不想吃饺子时，给她烙上两张糖饼？谁还能在弟弟闯祸挨打时，夺下爸爸手中的棍子，让他少受些皮肉之苦？除了亲人，还有那些可爱的动物让我难以割舍，谁能给吃饱了的猪用破木梳刷毛？谁能在黄昏时把游荡的鸡，及时赶回鸡笼？谁能给看家狗偷些它惦记着的人吃的食物？还有夏天时满沟满谷的野花谁去采？冬天时满院子的白雪谁来扫？

我那时感冒了，发烧了，抗拒去卫生所，骨子里是恐惧水银体温计。总觉得我的腋窝藏着火苗，会将爆竹似的它引爆。它灿烂了，我就黑暗了。体温计是恶魔，这在看过《一块银圆》小人书的同学心中，根深蒂固。以至于我们憎恨一位班主任老师时，私下议论要是小人书中被灌注了水银的是她，而不是那个女孩，该有多好。好像我们真的掌握了水银，都会沦为施恶的地主婆的儿子。

这位班主任是我们的语文老师，她中等个，微胖，圆脸上生满雀斑，厚眼皮，眼睛不大，但很犀利。她不是本地人，住在学校的板夹

迟 子 建
散 文 精 选

泥宿舍里。因为没有食堂，她得自己弄吃的，所以我常在清晨去生产队的豆腐坊买豆腐时遇见她。因为怕她，又因为豆腐房总是哈气缭绕，人在其中如在雾里，面目模糊，我假装没看见她，溜之乎也。

我们为什么怕这位老师呢？她严厉起来不可理喻。她有一杆长长的教鞭，别的老师的教鞭只在黑板上跳舞，她的教鞭常打在学生手上。期中期末考试总成绩不及格者，是她惯常教训的对象。她会让他们伸出手来，这时她的教鞭就是皮鞭了，抽向落后生。痛和屈辱，让被打的同学哇哇大哭。这种示众的效果，倒是让所有的学生不甘落后，刻苦学习了。但大家心底对她还是恨的，她头发浓密，梳着两条粗短的辫子，我们背地就说她带着两把锅刷；她脸上的雀斑，被我们说成耗子屎；她擦黑板上红红白白的字时，粉笔擦不慎碰着脸，成了大花脸，我们在底下偷着乐，没一个提示她的。

她管理班级严格到什么程度呢？要是教室的泥地清扫不净，值日生的苦役就来了，会被罚连续值日。最让我们难堪的是检查个人卫生，我们上课前她会手持碎砖头，高傲地站在门口，我们则像乞丐一样朝她伸出手去，如果我们的手皴了，或是指甲里藏污纳垢，她会扔给你一块碎砖头，让我们出去蹭掉手上的皴，抠出指甲里的泥，砖头在此时就成了肥皂了。如果春夏秋季，拿了砖头的学生会去溪边洗手（那时大兴安岭植被好，溪流遍布），冬天时只能用积雪清理了。我有一次也被检查出手上有皴，不允许我进教室，我一赌气，到了溪边，把她那堂课都消磨掉了。看山看水，看花看草，不亦乐乎。我面临的惩罚，可想而知了。

这位班主任老师看上去跋扈，但她业务好，很敬业，也有善心。有的同学家贫，她家访时会带上她买的作业本，她还帮助交不起学费的学生交费，并带我们进城，去照相馆拍合影。当然，她还常在我们下午该放学时，给我们加一小节课，讲那些经典的励志故事。如果是冬天，天黑得早，讲台就点起一根蜡烛。烛火跳跃着，忽明忽暗，她的脸也忽明忽暗，那也是她最美的时刻。她不用教鞭，脸上的雀斑看不见了，语气温柔，面目平和。

她离开我们小镇，似乎没有任何预兆。突然有一天，她要调到黑

龙江东部的一个小城去,说是她恋人在那儿,是去结婚。这时我们才意识到她是一个女人,是个有人惦念的人。

她要离开了,按理说我们是奴隶得解放了,该同声庆祝的,可大家突然都很沮丧,因为她一点狠劲都没了。她带着偿还之意,将自己所用之物,分给常遭她鞭打的人,那多是家庭困难的同学,我听说的就有书本、衣物、脸盆。在她走前,有天我在小卖店碰见她,她还买了一双雨靴送我。从此后她离开的风雨时刻,穿着雨靴走在泥水纵横的小路上,总会想起她。而她带我们拍的合影,成了同学们最美的珍藏。我们不知她婚后过得怎样,她丈夫会像我们小镇的男人那样,爱打老婆吗?她为师还喜欢手执长教鞭吗?当我们班级的卫生越来越差,同学们随地吐痰,随手丢废纸,教室再也不是窗明几净时,爱洁的女孩子就想念她;而当那些学习成绩差的学生,将书本视为无用之物而放任自流时,学生的家长就慨叹,要是她在就好啦,孩子就有人管了!

四十多年了,我没有她的任何消息,也极少想起她来。但水银泻地的这个夜晚,也过了半百之岁的我,却很热切地思念起她来。不知她是否还在她当年嫁过去的小城。按她的年龄,应是儿孙满堂,颐养天年了。

我不知当年的这位班主任老师的长辈,是否有出自旧学堂的,她的一些教育方式,私塾痕迹明显,教育为主,体罚为辅,在今天可能会遭到众口一词的谴责。但试想在20世纪70年代一个荒僻的山镇,一个有抱负的教师,面对着一群天性顽劣的野孩子,她最直接有效的教书育人方式,也许就是恩威并施。她用教鞭打了那么多孩子,可没一个因之致残或受伤,可见她心里是有轻重和尺度的;当她把砖头抛向你,让你蹭掉手上的皴时,尽管你满心不快,但至少让你从此后注意个人卫生,时常用温水泡手,让它们散发出我们那个年龄的手,本该有的鲜润光泽。

再回到体温计碎裂的那个夜晚吧。夜一点点地黑起来,我见抹布清理水银,起到的反而是推波助澜的作用,赶紧上网查询对付它们的办法。水银有毒,我先是敞开窗子通风,然后用笤帚将它们轻轻扫到撮子里,放到一个新打开的垃圾袋中,之后用纸巾擦拭余下的细碎的

迟子建
散文精选

水银珠。每片纸巾罩住一两颗，将它们轻轻拈起，包饺子似地封住口，丢进垃圾袋，再取一片纸巾奔向另一处。我就这样朝圣似的趴在地上捉水银珠，足足用了半盒纸巾，直到我认为已把它们消灭殆尽。

我关了厅里的灯，打算回卧室休息一下。借着卧室的微光，我突然发现刚清理过的地板上，仍有水银珠一闪一闪的。我不相信，取了手电筒照向那里。喝呀，这分明是一个微观花园么，我发现了无数颗更加细小的水银珠粒，在白桦木地板的表面和缝隙，花儿一样绽放着。

这不死的花朵，实难相送，那就索性不送，我不相信就凭它们，会让我性命堪忧——将其当花来赏又如何！权当它们是腊梅的心，是芍药的眼，是丁香的小袄，是莲花的罗裙！

因为在黑夜面前，所有的花朵都是无辜的。

多美的夜色啊

虽然哈尔滨的夏天足够凉爽，但我还是喜欢在每年的七八月份放下笔来"歇伏"。这时最惬意的事情，就是读书。我会把插在书架中的那些花花绿绿的书打量个周详，如同皇帝选妃一样，抽出想读的，放在沙发旁和枕边。被选中的既有那些散发着微微霉味的、可以一读再读的老书，也有外表光鲜漂亮、漫溢着油墨芬芳的新书。比之新书，我更爱那些老书。经过了漫长岁月淘洗后仍然能留传下来的文字，总会像金子一样闪闪发光。

在浏览了两本空洞乏味、装神弄鬼的最新畅销书后，我已打算重温《聊斋志异》的诡谲、奇异之美了。那里的神仙鬼怪在我眼中是有血有肉的。在电闪雷鸣的夏日，读这样的书无疑就是聆听天籁之音。

由于搬家后没有给书做细致的分类，所以很多书都是乱插的。我在取《聊斋志异》的时候，发现了相挨着它的《欧洲美术中的神话和传说》，这是著者王观泉先生三年前所赠的，我记得爱人在那年春天离开我的最后一个夜晚，读的就是这本书。

书页上一定留有我用肉眼看不见的爱人的指纹，所以打开它的时候，那一幅幅绚丽的画面，在我眼里就是天堂的圣景图。

最先打动我的，是一组《丽达与天鹅》图画。丽达与天鹅的故事，是最传奇的爱情故事。天神宙斯有一天在神山上，看到身下的斯巴达草原上，有一个美丽的姑娘，她就是丽达。宙斯爱上了丽达，为了摆脱天后赫拉的控制,他变成一只天鹅,飞向人间,与丽达相爱,并生下了希腊的绝世美女海伦。海伦与特洛伊战争的故事,比丽达与天鹅的故事还要著名。

在对《丽达与天鹅》这个神话的演绎上,我最喜欢达利的那幅。柯勒乔的过于甜美,达·芬奇的太圆熟了,而达利表现的天鹅充满了激情和力量,它那富有质感的展开的双翼,是那么的刚健和柔美,充分体现了宙斯飞临人间、见到心爱的人时那种内心的狂喜。

在这本书中,既可看到威廉·琼斯表现的爱上自己倒影、最终化作水仙花的美少年纳西索斯,也可以看到鲁本斯以表现众女神为了争夺金苹果而引起祸端的《帕里斯的裁判》以及波提切利描绘的以色列民族女英雄《朱提斯》。随着纸页翻动的唰唰声,我们看到了充满了阴郁之气的伦勃朗的《大卫在扫罗面前弹竖琴》。扫罗得了疯病,他只有在听大卫弹奏竖琴时,疯病才会暂止。可他却想杀死这个日后会取代自己成为以色列王的大卫。可是除掉大卫,聆听不到竖琴的声音,扫罗将永远活在癫狂中。灰黑的画面除了衬托了疯子扫罗内心的矛盾和焦虑,也把竖琴的凄美展现无疑。我觉得在描写音乐对人的影响的深刻性上,这则神话无疑是登峰造极的。

在书将结尾的时候,我看到了那个舞蹈着的莎乐美。二〇〇〇年秋天,我曾经在都柏林的皇家剧院看过王尔德的话剧《莎乐美》,那个声音略微沙哑、轻盈美丽的女演员给我留下了深刻的印象。

《莎乐美》是写施洗者约翰死亡的故事的作品。希律王娶了弟弟腓力的妻子希罗底,约翰对此反对,惹恼了西律王,被关进监牢。莎乐美是希罗底的女儿,她美丽而富有才情,传说她向约翰表达过爱情,但遭到了拒绝。在希律王的生日宴会上,莎乐美被邀跳舞,为西律王助兴,莎乐美不从。西律王就许诺莎乐美,如果她当众舞蹈,就可以让她做一件最想做的事情。于是,莎乐美跳起舞来,舞毕,她要求西律王割下约翰的头给她,她终于吻到了死去的约翰的嘴唇。在约翰的头即将落地的时候,莎乐美感慨道:多美的夜色啊!

是啊,用这句台词来概括这本书的气质再合适不过了。欧洲那些美妙的神话和传说,当它们凝固在画面中的时候,它们就是人类艺术

天空中最迷人的夜景。可惜在这个时代,欣赏这样的夜色的人少而又少了。所以王观泉先生在赠言中这样写道:

此书起笔于1953年,时为23岁当大兵时。但虽戎装披身,心中想的是保卫和平,使中国乃至世界宁静。匆匆近半个世纪流逝,这才发现世界其实一点儿也不太平。书虽然漂亮,2002年垂暮之年的我已经对斯道不感兴趣了,只是愿望比我年轻的你及与你相似的中青年们,能如我在起笔写此书时一样好心情,赏析美。

王观泉先生晚年患有严重的眼疾,一再手术,如今他的一只眼睛几乎失明,而另一只眼睛的视线也极为微弱。这样的画集对他来说,注定是掩藏在心底的永恒的风景了。

我想爱人能够在最后的日子看这样的一本书上路,踏着这样的夜色归去,实在是幸运的。因为他是带着美走的。

我的世界下雪了

沿着堤坝向南走，可以看到一带蜿蜒起伏的山峦。春夏时节，那山是绿色的。当然，这绿也不是纯粹的绿，其中仍夹杂着点点的白色，那是白桦树荡漾在松林中的几点笑窝。山脚下，有一条清澈而宽阔的河流——呼玛河。从河岸到堤坝，是一片茂密的柳树丛和几百棵高大的青杨。那些青杨间距很广、错落有致地四散开来，为这带风景平添了几分动人的风韵。初春的时候，残雪消融，矮株的柳树红了枝条，而高大的青杨则绿了身躯，那些青杨就像是站在河岸的穿着绿蓑衣的渔民，而那丝丝柳枝，有如一群漫游在他们脚下的红鱼。

如果是沿着河岸向南走的话，你仍然可以看到山峦、柳树丛和青杨，不过在岸边还可以看到一块又一块的庄稼地和在那里劳作的农人的身影。如果你乐意，可以停下脚来问问他们今年的庄稼长势如何，他们会热情地告诉你，哪种庄稼长势喜人，哪种庄稼缺了雨水，哪种庄稼又遭了虫灾。他们跟你说话的时候，偎在农人身旁的先前还跟你汪汪叫着的狗，立刻就停止了吠叫，它会摇着尾巴，歪着头听你和它的主人友好地交谈。而那谈话始终是有流水声相伴着的，河水"哗——哗——"地流着，就像一位腰肢纤细、身材修长的白衣少女，正躺在那里懒洋洋地小睡着，而河水发出的如歌的行板就是她均匀的呼吸。

当然，我是从一个漫步者的角度描述我故乡居室窗外的风景的。

如果你坐在书房的南窗前观赏山峦、柳树丛和河流，那就是另一番情境了。通常情况下，河水看上去只是浅浅细细的一条亮线，但是到了涨水的季节，而月亮又格外地圆润皎洁的话，河流就被映照得焕发出勃勃金光，明亮得就像镶嵌在大地上的一道闪电。而山峦和柳树丛呢，它们也会因着观察角度的变化而改变了容颜，山显得低了些，山峦与天相接所呈现的剪影也就更为明显，它那妖娆的曲线一览无余；柳树丛呢，它们缥缈得就像岸边的一片芦苇，而那些高大的青杨，由于你看不清它们身上那些纵横的枝丫和漫溢着的鲜润的绿色，则很有点武士的味道了，显得是那么的浑厚、苍劲和威严。

如果把老天比喻为一个画师的话，那么它春夏时节为大自然涂抹的是如梦似幻的温柔之色；到了秋天，它的画风发生了巨变，它借着秋霜的手，把山峦点染得一派绚丽，那灿烂的金黄色成为这个季节的主色调，让人想起梵高的画。但这种绚丽持续不了多久，随着冷空气频频的入侵，落叶飘零，山色骤然变得暗淡陈旧了。但这种暗淡也不会让你的心灰暗很久，伴随着雪花那轻歌曼舞的脚步，山峦迎来了另一次的灿烂，它披上一件银白的棉袍，于苍茫中呈现着端庄、宁静的圣洁之美。

我之所以喜欢回到故乡，就是因为在这里，我的眼睛、心灵与双足都有理想的漫步之处。从我的居室到达我所描述的风景点，只需三五分钟。我通常选择黄昏的时候去散步。去的时候是由北向南，或走堤坝，或沿着河岸行走。如果在堤坝上行走，就会遇见赶着羊群归家的老汉，那些羊在堤坝的慢坡上边走边啃噬青草，仍是不忍归栏的样子。我还常看见一个放鸭归来的老婆婆，她那一群黑鸭子，是由两只大白鹅领路的。大白鹅高昂着脖子，很骄傲地走在最前面，而那众多的黑鸭子，则低眉顺眼地跟在后面。比之堤坝，我更喜欢沿着河岸漫步，我喜欢河水中那漫卷的夕照。夕阳最美的落脚点，就是河面了。进了水中的夕阳比夕阳本身还要辉煌。当然，水中还有山峦和河柳的投影。让人觉得水面就是一幅画，点染着画面的，有夕阳、树木、云朵和微风。微风是通过水波来渲染画面的，微风吹皱了河水，那些涌起的水波就顺势将河面的夕阳、云朵和树木的投影给揉碎了，使水面

迟子建
散文精选

的色彩在瞬间剥离，有了立体感，看上去像是一幅现代派的名画。我爱看这样的画面，所以如果没有微风相助，水面波澜不兴的话，我会弯腰捡起几颗鹅卵石，投向河面，这时水中的画就会骤然发生改变，我会坐在河滩上，安安静静地看上一刻。当然，我不敢坐久，不是怕河滩阴森的凉气侵蚀我，而是那些蚊子会络绎不绝地飞来，围着我嗡嗡地叫，我可不想拿自己的血当它们的晚餐。

在书房写作累了，只需抬眼一望，山峦就映入眼帘了。都说青山悦目，其实沉积了冬雪的白山也是悦目的。白山看上去有如一只只来自天庭的白象。当然，从窗口还可以尽情地观赏飞来飞去的云。云不仅形态变幻快，它的色彩也是多变的。刚才看着还是铅灰的一团浓云，它飘着飘着，就分裂成几片船形的云了，而且色彩也变得莹白了。如果天空是一张白纸的话，云彩就是泼向这里的墨了。这墨有时浓重，有时浅淡，可见云彩在作画的时候是富有探索精神的。

无论冬夏，如果月色撩人，我会关掉卧室的灯，将窗帘拉开，躺在床上赏月。月光透过窗棂漫进屋子，将床照得泛出暖融融的白光，沐浴着月光的我就有在云中漫步的曼妙的感觉。在刚刚过去的中秋节里，我就是躺在床上赏月的。那天浓云密布，白天的时候，先是落了一些冷冷的雨，午后开始，初冬的第一场小雪悄然降临了。看着雪花如蝴蝶一样在空中飞舞，我以为晚上的月亮一定是不得见了。然而到了七时许，月亮忽然在东方的云层中露出几道亮光，似乎在为它午夜的隆重出场做着昭示。八点多，云层薄了，在云中滚来滚去的月亮会在刹那间一露真容。九点多，由西南而飞向东北方向的庞大云层就像百万大军一样越过银河，绝大部分消失了踪影，月亮完满地现身了。也许是经过了白天雨与雪的洗礼，它明净清澈极了。我躺在床上，看着它，沐浴着它那丝绸一样的光芒，感觉好时光在轻轻敲着我的额头，心里有一种极其温存和幸福的感觉。过了一会儿，又一批云彩出现了，不过那是一片极薄的云，它们似乎是专为月亮准备的彩衣，因为它们簇拥着月亮的时候，月亮用它的芳心，将白云照得泛出彩色的光晕，彩云一团连着一团的出现，此时的月亮看上去就像一个巨大的蜜橙，让人觉得它荡漾出的清辉，是洋溢着浓郁的甜香气的。午夜时分，云

彩全然不见了，走到中天的明月就像掉入了一池湖水中，那天空竟比白日的晴空看上去还要碧蓝。这样一轮经历了风雨和霜雪的中秋月，实在是难得一遇。看过了这样一轮月亮，那个夜晚的梦中就都是光明了。

我还记得二〇〇二年正月初二的那一天，我和爱人应邀到城西的弟弟家去吃饭，我们没有乘车从城里走，而是上了堤坝，绕着小城步行而去。那天下着雪，落雪的天气通常是比较温暖的，好像雪花用它柔弱的身体抵挡了寒流。堤坝上一个行人都没有，只有我们俩，手挽着手，踏着雪无言地走着。山峦在雪中看上去模模糊糊的，而堤坝下的河流，也已隐遁了踪迹，被厚厚的冰雪覆盖了。河岸的柳树和青杨，在飞雪中看上去影影绰绰的，天与地显得是如此的苍茫，又如此的亲切。走着走着，我忽然落下了眼泪，明明知道过年落泪是不吉祥的，可我不能自持，那种无与伦比的美好滋生了我的伤感情绪。三个月后，爱人别我而去，那年的冬天再回到故乡时，走在白雪茫茫的堤坝上的，就只是我一人了。那时我恍然明白，那天我为何会流泪，因为天与地都在暗示我，那美好的情感将别你而去，你将被这亘古的苍凉永远环绕着！

所幸青山和流水仍在，河柳与青杨仍在，明月也仍在，我的目光和心灵都有可栖息的地方，我的笔也有最动情的触点。所以我仍然喜欢在黄昏时漫步，喜欢看水中的落日，喜欢看风中的落叶，喜欢看雪中的山峦。我不惧怕苍老，因为我愿意青丝变成白发的时候，月光会与我的发丝相融为一体。让月光分不清它是月光呢还是白发；让我分不清生长在我头上的，是白发呢还是月光。

几天前的一个夜晚，我做了一个有关大雪的梦。我独自来到了一个白雪纷飞的地方，到处是房屋，但道路上一个行人也看不见。有的只是空中漫卷的雪花。雪花拍打我的脸，那么的凉爽，那么的滋润，那么亲切。梦醒之时，窗外正是沉沉暗夜，我回忆起一年之中，不论什么季节，我都要做关于雪花的梦，哪怕窗外是一派鸟语花香。看来环绕着我的，注定是一个清凉而又忧伤、浪漫而又寒冷的世界。我心有所动，迫切地想在白纸上写下一行字。我伸手去开床头的灯，没

迟 子 建
散 文 精 选

有打亮它，想必夜晚时回电了；我便打开手机，借着它微弱的光亮，抓过一支笔，在一张打字纸上把那句最能表达我思想和情感的话写了出来，然后又回到床上，继续我的梦。

那句话是：我的世界下雪了。

是的，我的世界下雪了——

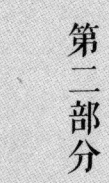

第二部分

我对黑暗的柔情

我回到故乡时，已是晚秋的时令了。农人们在田地里起着土豆和白菜，采山的人还想在山林中做最后的淘金，他们身披落叶，寻觅着毛茸茸的蘑菇。小城的集市上，卖棉鞋棉帽的人多了起来，大兴安岭的冬天就要来了。

窗外的河坝下，草已枯了。夏季时繁星一般闪烁在河畔草滩上的野花，一朵都寻不见了。母亲侍弄的花圃，昨天还花团锦簇的，一夜的霜冻，就让它们腰肢摧折，花容失色。

大自然的花季过去了，而居室的花季还在。母亲摆在我书房南窗前的几盆花，有模有样地开着。蜜蜂在户外没有可采的花蜜了，当我开窗通风的时候，它们就飞进屋子，寻寻觅觅的。不知它们青睐的是金黄的秋菊，还是水红的灯笼花？

那天下午，我关窗的时候，忽然发现一只金色的蜜蜂。它蜷缩在窗棂下，好像采蜜采累了，正在甜睡。我想都没想，捉起它，欲把它放生。然而就在我扬起胳膊的那个瞬间，我左手的拇指忽然针刺般地剧痛，我意识到蜜蜂蜇了我了，连忙把它撇到窗外。

蜜蜂走了，它留在我拇指上的，是一根蜂针。蜂针不长，很细，附着白色的絮状物，我把它拔了出来。我小的时候，不止一次被蜜蜂蜇过，记得有一次在北极村，我撞上马蜂窝，倾巢而出的马蜂蜇得我面部红肿，疼得我在炕上直打滚。

迟子建
散文精选

别看这只蜜蜂了无生气的样子，它的能量实在是大。我的拇指顷刻间肿胀起来，而且疼痛难忍。我懊恼极了，蜜蜂一定以为我要置它于死地，才使出它的杀手锏。而蜇过了人的蜜蜂，会气绝身亡，即使我把它放到窗外，它也不会再飞翔，注定要化作尘埃了。我和它，两败俱伤。

我以为疼痛会像闪电一样消逝的，然而我错了。一个小时过去了，两个小时过去了，到了晚饭的时候，我的拇指仍然锥心刺骨地疼。天刚黑，我便钻进被窝，想着进入梦乡了，就会忘记疼痛。然而辗转着熬到深夜，疼痛非但没有减弱，反而像涨潮的海水一样，一浪高过一浪。我不得不从床上爬起，打开灯，察看伤处。我想蜜蜂留在我手指上的蜂针，一定毒素甚深，而我拔蜂针时，并没有用镊子，大约拔得不彻底，于是拿出一根缝衣服的针，划了根火柴，简单地给它消了消毒，将针刺向痛处，企图挑出可能残存着的蜂针。针进到肉里去了，可是血却出不来，好像那块肉成了死肉，让我骇然。想到冷水可止痛，我便拔了针，进了洗手间，站在水龙头下，用冷水冲击拇指。这招儿倒是灵验，痛感减轻了不少，十几分钟后，我回到了床上。然而才躺下，刚刚缓解的疼痛又傲慢地抬头了，没办法，我只得起来。病急乱投医，一会抹风油精，一会儿抹牙膏，一会又涂抗炎药膏，百般折腾，疼痛却仍如高山的雪莲一样，凛冽地开放。我泄气了，关上灯，拉开窗帘，求助于天。

已经是子夜时分了，如果天气好，我可以望见窗外的月亮、星星，可以看见山的剪影。然而那天阴天，窗外一团漆黑，什么也看不见。人的心真是奇怪，越是看不见什么，却越是想看。我将脸贴在玻璃窗上，瞪大眼睛，然而黑夜就是黑夜，它毫不含糊地将白日我所见的景致都抹杀掉了。我盼望着山下会突然闪现出打鱼人的渔火，或是堤坝上有汽车驶过，那样，就会有光明划破这黑暗。然而没有，我的眼前仍然是沉沉的无边的暗夜。

我已经很久没有体味这样的黑暗了。都市的夜晚，由于灯火的作祟，已没有黑暗可言了；而在故乡，我能伫立在夜晚的窗前，也完全是因为月色的诱惑。有谁会欣赏黑暗呢？然而这个伤痛的夜晚，面对

着这处子般鲜润的黑暗，我竟有了一种特别的感动，身上渐渐泛起暖意，有如在冰天雪地中看到了一团火。如今能看到真正的黑暗的地方，又有几处呢？黑暗在这个不眠的世界上，被人为的光明撕裂得丢了魂魄。其实黑暗是洁净的，那灯红酒绿、夜夜笙歌的繁华，亵渎了圣洁的黑暗。上帝给了我们黑暗，不就是送给了我们梦想的温床吗？如果我们放弃梦想，不断地制造糜烂的光明来驱赶黑暗，纵情声色，那么我们面对的，很可能就是单色调的世界了。

  我感激这只勇敢的蜜蜂，它用一场壮烈的牺牲，唤起了我的疼痛感，唤起了我对黑暗的从未有过的柔情。只有这干干净净的黑暗，才会迎来清清爽爽的黎明啊。

雪山的长夜

午夜失眠,索性起床望窗外的风景。

以往赏夜景,都不是在冬季。春夜,我曾望过被月光朗照得荧光闪闪的春水;夏夜,我望过一迭又一迭的青山在暗夜中呈现的黝蓝的剪影;秋夜,曾见过河岸的柳树在月光中被风吹得狂舞的姿态。只有冬季,我记不起在夜晚看过风景。也难怪,春夏秋三季,窗户能够打开,所以春夜望春水时,能听见鸟的鸣叫;夏夜看青山的剪影时,能闻到堤坝下盛开的野花的芳香;秋夜看风中的柳树时,发丝能直接感受到月光的爱抚,那月光仿佛要做我的一缕头发,从我的头顶倾泻而下,柔顺光亮极了。而到了寒风刺骨的冬季,窗口就像哑巴一样暮气沉沉地紧闭着嘴,窗外除了低沉的云气和白茫茫的雪之外,似乎就再没什么可看的了。

然而在这个失眠的故乡的冬夜,我却于不经意间领略到了冬夜的那种孤寂之美。

站在窗前,最先让我吃惊的是那三座雪山。原以为不到月圆的日子,雪山会隐去真形,谁知它们在半残的月亮下,轮廓竟然如此分明,我甚至能看清山脊上那一道一道的雪痕!

那三座雪山,一座向东,另两座向南。在东向和南向的雪山之间,有一道很宽的缝隙,那就是呼玛河。我在春夜所观赏过的春水,就是它泛出的波光。冬夜里,河流被冰雪覆盖着,它看上去就像遗弃在山

间的一条手杖。这巨大的手杖白亮而光滑，想必是天上的巨人所用之物。夜晚的雪山不像白日那么浑厚，它仿佛是瘦了一壳，清隽秀丽，因而显得高了许多。仿佛黑夜用一把无形的大剪刀，把雪山彻底修剪了一番，使它看上去神清气朗，英姿勃勃。

这三座曾十分熟悉的雪山，让我格外的惊诧。它们仿佛三只从天上走来的白象，安然凝望着北国的山林雪野和人间灯火。小城灯火阑珊，山脚下倒是有两簇灯火，一簇在南侧，一簇在东侧。这两簇灯火异常的灿烂华美，让我觉得它们是这白象般的雪山脚下挂着的金色铃铛，只要雪山轻轻一动，它们就会发出清脆的响声。

我久久地望着那两簇灯火。每日午后，我都要在山下的小路上散步。小城人没有散步的习惯，所以路上通常是我一人。一个人走在雪路上，是多么渴望雪山能够张开它宽阔的胸怀，拥我入怀啊。有一日我曾在河滩碰到几个挖沙的人，想必东侧的灯火是挖沙人的居所。而南侧的雪山并没有房屋，那儿的灯火是谁的呢？也许是打鱼人的？呼玛河中有味美的鲇鱼和花翅子，一些打鱼人就在河面凿了一口口冰眼下网捕鱼。看着这一派寒冷和苍凉的景象，谁能想到坚冰之下，仍有美丽柔软的鱼在自由地畅游呢！当我一厢情愿地认定那簇灯火是打鱼人的之后，我就幻想打鱼人起网的情景。那一条条美丽的出水芙蓉般的鱼跃出水面，看到这个暗夜中的冰雪世界，是不是会伤心泪垂？

雪山东侧的那簇灯火先自消失了。是凌晨一时许了，想必挖沙人已停止了夜战，歇息去了。而南侧的那簇灯火仍如白莲一样盛开着。我盯着那灯火，就像注视着挚爱的人的眼睛一样。

以往归乡，我在小路上散步总是有爱人陪伴。夏季时，我走着走着就要停下脚步，不是发现野果子了，就是被姹紫嫣红的野花给吸引住了。我采了野果，会立刻丢进嘴里。爱人笑我是个"野丫头"。有时蚊子闹得凶狂，我就顺手在路边折一根柳枝，用它驱赶蚊子。而折柳枝时，手指会弥漫上柳枝碧绿而清香的汁液。那时我觉得所有的风景都是那么优美、恬静，给人一种甜蜜、温馨的感觉。可自从爱人因车祸而永久地离开了我，我再望风景时，那种温暖和诗意的感觉已荡然无存。当我孤独一人走在小路上时，我是多么想问一问故乡的路啊：

091

迟 子 建
散 文 精 选

你为什么不动声色地化成了一条绳索,在我毫无知觉的时候扼住了他的咽喉?你为什么在我感觉最幸福的时候化成了一支毒剑,射中了我爱的那颗年轻的心?青山不语,河水亦无言,大自然容颜依旧,只是我的心已苍凉如秋水。以往我是多么贪恋于窗外的好山好水,可我现在似乎连看风景的勇气都没有了。

我很庆幸在这个失眠的冬夜里,我又能坦然面对窗外的风景了。凌晨两点多,南侧雪山的灯火也消失了。三座雪山没有因为灯火的离去而黯淡,相反,它们在星光下显得更加的挺拔和光华。当你的眼睛适应了真正的黑暗后,你会发现黑暗本身也是一种明亮。仰望天上的星星,我觉得它们当中的哪一颗都可以做我身旁的一盏永久的神灯。而先前还如花一样盛开的人间灯火,它们就像我爱人的那双眼睛一样,会在我为之无限陶醉时,不说告别,就抽身离去。

雪山沐浴着灿烂的星光,焕发出一种孤寂之美。那隐隐发亮的一道道雪痕,就像它浅浅的笑影一样,温存可爱。凌晨四时许,星光稀疏了,而天却因为黎明将至呈现着一股深蓝的色调,雪山显得愈发的壮美了。我想我在望雪山的时候,它也在望我。我望雪山,能感受到它非凡的气势和独特的美,而它望我的房屋,是否只是一头牛的影子?而我只是落在这牛身上的一只飞蝇?

我还记得九八年河水暴涨之时,每至黄昏,河岸都有浓浓的晚雾生成。有一天我站在窗前,望见爱人从小路上归家。他的身后是起伏的白雾,而他就像雾中的一棵柳树。那一瞬间,我有一股莫名的恐慌感,觉得这幻影一样的雾似乎把爱人也虚幻化了,他在雾中仿佛已不存在。现在想来,死亡就像上帝撒向人间的迷雾,它说来就来,说去就去。它能劫走爱人的身影,但它奈何不了这巍峨的雪山。有雪山在,我的目光仍然有可注视的地方,我的灵魂也依然有可依托的地方。

我感谢这个失眠的长夜,它又给予了我看风景的勇气。凌晨的天空有如盛筵已散,星星悄然隐去了,天空只有一星一月遥遥相伴。那月半残着,但它姿态袅娜,就像跃出水面的一条金鱼。而那颗明亮的启明星,是上帝摆在我们头顶的黑夜尽头的最后一盏灯。即使它最后熄灭了,也是熄灭在光明中。

奏捷之驿

四十年前,姐姐八岁,我五岁,弟弟三岁。母亲呢,只有二十七岁。那时的母亲在我们小镇人的眼里,是个不会过日子的女人。因为每隔一两年,她就要领着孩子,回娘家去。旅行在那个年代,费钱又费时。由于交通工具的单一、稀缺,加上路况和天气等因素所造成的车船的运营时间的不确定性,从我们小镇到外婆所在的漠河乡,虽然不过三百来公里的路程,可是一旦走起来,少则三四天,多则六七天,煞是曲折。做小学校长的父亲爱开玩笑,他将路途的艰难,算到地球身上去。说是人在一个球上走,这个球还转着,当然走着走着就要滑下来,哪儿那么容易到老家呢。我一想蚂蚁有时在圆石头上爬,也有栽跟头的时候,便觉得父亲说得在理。

母亲大约不太放心英俊洒脱的父亲吧,她回娘家,总是带上两个孩子,留一个在家中。弟弟年幼无知,每次都要被带走,而我和姐姐呢,轮流在家。我们的角色,跟密探差不多。记得四十年前母亲回外婆家的那次,她出发的前夜,先是许诺回来时给我买件花衣裳,然后反复叮嘱我,让我晚上时跟着父亲,他去哪儿串门,我就去哪儿。我忠于职守,天一黑,父亲前脚出门,我后脚就跟上。我就像牧羊人一样,握着无形的鞭子,看着月亮升得高了,赶紧把父亲赶回老窝。这个时刻的父亲,只能乖顺地做我的羊。其实父亲对母亲是非常忠诚的,他每天总要念叨她几句,猜测母亲他们到没到,路上遇没遇见麻烦,

迟子建
散文精选

到了又是怎样一番情形。由于我们小镇和漠河乡都不通电话电报，到的人无法报平安，所以这种牵肠挂肚的念叨，一直要持续到母亲风尘仆仆地返回。

　　从我们小镇去漠河乡，如果是夏天，通常是先坐长途客车，沿着坑坑洼洼的砂石路到三合站，然后再换乘轮船，逆水而上。如果是大轮船，到漠河乡的码头要航行三四天，小轮船呢，也得两三天。船长是一条船的皇帝，若是碰到性情随和而又富有浪漫情怀的人，除了规定的停靠站，中途若遇可人的风景了，比如说发现岸上有一片艳红的山丁子果，大家垂涎欲滴的，他就会让船停靠一刻，放下浮桥，让旅客下去采摘。当然，大多的船长是一丝不苟的。比如我六岁时跟着母亲和弟弟去外婆家，因为乘坐的大客车中途坏了，修车耗蚀了时间，客车到了三合站的码头时，船已开了。我们眼见着一条白轮船缓缓地离岸而去，母亲哭倒在沙滩上。因为这条船错过了，等下一趟，要三天以后。那一刻我恨那条船，为什么它就不能折回来接上我们呢？看来船不是风筝，说拉就能拉回来。我们滞留在一家大客店里，睡着分上下两层的光板通铺。这个意外无疑削弱了母亲并不丰裕的钱袋，她整天气咻咻的。我还记得她带了一罐豆腐乳，放在了上铺。住在下铺的我，常常趁母亲不备，小老鼠一样地爬上去，用手指头偷着抠腐乳吃。下一趟船终于等来了，那是我第一次乘船。由于船航行在中苏界河上，白天站在甲板的时候，常能看见被我们称为"江兔子"的苏联巡逻艇在江面上突突地跑。艇上那些大鼻子的巡逻兵，喜欢摘下帽子，朝我们挥舞，像嬉皮士。我喜欢看自己船上的船员站在船尾用挂网打鱼，喜欢看环绕着轮船左右翻飞的雪白的江鸥。当然，我也爱看火烧云，它们把西边天镶嵌成了一张又宽又长的年画，那么的鲜艳、热闹。等到船终于停靠在漠河乡的码头，母亲向前来接船的亲人委屈地哭诉着这一路的艰辛时，我撇着嘴，心想有什么好哭的，在三合站等船的日子，过得多有意思啊。

　　冬天封江了，船停了，母亲归乡的路，只赖汽车轮子了。汽车不像轮船坚如钢铁，它的轮子是凡身肉胎，说坏就坏。轮胎一旦破了，汽车抛锚了，罪也就跟着来了。因为汽车行驶时散发着热量，车内虽

然不很温暖，但不至于把人冻着。可它一停下来，如同一个人挺了尸，立刻变得冰凉，我们只得下车，在冰河上奔跑，以免被冻伤。而冰河时常有大面积的冰包出现，这时汽车只能绕道而行。如果绕不好，汽车轮子轧到了苏联疆域，麻烦就大了，双方还得照会。所以开客车的师傅，在拣好路走的时候，还得留意着边界。

即便这样，那些年，无论冬夏，都没有阻断母亲回娘家的路。大概我十三四岁的时候吧，铁路开始往漠河延伸，有了火车，汽车和轮船就面临着退役了。火车是森林小火车，只有一列，每小时五六十公里的速度吧。它虽然逢站必停，还常常晚点，但坐火车稳当便捷，母亲再回家，就选择火车了。

如今从我们小镇到漠河乡，不仅有新修起的光滑如镜的水泥路，还有提速的火车。以前三四天的路程，现在半天就走下来了。前年漠河又开通了机场，从北京飞往那里，三个小时就够了。你想饱览北极风光，不过是一盘棋的工夫。

我还记得读大兴安岭师范时，每逢寒暑假，因为县城的火车站离我们小镇还有十几公里的路程，而那儿又不通汽车，我在返校时，常常要搭生产队进城的马车。由于火车是夜间的，而我往往中午或下午就到火车站了，所以候车室里，常常只有我一个人。坐困了，我也不敢睡，怕万一进来坏人，把我的包给偷了。因为旅行包里，装着书本、炒面和咸菜。那个年代，它们都是我的宝贝啊。

父亲一九八六年冬季在故乡突发脑溢血，由于没有及时找到车辆，他被送到城里的医院时，耽搁了近三个小时，错过了最佳抢救时机，终遭不治，离世时年仅四十九岁。那条十几公里的坎坷的故乡路，在我眼里就像一把长长的尖刀，深深地刺痛了我的心。我总想，如果换作今天，父亲肯定能逃过劫难。因为现在从县城通往那里的车辆，不计其数。

前年我在翻阅大兴安岭地方志的时候，看到一段有趣的史料，清军第一次雅克萨自卫反击战胜利后，有三个兵丁从雅克萨出发，飞马奏捷。他们五月二十五日出发，穿越我故乡的莽莽林海，直达关内，六月六日巡幸在古北口外的康熙帝收到了此报。五千余里的路程仅用

迟 子 建
散 文 精 选

了十一天，堪称奇迹。从此后，这条驿路就被称为"奏捷之驿"。我在想，十一天，五千里路，会留下了多少湿漉漉的马的蹄印呢？康熙帝大约不会想到，三百年后，这样的喜报，瞬息可闻。

　　但母亲还怀恋着她年轻时代的归乡路。去年冬天，她意外摔伤骨折，卧床养病的时候，有一天忽然惆怅地对我说，现在往漠河乡也不通船了，要不坐一趟船儿回去多好啊。我说乘船有什么好，跟牛车一样慢。母亲望着我，满怀忧伤地淡淡回了句：风凉啊。

周庄遇痴

未见周庄，先就喜欢上了它的名字。文人总改不了"望文生义"的虚荣毛病，所以一厢情愿地认为周庄一定是个古朴、宁静、平和的有种夕阳西下安闲情调的小镇。

从苏州到周庄，乘车大约要一个多小时。那天是周日，阴雨。同行者说这日子游周庄不好，因为上海离周庄很近，每逢双休日，周庄便人潮蜂拥，到处都是"阿拉"声。我便暗暗祈祷雨下得再大一些，那样"阿拉"声也许便会退潮。可是乌云并不偏袒我满含自私情怀的游兴，它很正直地从天庭撤退了。我第一眼望见的周庄，便是一带青砖灰楼顶上跳荡着的一轮湿漉漉的白太阳。

周庄旧名贞丰里，开始只是个小村落，到了元朝中叶，它才逐渐发展起来。一个地方的迅速繁荣，必定与商业活动有关，而商人中的巨富无疑起着举足轻重的作用。周庄也不例外，是江南富豪沈祐由湖州南浔迁徙至周庄，才仿佛在一夜之间给周庄下了一场白银大雪，使这里富得闪光。而沈祐之子沈万三又给这白银般的富庶涂抹了一层灿烂的金黄色，使它显出一派登峰造极般的辉煌，以至人们传说沈万三有一个聚宝盆。然而富庶极端了便有"招摇"之嫌，沈万三便因此而罹难。

据民间传说，明太祖朱元璋要修筑南京城墙，沈万三曾资助一万三千两白银，负责洪武门至水西门一段工程。后来工程超支，他又捐

迟 子 建
散 文 精 选

出一万三千两白银。但朱元璋贪得无厌，命沈万三献出聚宝盆。沈万三不从，将银子运回周庄，藏在银子浜下，又携带聚宝盆远走他乡。后来他被朱元璋的御林军捉住，发配云南充军。而《周庄镇志》记载："富民沈秀者助筑都城三分之一，请犒军，帝怒曰：匹夫犒天下之军，乱民也，宜诛之。后谏曰，不祥之民，天将诛之，陛下何诛焉！乃释秀，戍云南。"

不管是传说还是史料，都能证明沈万三是因为"露富"而犯上。只要你让皇帝感觉到富得咄咄逼人了，即便不马上人头落地，也只能是虽生犹死、苟延残喘地度过残生。

沈万三终于客死他乡，他的灵柩后被运回周庄，葬于银子浜底。

周庄的石桥和窄窄的巷道中，果然有层出不穷的"阿拉"声。我们随着导游进入"沈厅"。沈厅原名敬业堂，清末改为松茂堂。由沈万三后裔沈本仁于清乾隆七年建成。沈厅面临河埠，水上有苫着天蓝色布的船在往来穿梭。没有我想象中的临河梳妆或淘米洗菜的女人，那船虽然也古旧，但载的都是嬉笑不已的游人。沈厅的中部是茶厅和正厅，我坐在厅中央的红木椅子上小憩的一刻，觉得一股砭人肌肤的阴凉从足下生起，仿佛我正踩在寒气萧森的地狱之口上。我参观过很多有钱人的宅院，它们大都有着高大的门楼，厅堂四四方方，里面雕梁画栋，陈设的椅子也大都笨重不堪。这样的屋子因为远离窗口，所以阳光的进入就极为艰难。何况周庄的建筑屋檐与屋檐之间几乎相交错，阳光投射下来已经颇多阻隔，又怎谈得上一泻厅堂呢。少见阳光的房屋，在拥有其凝重气氛的同时，必然给人一种挥之不去的压抑感，给人一种隔绝了自然的沉闷感。流连于沈厅那数不清的房屋，就仿佛是行走在地下墓穴一般，让人觉得阵阵悲凉。后来我们一行人聚在一处小茶坊前就着腌苋菜喝阿婆茶，我偶然看见窗前几株绿色植物的叶片上鼓着几滴被阳光照得晶莹剔透的雨滴，才觉得沈厅的周围仍然有生命在搏动，而在那一瞬间抹去了拜访它时萦绕于心头的凄凉感和萧瑟感。

周庄保留下来的基本上是明清建筑，它的基调是灰色的。在绿色永不凋、永远是春天的江南，这种灰色总是像闪电一样跳跃。一座座

的石桥像一匹匹骏马一样横跨在水巷上,并在水中投下它们的倒影。阳光照着石桥和石桥上的人,也照着水中的石桥和人淡墨似的倒影。吆喝茶点的声音仍然从深巷中掠过奇峭的飞檐传来。在某一瞬间,我似乎捕捉到了周庄的神韵,然而不绝如缕的游人很快就冲淡了那种感觉。我在嘈杂声中想象百年前的周庄,也是这样的建筑,不过人很少,坐在厅堂里喝茶的时候,便能清楚地听到归船的桨声。船归的时候,也许会惊扰水中浮游的鸭子,也许闺中的小姐在临河的绣楼里推开窗户,看看那归船上是否有她喜欢的人。若没有她喜欢的人,又有没有她喜欢的丝绸或陶器。屋前的垂柳把一半绿意赋予石墙,另一半绿意却袅袅漫向河水。天色黄昏时,水巷里溢满金色,糯米糕和清茶的气息在每一位盼夫归来的妇人的指间琴音般萦绕。灰蒙蒙的周庄就在一派典雅平和的气氛中滑入夜晚。后来月亮起来了,周庄没有夜游人,月光就散散淡淡地照着周庄的石桥、流水、屋檐、垂柳以及树深处的鸟……

然而纷乱的现实很快又把我与周庄的"神交"隔绝,我们开始参观"迷楼"。迷楼原名德记酒店,柳亚子先生同南社诗词社的人曾在此居留并饮酒作赋。顺着狭窄的楼梯攀上二楼,兀然看见几个南社成员的蜡像,他们看上去仿佛是在切磋诗艺,然而人物凝固的表情却给人一种彻头彻尾的做作感。其实有这一座古旧的小楼足以让人想象南社成员在此居留时的风采了,然而人们却总以为用蜡像来复原某种生命才能达到栩栩如生的效果。于是我败兴地下楼,又尾随大家来到三毛茶楼。据说三毛曾在一九八九年仲春来到周庄,我们参观的正是三毛喝茶的地方。茶楼很小,桌凳比较古旧,墙壁上有三毛的巨幅黑白照片。我觉得三毛自缢时不该选择丝袜,而应该用自己的长发做绳索来结束自己,她的长发太美了。我坐在三毛茶楼小憩的一刻,石巷中忽然传来一阵泼辣的叫骂声。那是一个女人的声音,骂声朗朗,无拘无束,跟雨后的阳光一样自由洒脱。我从窗口探出头,见是一个梳短发、着白背心的微胖的中年女人倚着一家铺子的石墙在骂,她目光散漫,举止粗俗,一眼望去便知她是个痴呆。然而正是她这一通骂,使我觉得九百年前的周庄突然掉头回来了。这深深的石巷中有一种经久

迟 子 建
散 文 精 选

不息的痴语长风般地穿越了时空。我蓦然想起了沈万三的悲剧命运，他因"露富"而犯上，而痴人却不会因为"露痴"而遭贬谪。"痴"，向来被认为是一种无知，所以处于这一状态的人不管说出如何辛辣的话，都不会遭人嫉恨。难怪历史上有那么多名人因为突遭厄运而"佯痴"渡过难关，他们以一种消极的方式进行了内心最痛切的反抗。于是，就有了阮籍、嵇康的假意"癫狂"，有了明代大才子杨慎被流放云南后，酒后插花满头、穿巷而过使人疑为痴人的传说。"痴"是一种可以使心灵自由飞翔的生存状态，它像一座永远开着窗口的房屋，可以迎接八面来风。于是我便想，沈万三若是一个"痴人"，肯定会逃出朱元璋为他设置的"虎口"。但沈万三不是一介书生，而是财大气粗的商人，这决定了他不会佯痴来求生存。所以世上的英雄有两种：一种是叱咤风云、我行我素、把生命置之度外的人；一种是内敛激情、藏锋不露、能忍受奇耻大辱的人。而我更欣赏的是前者，因为他们像飞旋在阳光中的灰尘一样透明。

朱元璋在南京拥有一片绿意浓郁的山陵作为长眠之所，而沈万三则是"水冢"一座，葬于周庄的银子浜底。王者的灵魂在千秋万代后仍然可以在大地上浪漫地浮游，而沈万三的灵魂则永远湿漉漉地浸在水中，仿佛是在低低饮泣。

苍苍琴

我最早聆听的琴声，是小提琴。

童年在小山村时，清晨时分，要是父亲唤我们起床得不到响应的话，他会动用两大法宝，把懒睡的我叫出被窝。这两大法宝是：狗和小提琴。

父亲会把屋门敞开，将在院子中守完夜的狗放进我的睡房，狗摇头摆尾地进来后，欢天喜地地把两只前爪搭在炕沿儿上，伸出柔软的舌头，哼哧哼哧地舔我的脸，直到把我舔醒。

要么，父亲会取下挂在墙上的小提琴，站在炕前，有板有眼地拉起来。琴声如黎明之船，驶入我昏沉的睡眠里，将我照亮。当我睁开眼的时候，琴声还在继续，玻璃窗上弥漫着朝霞，好像朝霞也喜欢琴声，特意从天庭飞来听琴。

我对琴声的记忆，与"苏醒"就分不开了。在我心目中，琴声就是林间的流水，能让人提神醒脑；琴声更是田野的清风，带给人温柔的心境。这样与朝阳为伴的琴声，无疑是年轻的、活泼的、富有朝气的。

成年以后，尽管我在音乐厅欣赏过名家演奏的小提琴，但感觉总不如童年听到的琴声美妙。细究起来，不是父亲的琴拉得好，而是因为琴声的出现依托着朴素着板夹泥房屋，依托着红彤彤的朝霞，依托着青葱的菜园和纯净的空气，依托着一颗少年的心，因而显得格外有

迟 子 建
散 文 精 选

韵致。

在交响乐中，我总能从笛、笙、号等管乐器，以及锣鼓、木鱼等打击乐器中，感受到小提琴强大的存在。交响乐离开它，如同一个人被剥离了心脏，是没有生命力的。由于爱它，连带着喜欢上了其他的弦乐器，如琵琶、胡琴等。那一根根琴弦在我眼中就是汩汩流水，丝丝晨风，缕缕月光，袅袅炊烟。

现存的世界上最古老的琴，是古琴吧。古人的诗词歌赋中，常常出现"瑶琴"的字眼，说的就是它。我最早认识古琴，是一九九四年在云南丽江的玉龙雪山脚下。中秋节的晚上，一行人在大研古镇听老人们演奏洞经音乐。洞经音乐如同仙乐，至美至纯。在幽幽的丝竹声中，你能清晰地辨出古琴清丽的影子。古琴声宛如落在水面的星光，宛如生长在花蕾中的晨露，给整首乐曲带来湿润、清新的气象。据说有张古琴，有几百年的历史。它似乎还裹挟着旧时代梅花的苦香气，说不出的风雅。

我与古琴这一别，竟是十多年。

去年十一月，在香港城市大学的惠卿剧院，我又与古琴相逢。城市大学举办了一场古琴演奏会，请来了国内演奏古琴的名家。那天剧院爆满，作为主持人的城市大学中国文化研究中心主任的郑培凯教授，特意穿上了一件灰色的长袍。演奏开始了，首先出场的，是丁承运先生，他是武汉音乐学院的教授，他首演的曲目是《白雪》。尽管剧场很安静，音响效果也不错，可是几百人的呼吸声聚合在一起，还是弱化了琴声，虽然古琴传达的是那种旷古的美感，但在大剧场听起来，它还是显得寥落了。第二个出场的，是李祥霆先生，也许由于他是辽源人的缘故，他的《流水》和《幽兰》，粗犷豪放，如同一阵急雨，沁人肺腑，声声入耳。然而接下来的几位，又回到了初始的风格，尽管他们在演奏上无可挑剔，弹奏的又是名曲，如《忘忧》《平沙落雁》《长门怨》等，可是却缺少那种摄人魂魄的力量。未等曲终，与我同去的几位外国作家，有两位提前离座，一位酣然入睡。只有坐在我身旁的尼日利亚作家阿基耶拿，始终饶有兴味地欣赏着。演奏间隙，阿基耶拿问我，迟，你最喜欢哪一曲？我说最喜欢第二个人的演奏，他

兴奋地叫道：我也喜欢他！看来李祥霆那苍凉雄浑的琴风，与尼日利亚大地上回荡的风是相似的。

　　这次演奏会，总感觉不如在丽江与古琴初识时来得惬意，究其原因，当年我听到的古琴，是裹挟在笙、笛和胡拨等乐器声中的。古琴有了唱和的，气势就大了。而且，那次欣赏洞经音乐时，坐在草墩上，手中又有高山雪茶在握。而在惠卿剧院听到的古琴，是大剧场不说，古琴还是单枪匹马地出场，剧场偶有的咳嗽声和手提电话的铃音，都伤害了音乐的品质。我想古琴的独奏，最适合的场所还是在大自然中，在林中溪畔，在鸟语和落花声里。听众不须多，三五人，散坐在石头上。抚琴者完全可以把琴置于膝上，与松涛和流水唱和。由此说来，真正的风雅是私人化的。难怪王维在《竹里馆》里这样写道："独坐幽篁里，弹琴复长啸。深林人不知，明月来相照。"

　　联合国教科文组织在二〇〇三年，把古琴列为世界文化遗产。古琴由此成了世上最苍老的琴。它们很难再回到曾让它们无比灿烂的那个时代，它们在日新月异的时代里落落寡合。但它们是巍峨的，如同冰山，风骨依然，难以征服。这样的琴哪怕有一天消失了，它留给天地间的，也是最美的一抹斜阳！

鲁镇的黑夜与白天

  名人的故居，最辛劳的要数门槛了。它要承载参观者或轻或重的脚印，这脚印当然比不得落叶抚过来得温存，更比不得风儿漫过来得清爽。更何况，这老门槛迎来的并不是它旧日的主人，它听到的大抵是游人的感慨声和照相机的快门跳动的"咔嚓"声。稍好一些的，也无非是怀着凭吊情怀的人发出的几声叹息。我想这门槛在寂静的深夜，也许会为自己身上无端地沾染了陌生人脚上的尘土而感到难过，它也许会捂着被践踏得伤痕累累的脸，对着屋顶的残瓦或者天井中的老树而哭泣。

  我是迈过鲁迅故居的门槛的，我不敢踩它，怕那像历史卷轴一样的门槛会被踏碎了。天色本来就阴沉，再加上人多嘈杂，我已消去了对这老屋的兴趣。只记得它很大，门是一重接着一重的，所有的房间都陈设着古旧的家具和器皿，它们就像老人们历经沧桑的眼睛一样，沉静而又略嫌冷淡地望着我们。我注意到，屋子没有大窗口，那栗色的窗子又一律是木格的。木格很细碎，它们就仿佛是横在窗上的一把把剪刀一样，把进屋的阳光给凭空剪得零落而黯淡，所以几乎很难看到一间阳光充足的屋子。我想当年的"迅哥"流连在这样的深宅大院里，住在永远暮气沉沉的房子里，他对外部世界的关注就会更为迫切。而由这寂静和昏暗生发出的幻想，也会像河里游荡的小鱼一样的活跃。

  这是绍兴，而绍兴在我的心目中就是鲁镇。在听过了一场让人失

望的"社戏"后,我与几位朋友寻到了一处大排档,那已是子夜时分了。没有星星,亦没有月亮,大排档正在高潮上。那排档是南北向的一条长巷,有些歪斜,而正是这歪斜,使它显出了随意、世俗和浪漫的气息。巷子里湿漉漉的,这当然不是雨的滋润,而是每个摊主洗菜时泼出的水。摊位一座连着一座,它们是清一色的塑料棚顶,每个棚子大约放四五张圆桌,每张桌都能容七八个人。摊前的煤火通红通红的,炒菜的声音和着摊主招徕客人的声音,让人觉得亲切和温暖。我们要了炸臭豆腐干、咸蛋黄炒番瓜丝、爆炒黄泥螺、辣椒鳝丝、盐水煮茴香豆等菜,叫了一壶酒。酒不用说了,一定就是孔乙己和阿Q都喝过的黄酒。这酒被温过,未放城市里时尚喝法中所加的话梅、姜丝、冰糖等调味品,因而纯正敦厚。我们先前还比较文雅地吃酒谈天,后来酒喝得人情绪飞扬,几个人就行"棒虎鸡虫"的酒令玩,输家罚酒,往往是男人一说"鸡"就赢,而女人一说"虫"则输,大家又笑又叫着,好不快活。这种时刻,我心中鲁镇的影子一闪一闪地呈现了,我嗅到了一股古中国生活的气息。我仿佛看到了孔乙己穿着长衫站着喝酒的情形,他用尖细的手指在柜台上排出一文一文的铜钱;我还看到了在酒楼上的吕纬甫讲述两朵剪绒花故事时怅惘的神情。我甚至想,如果不远处的护城河下停泊着一条船,我们登得船上,在夜色中划桨而行,一定能够看到真正的社戏,能喝到戏台下卖的豆浆,当然,如果碰到一个老旦坐在椅子上咿咿呀呀地唱个不休,我也一样会烦得撑船就走。如果偷不成别人家的豆子在船上煮着吃,就偷一缕月光来当发带,让它束着我随风飘扬的长发。夜越来越深了,是凌晨两点的时分了,我们却毫无睡意,这时忽然来了一个瘦弱的孩子,他胸前斜挎的吉他比他还要高。他手里拿着一个用小学生的练习本写就的歌本,很老练地请求我们点歌。他眼睛很大,但却没有少年的那种天真之气。我问他几岁了?他说六岁。又问他点一支歌多少钱?他用生意人惯用的口气告诉我,点一支四元,但如果点三支的话,只收十元钱。我不假思索地说,那就点三支。他唱的第一首歌是《三个老婆》,歌词写得庸俗不堪,什么"三个老婆不嫌多""老婆多了有人疼"等等,歌词里甚至形象地给三个老婆所司其职做了分工,什么做饭的、捏脚的、

迟子建
散文精选

陪睡觉的等等。他这一唱，大家的心一下子沉下来了。在他身上，我看不到少年闰土身上的天真、朝气和童趣，反而感觉相遇的是成年的闰土，那个被沉重生活压迫得几近麻木的闰土。我们没等他唱另外两首歌，付了他十元钱，打发他走了。他挎着吉他离去的背影有些摇晃，感觉那吉他是一头蛮力十足的怪兽，死死地拖着他走，我真怕它在这黑夜里把这卖唱的少年给拖得支离破碎了。自此，大家再无兴致逗留，仿佛是刚参加完一个好友的葬礼似的，郁郁走掉。

次日我起得很迟，把早饭和午饭放在一块吃了。天色仍然寡白寡白的，两三朋友聚集在一起，都说不想到安排好的景点去参观，我说那不如到绍兴的老街走一走。以我的经验，看一卷历史书，不如在一个有历史感的老街上走上一程更能领会历史的含义。因为老建筑会透出一股清秋般的苍凉之气，你能在其上看到岁月抚过的痕迹，触摸到历史心音的脉搏。

沿着绍兴广场的护城河向北走，没有多远，老街就呈现了。见到它我的眼睛蓦然一亮，感觉它仿佛扭着身子活跃地动了几下。在被高楼簇拥着的宽敞的柏油马路上行走，我常常觉得自己走在一具巨大的僵尸上，紧张、空虚、不知所措。而在狭窄的老街上闲走，我会无限地放松和陶醉。这种时刻，你觉得那街分明像河流一样，它潺潺地流动着，等着你的脚踏出阵阵水花。这街只有两米左右的宽度，它的两侧是层层叠叠的老房子。房前的门楼各具特色，有的高而窄，有的矮而阔。房子多数是两层的小楼，但也有三层的，极少。它们的色彩以栗色和苍灰为基调，屋顶的瓦却基本是深灰的，灰色年头久了，就泛黑了。不过它们与天色是极为协调的，仿佛它们就是天的底座。你不要小觑了这老街，看着它不长，走起来就长了，长得仿佛没有尽头。而且它也不是笔直的，略略地弯着，它这种弯不是老人的那种透出暮气的驼背，而是一个少女笑得不能自持时妖娆的弯腰，风情万种。街上很少有行人，石板路上干干净净的，给人以明净、妥帖之感。我们推开了几户门楼，进得院子，想更直接地接近老房子。真正的老屋比比皆是，它们保持房屋原来的状态，格局是老格局，窗户也是老窗户。到这样的屋子走一下，你会嗅到一股散发着隐隐腥气的潮味，仿佛这

房子是放置已久的鱼，它因离河太久而伤感得落泪，那气息或许就是它的眼泪。如果不是有现代的人闪现在房子里，我会误以为回到了一百年前的鲁镇，听见了单四嫂子在空虚寂静的夜晚呼唤宝儿的哭声，嗅到了华老栓买来的人血馒头被火焰舔舐过所发出的奇怪的香味，看到了在祝福声中被主人呵斥后凄凉地放下烛台的眼神呆滞的祥林嫂。这是鲁镇，是鲁迅笔下那个永远也不会消失的鲁镇。那屋檐上的荒草，那窗棂上所弥漫的蒙昧天光，那院子中的桂花树，那天井中放置的杂物，似乎都透着旧时代的气息，它让人有某种伤感和惆怅，又让人有某种辛酸后的喜悦。

在那条老街里，留给我印象最深的是一个着白衣的盲人。他用一根细而长的竹竿探着走路，走得不急不躁，有板有眼。看来他对这老街熟稔至极，老街也许是他的眼睛仅能看到的一道光。当我们走完老街在一家茶楼坐下时，透过拉起的窗户，我能望见护城河上的拱形石桥，那桥是灰色的，上面匍匐着一些绿色藤萝，有棵高高的柳树越过石桥，它就仿佛是一个淘气的少年，赤脚站在水里，笑嘻嘻地看着流水。把目光放得远一些，再远一些，便可望见老街上的房屋，看见灰瓦和飞檐，它们就像飘浮在鲁镇上空的凝重的浮云，让我陷于回忆和思索之中。

我总想鲁迅在骨子里其实是一个浪漫主义者。只不过我们把他定位在"民族魂"这个高度后，更多地注意了他作品的现实和批判的精神，而忽略了任何一个伟大的作家内心深处都具有的浪漫主义情怀。从他的故居直至到老街，我感受到的是栩栩如生的鲁镇，它闲适、恬静、慵懒、舒缓，这种环境是能让人的想象力急遽飞翔的地方。孔乙己是现实的，但也是浪漫的，只不过那是被苦难压榨出的辛酸的浪漫，他赊账喝酒，他偷了书被人打断了腿时为自己的辩解，都体现了鲁迅在其身上倾注的浪漫主义的热情。还有那个让人过目不忘的阿Q，我觉得阿Q就是一个浪漫主义者，他对革命的无知的游戏态度，他由调戏小尼姑而生发出的对爱情的向往，他自甘其辱后的精神上的自我安慰，直至他为自己生命的终结而努力画上一个圆圈时，阿Q的形象都是神秘的、可爱的、让人憎恨而又同情的。而在《故事新编》中，鲁

107

迟 子 建
散 文 精 选

迅的浪漫主义情怀可以说是体现得淋漓尽致，挥洒自如。《奔月》里吃腻了乌鸦炸酱面的嫦娥，《出关》里骑着青牛的老子，还有《铸剑》里在滚烫的大金鼎里那颗如泣如诉的报仇的人头，不都在向我们昭示着：这是些有光彩、有魅力、经得起时间检验的浪漫主义人物么！

绍兴似乎总是阴气沉沉的，我心目中的鲁镇因了这特定的天色而一直伫立在眼前。它的白天和黑夜仿佛是没有界限的，白昼有暗夜的气象，而黑夜又有白昼隐约的影子，一如鲁迅作品带给我的气息。当我喝了一杯碧绿的茶，再望护城河的时候，望见了一条乌篷船正从远处荡来。那船黑黑的，就像越出水面的一条青鱼。到得近处，我见那桨搅起一阵一阵的乌黑的淤泥上来，它使绿水有了一道道黑色的印痕，就像人的伤疤一样。待我把目光再转到石桥上时，竟然看见了先前在老街里遇见的那个盲人，他怀抱着竹竿，坐在石桥上。但他不是沉静地坐着，他不时地转身，用竹竿去抚弄柳树，于是就有一些微黄的柳叶天女散花般地被打落，它们落在水里，向下游荡来，渐渐地接近我们所坐的茶楼。我多想在它们经过的一瞬泼一杯清茶于它们身上，可我怕同行者笑我痴狂，而且我也不敢肯定，它们确乎能够领受茶的芬芳之气，于是就只是静静地看着它们一摇一摆地走远。

西栅的梆声

乌镇是一枝莲，东栅、西栅、南栅、北栅是它张开的花瓣。东栅因为天光和烟火气盛，这片花瓣在我眼里是银粉色的。西栅呢，它被不绝的流水环绕着，那层层叠叠的楼台水阁，迷宫似的灰街长巷，也就有了舟楫的气象，似乎你轻轻一推，它们就会起航。这片轻灵的花瓣，在我眼里就是烛白色的了。烛白色不像银白那么耀眼奢华，也不像乳白那么温柔平淡。烛白色，它高贵朴素，充满激情而又深沉内敛。因为烛白色里，掺杂着天堂的色彩。

来乌镇的，不仅仅是人，还有白鹭、云朵、晨雾。与它们比起来，倚赖车船出行的人，是多么的被动啊。白鹭来，乘着清风，扇动着丝绸一样的翅膀，倏忽间就翩然而至了；云朵呢，如果它们思念身下这片枕河入梦的人家了，从天宇的某个角落出发，且歌且舞，飘飘洒洒，也是说到就到了。比起白鹭和云朵，晨雾不是远客，它们就栖息在乌镇纵横交织的水泽深处。只要它们起了顽皮，就一哄而起，缚住太阳，把人间幻化为海市蜃楼，霸气十足地做这世界早晨的皇帝。

我在乌镇，住在西栅。西栅由十二座小岛组成，所以进出西栅，须乘坐渡船。到乌镇时已是晚上九点，江南的雨淅淅沥沥下着，好像乌镇这个素服女子忙活了一天，正在做安寝前的沐浴。从西栅的码头登船，去通安客栈，大约一刻钟。西栅的渡船是我喜欢的那种，带篷的木船。梭形，人工摇橹，至多坐六人，既不像大船那样笨拙少情调，

迟子建
散文精选

又不像只能容一两个人坐的小舟，在水波上活跃得像条鱼一样，让人心生不安。不大不小的渡船，如同恰到好处的鞋子，最适合游人的脚。船家是个女子，乌镇人对她们有个亲切的称谓：船娘。而我觉得，女子的性情，最适合在西栅摆渡。因为这儿不是荒凉的海域，需要顶天立地的男人披荆斩棘，西栅是一个宁静的港湾，是个听桨声的地方，由性情多温婉的女子做"掌门人"，再妥帖不过了。

　　船娘戴着斗笠，不紧不慢地摇着橹。虽然落着雨，但岸上投下的灯影，依然盛开在河面上，看来电的筋骨，实在强啊。没有月亮的夜晚，那一团团湿漉漉的橘黄的灯影，看上去像是月亮生出的金发婴孩，是那么的鲜润明媚。带着一身的水汽，船停靠在客栈的码头上了。简单吃了点东西，洗漱后躺下，已是深夜了。旅途的劳顿，并没有使我立刻入睡。不过在西栅，失眠是幸福的，因为你在静得出奇的夜里，能听见淙淙的流水声。

　　来乌镇的次日，是茅盾文学奖颁奖的日子。我醒来的时候，西栅还没醒，因为它被浓雾包裹着，所以到了天亮的时辰，它却亮不起来。早饭后，我出了客栈散步。上了一座灰白的石拱桥，站在桥上，只见河两岸的房屋，好像晾晒着一匹匹白色的丝绸，被雾气紧紧缠绕。你想看远一点的河道，看不清楚；想看近处房屋的飞檐，也是看不清楚的。雾中的西栅，也就有了如梦似幻的感觉。上午十点多，雾小了，雨又来了，所以那个白天的太阳和那个夜晚的月亮，是逃跑的新娘，芳踪难觅。如果说乌镇是一朵静静的莲的话，那么茅盾文学奖的颁奖典礼在我眼里就是昙花。那个夜晚的颁奖盛典结束后，第二天，与会人员纷纷离去了。客栈的小码头忙碌起来，船娘忙碌起来，被桨搅起的水波，也忙碌起来了。

　　我也乘渡船出去，但奔赴的不是飞机场，而是东栅。太阳终于露出了芳容，天地间变得亮堂起来了。东栅游人如织，每一座石桥、每一条小巷、每一座古老的牌楼下，都有驻足观望和拍照的人。导游带着我们，先是参观了一个专门展览雕花木床的博物馆，然后去了乌镇名酒——从清朝就开张了的三白酒的酿造地。在乌镇这样的水乡，如果没有酒，老百姓的日子，无疑是少了魂儿。出了酒坊，近午的时候，

在去餐馆的途中,我在一条巷子里,遇见一个白发苍苍的老婆婆。她将自家炉灶支在屋外,微微弓着背,神色怡然,当街翻炒着一锅羊肉。羊肉显然被酱汁浸透了,油红色,有扑鼻的香气。很多游人停下脚步,眼馋着那锅肉。而我眼馋的,是老婆婆手中的那把锅铲。如果我到了她这般年华,能像她一样自如地使着锅铲,为自己烹调下酒的小菜,那就是此生最大的福气了。

从东栅回来,小憩片刻,导游又带着我们游西栅,看了由白莲塔、通济桥和仁济桥所形成的著名的"桥里桥"景观、蚕丝厂以及酱坊。西栅最有趣的景观,是三寸金莲馆。那里展览的,是历朝历代形形色色的小鞋。有研究者说缠足始于隋唐,也有人说由五代兴起。清入主中原后,反对汉族人缠足,尤其是康熙大帝。从这点看,康熙就是一个充满人性的皇帝。康有为在自己的老家广东南海,还曾联合当地乡绅和开明人士,创立过不缠足会。这种病态的审美和风习,在中国流传了近千年,却是一个不争的事实。那些小巧玲珑的鞋子,多有斑斓刺绣,花色妖娆,可我却看不出丝毫的美来,因为它们是女人的脚镣啊。

游过西栅,天色已昏。我们就近在一处临河的餐馆吃晚饭。饭后,回到客栈,清理完旅行箱,想想明天就要离开西栅了,心中似乎还有什么割舍不下的。九点一刻,我独自出了门,看夜下的西栅。

石板路上,几乎看不见行人了。西栅静下来,而另一种光明,却升起来。点缀着夜晚的灯光,以乳黄为主,但也有幽蓝的光带,裹着石桥,使桥有了闪电的气象。那一盏盏古朴的风灯,在苍灰的屋檐下,随着晚风轻轻摇荡,像恋人温柔的眼。我走进一条深巷,周围竟一个人都不见,那一座座阒然无声的深宅大院,使我怀疑里面居住的不是人,而是神灵。我有些害怕,连忙回到离出发点不远的放生桥那儿,桥下有一个小酒吧,还有零星的顾客。刚停下脚步,就见柳树丛中闪出一只猫来,雪白雪白的,它好像赶赴什么约会,飞也似的越过石桥,去另一岸了。猫离去了,一个清扫员出现了。她一手拎着撮子,一手提着扫帚,打扫石巷。我看了看撮子,里面较少有废纸和食品包装袋之类的垃圾,更多的是落叶。乌镇再怎么的江南,也是秋意阑珊了。

迟子建
散文精选

我跨上桥，刚好看见有一只载客的船从远处荡来。我听见客人在问："岸上是什么树呀？"船娘答："香樟树。"之后再无人语，有的只是水声。我看着这只船渐渐接近石桥，然后鱼似的从桥下跃过，不见了踪影。正当我要走下石桥的时候，一阵梆声石破天惊地响起，这是打更的人在报时了。打更的人穿行在哪一条巷子，我并不知晓。但这寂寥而空灵的梆声，与教堂的钟声一样，让我身心顿时为之一爽。是啊，这禅意深厚的梆声让我明白，所有的盛典和荣耀，不过是一季的盛花，会转瞬间化为流水。那些相识的和不相识的人，包括我自己，不过是这世界的过客而已。明白了这个道理，你就不会在脱离了灯火璀璨、人语喧嚣的环境后，惧怕一个人走夜路。这复古的梆声，让西栅的夜，白了。

紫气中的烟火

　　房子跟人一样，老了也会生皱纹。而历史往往就掩藏在那一幢幢老房子的褶皱里。

　　能够留存下来的老房子，大抵都是有着不凡身世的。要么是皇宫贵族、达官显要的宫殿和城堡，要么是富甲天下的阔商的豪宅大院，古今中外莫不如此。所以建筑史上的杰作，往往与权力和金钱是分不开的。宫殿上那些经过了千百年风雨、仍然无比灿烂的琉璃瓦，与被岁月风雨侵蚀后大批大批倒塌或歪斜了的民居，形成了鲜明的对照。民居虽然温暖、朴拙，但它身上泥土的成分太多，等于是肉做成的，摧折也快。而宫殿的一砖一瓦、一石一木，都是由工匠们精心烧制、打磨和挑选的，耐用性强，所以说宫殿是由骨头筑就的。

　　我不喜欢阳光，而喜欢雨。阳光是人的铺路石，而雨是人的绊脚石。雨一来，街市中的人气就寥落了。这时候最适宜到老房子游览。

　　我在一个微雨的夏日午后走进沈阳故宫。雨丝时有时无，太阳若隐若现着。被忽明忽暗的天色和薄雾笼罩着的故宫，有点海市蜃楼的意味。

　　游人果然因为雨丝的落脚，少而又少。一座远离了人语的宫殿，就是一本干干净净打开的大书，可以激发人凭吊的情怀。

　　沈阳故宫也被称作"盛京皇宫"，它是清太祖努尔哈赤在天命十年开始修建的宫殿，可惜他在定都沈阳后的第二年就晏驾归西了，留

迟 子 建
散 文 精 选

下的未完成的建筑，是由他的第八个儿子皇太极建造的。皇太极继承汗位后，于 1636 年在此登极称帝，改国号为"大清"，所以这里也可称是大清的奠基地。

我最先进入的是那些"偏殿"，它们大都是侍奉皇族的那些下人的居所。一座座灰色的小屋子看上去乌蒙蒙的，是那么的清冷，让我仿佛听到了夜半时分寂寥的梆声。

大正殿是努尔哈赤时代建立的宫殿，远远望去，它很像公园里那些随处可见的八角亭。不过走到近前，当你的目光与南门两侧柱子上盘踞着的两条栩栩如生的金龙相遇时，还是明白它终归不是寻常百姓可以驻足的亭子，仍然带着股帝王君临天下的霸气。尤其是大正殿的古色斑斓的天花彩绘，那"万福万寿万禄万喜"的篆书汉文与含有吉祥意味的梵文以及龙凤图案交相辉映，让人顿时嗅到了二百五十多年前的宫内的繁华气息。大正殿是处理政务、颁布诏书、召见大臣之地，充满了政治色彩，这样的殿堂在我眼里缺乏人间烟火的气息，所以在它面前站站脚就走开了。

沈阳故宫中，最让我动心的就是后宫，它其实就是皇太极的家。沿着石级向上，穿过高高的凤凰楼的楼阁，迎面即见皇太极和皇后的居所——清宁宫。

清宁宫的两侧是六座配宫，其中有四座是皇妃的寝宫。东侧靠北的是关雎宫，靠南的为衍庆宫。西侧靠北的是麟趾宫，靠南的则是永福宫。这四座宫中的皇妃都来自蒙古部落，其中宸妃和庄妃两姐妹尤为著名。

在这些建筑中，除了殿顶的琉璃瓦和檐下的彩绘呈现出别样的绚丽，居所里面却是布局简单：粗粝的锅灶、宽大的万字炕、古朴的屏风，看上去庄重朴素，体现了满族人传统的生活习俗。如果说正中的清宁宫是一位敦厚的男人的健壮的身躯的话，那么左右对称着的皇妃寝宫就是这个男人张开的宽厚的双臂。他揽入怀中的，正是与他的生命息息相关的女人。

历史上没有哪个皇帝能像清太宗皇太极那样，身上既有英雄的传奇，又有爱情的传奇。

宸妃和庄妃这对姐妹是皇后哲哲的亲侄女，她们先后成了皇太极

的皇妃。在这些人中，最为皇太极宠幸的，是关雎宫的宸妃海兰珠。海兰珠入宫的时候，她的妹妹庄妃已经跟着皇太极近十年了。皇太极对海兰珠无比衷情，所以后人喜欢用"后来者居上"来评价海兰珠。当宸妃生下皇子后，皇太极喜不自禁，大赦天下。然而好景不长，皇子出生后没有几个月就夭折了。宸妃受到打击，三年后终于一病不起，撒手离去。皇太极抚尸恸哭宸妃的佳话，可谓广为流传。

除了宸妃和庄妃，衍庆宫和麟趾宫中的两位皇妃也值得一提，她们是蒙古察哈尔部首领林丹汗的妻子。林丹汗是成吉思汗的后裔，被皇太极打败，逃至青海，郁郁而终。林丹汗死后，可谓是众叛亲离，他的两个妻子先后归顺了皇太极，改嫁于他。这在当代来说都是"有辱门风"的事情，皇太极却默然接受了，这完全是出于社稷江山的考虑。看来即使是一个皇帝，他也不能完全爱自己之所爱。

爱妃海兰珠的离去，使皇太极忧思沉沉，一年多以后，他端坐在清宁宫里，猝然倒下。我想他最后所看到的情景，一定是关雎宫冷落的门庭。

皇太极走后，庄妃与皇太极所生的皇九子、六岁的福临即位，庄妃为了辅佐年幼的顺治皇帝可谓殚精竭虑。清入关以后，都城迁至紫禁城。顺治帝二十四岁早逝，庄妃又开始辅佐她的孙儿玄烨，也就是日后开创了太平盛世的康熙大帝。所以庄妃的一生，跟皇太极的一样，充满了传奇色彩。宸妃领受了皇太极最深厚的爱，但她像露水一样一闪即逝了。而被爱所冷落的庄妃，却在日后使两个皇帝成就了霸业。流连在永福宫里，我似乎能感受到年轻的庄妃的气息，她的气息是沉凝的，她的叹息也一定是浑厚的。

我在清宁宫的后面，看到了宫中保存下来的唯一的一座烟囱。它底阔顶尖，笔直向上。两百多年前，清宁宫中的烟火就是从这里袅袅漫出的。先前我曾在宫里见过乾隆御书的"紫气东来"匾，我想真正的紫气就是从这座烟囱中升起的烟火，它虽然消散了，但在它的周围，后世的人间烟火，却仍然丝丝缕缕、团团簇簇地升起来，生生不息！

我听见了雨滴从那皱纹重重的清宁宫的飞檐下滑落的声音，那么的曼妙，带着股旧时代迷离的音色，仿佛在为已逝的烟火，声声唱着挽歌。

听时光飞舞

去年中秋节我若拥有霓裳羽衣就好了，我也许会在清幽的丽江古城里被千年以前的帝王之魂引入九霄轻歌曼舞。因为在那个月夜，我看见了千年前的古泉依然淙淙流淌，千年前的古乐依然在雪山脚下回旋。在一个烛光摇曳、微风轻拂的时刻，我的双眼突然蒙上了泪水，因为我听见了时光飞舞的声音，在这种声音中，已逝世纪的宫殿、回廊、车马、银器、帝王、身着丝绸高绾发髻的女人突然纷至沓来。我触摸到了先人们勃勃跳动的脉搏。

到达丽江时已是黄昏，从车上便遥遥望见了屹立于古城北的玉龙雪山。它巍峨挺拔，山顶终年被积雪覆盖，至今尚未被人类征服。我对人类从未征服过的山总是心生无限的崇敬，因为它瓦解了人类自以为战无不胜的意志，让人类明白挑战是有极限的。它的主峰"扇子陡"海拔五千五百九十六米，绝大多数时间被云雾缭绕，难得"开脸"，使无数企望一睹它芳容的人怅怅而归。

丽江是世界闻名的赏月景点，我们有意在中秋节的那天赶到那里。这座老城始建于宋末元初，是纳西族居民的聚居地。这里没有汽车，没有噪声，连骑自行车的人都少见，人们走在石板路上没有焦虑和匆忙，有的只是从容和安详，我在细雨中沿着泉水漫步，听着高跟鞋敲打石板路的清脆的回响，有种梦回唐朝的感觉。

天色已晚，空中仍然云雾涌动，我们对月亮的出现已经不抱什么

幻想，一行人便去四方街听洞经音乐。

这是主人特地为我们举办的一场音乐会。在此之前，我对这种音乐几乎一无所知。我们走进一座极其古朴的矮小的木屋，面积不过一百平方米，屋子的木椽未着油漆，透出本色，给人一种十分温暖、亲切的感觉。主人已经有备在先了，赏乐者矮矮的小木椅前横置着杏黄色的长条凳，上面用碟子装着果品点心，最使我惬意的是座下那遍铺着的碧绿的松针，它们松软舒适，散发着一股植物特有的芬芳。主人说，只有贵客来临，他们才用松针铺地。

我们落座不久，演奏古乐的老人们就带着乐器一一入场了。他们都在花甲之年，有的甚至已经七八十岁了。他们穿着黑底印满金黄色铜币图案的绸质长袍，有的头发和胡须完全花白了。他们的演奏有三大特点，一是演奏的是纯粹的古乐，二是演奏者以老人居绝大多数，三是他们使用几件我国外地均已失传的民间乐器：四弦弹拨乐器"速古笃"（胡拨）、曲项琵琶及双簧竹管乐器"波伯"（芦管）。

老人们坐在黑色木椅上，手扶乐器，明亮的灯光将他们脸上的皱纹很明显地照映出来，但他们一致拥有不惧沧桑的平和表情。演奏台与看台没有界限，我坐在第一排，与他们近在咫尺。

演奏终于要开始了。屋子里的灯光突然消失了，我们陷在黑暗中，一种摄人心魄的寂静中忽然有划燃火柴的"嚓——"的声响，一簇橘黄色的火苗鲜润活泼地诞生了，它被一双老人的手护卫着，勃勃地靠近台中央神龛上的一支蜡烛，蜡烛亲切地接受了火光的热吻，欣然散发出柔和恬淡的光晕。在这片黎明般飞旋的烛光中，"咚咚——咚咚——咚——咚咚——咚咚——咚咚咚咚咚——"的鼓声突然如骤雨袭来，接着是一声开阔悠长的锣声响起又落下，音乐如长河流水一般汹涌而来。那一瞬间，我犹如回到了远古的洪荒年代，看到了篝火、奔跑的野兽、茂密的丛林和苍凉的黄昏。随着音乐越来越走向细腻、典雅和舒缓，时光也迅速向前移动，我来到了汉朝的石桥，河对岸店铺林立、画坊遍布，空气中洋溢着好闻的墨香气，文人学士饮酒作赋。这是《八卦》曲，它以一种无法言传的魅力把我带入了遥不可及的旧时光中。我专注地看着已逾八旬的赵应仙老先生，他双目微合，手操

迟子建
散文精选

大胡,烛光将他的白发和那缕花白的胡子染成金黄色,仿佛要将他燃烧。他的嘴唇不由自主地轻轻嚅动,仿佛在咀嚼着什么。他在咀嚼音乐还是已逝的青春?

洞经音乐是一种道教音乐,当然也有人认为它融入了佛教的精神。研究者对于它如何流入偏远的云南丽江地区看法不一,有人认为它来自京城,也有人认为来自南京,还有人认为它来自四川乐山。旱路由司马相如治西夷时传入,水路大抵是由大渡河至宜宾,然后再入金沙江。不管它来源何处,这种典型的汉族音乐最后落脚于雪山脚下的纳西族人的居住地,由他们继承和发展下来。

欣赏完《八卦》,跟着奏响的是《山坡羊》《十供养》《到夏来》《浪淘沙》《清河老人》等曲目。在这过程中,我的思绪一直朝着古代翻涌。主人悄悄送上来一盅盅美酒,然后又是一碗碗雪茶。雪茶是一种生长在玉龙山雪线附近阴湿岩石和苔地上的地衣类植物,形似松针,体色银白,气味先苦后甘,清香沁人。这种别致的茶和如临仙境的音乐使我对现实产生了一种虚幻感,我不知道自己是否还在,我在我又是谁。我所能感觉到的就是音乐带来的遥远的时光,我看过许多反映汉唐时期生活的电影和电视剧,也读过许多汉唐时期文人墨客的文章,也曾见过这个时期留下的石窟和陈列在博物馆中的文物,可它们从未把我真正带入过去,我没有听到那个时代的呼吸声,是洞经音乐终于叩开了我的心扉,轻而易举就让我在古城中领略了千年以前的流水和斜阳。

演奏的间隙,我悄悄抽身来到屋外的方形场院。仰望天空,我不由得惊呆了:月亮竟然饱满地出现了,先前的阴霾突然不见,月光莹莹地照着屋子的飞檐,仿佛人世间的美好事物都要相约于一天出现在我面前。难道不是清幽的洞经之声吸引了月亮吗?月亮在聆听这来自大地的丝竹之声。我垂下头又向对面望去,使我更为吃惊的情景出现了,对面木屋的窗子敞开着,有五六颗白森森的人头探出来,他们挤靠在一起,头上裹着孝布,也在聆听洞经音乐。看来这家死了人,他们正在守灵,却禁不住音乐的诱惑。我便想象有一个已故人也在倾听音乐,死亡顿时变得平和和诗意了,我就是在那一瞬间渴望着拥有霓

裳羽衣，因为我突然顿悟有多少逝去的灵魂就在我身边浮游，比如那个曾创作了《紫微八卦舞》乐曲的风流皇帝唐玄宗，我一直为他的爱情故事所感动，也许他的灵魂就在月下的古城徘徊。我三十岁了，身材还称得上窈窕，虽然我没有杨贵妃的美貌，但我自信霓裳羽衣加身后，再将秀发高绾，月色中也一样清丽动人。我那样装扮后，我所仰慕的灵魂也许就会引我飞入重霄，让我在银河中舞蹈，在月光中沐浴。

洞经音乐是多么优雅、纯洁而高贵。我甚至觉得玉龙雪山之所以如此俊美，是由于终年聆听古乐的结果。这样的山注定是不可征服的。

我是多么庆幸在我三十岁的时候，在中秋节，能看到一轮真正无瑕的月亮，能够在一个晚上走过一千多年的历程。时光和月光一齐在古乐中飞舞，老人们的面容在我面前渐渐模糊起来，因为那屋外的泉水已经悄悄流入我的双眼。

飞向泥土的箭

我虽然第一次到新疆,但对它没有陌生感。它的太阳,与我故乡大兴安岭夏至前后的太阳太像了,对人间千般地不舍,迟迟不落。我曾在晚上八点钟,和几位朋友在伊犁河畔的一座八角亭里,看一对对盛装的新人,沐浴着阳光,在音乐和清风中翩翩起舞。看过了婚礼的热闹,九点钟吧,我又独自溜到果园摘杏子吃。而这个时刻的太阳,还明晃晃得如一面铜锣呢,惹得我直想往它身上投几个杏子,砸出点回音来。

除了这仿佛被施了魔法的太阳,其满面的青春气息让我熟悉,还有一块土地在我的意念中也是熟悉了的,那就是伊犁河南岸的察布查尔。

察布查尔,是锡伯语"粮仓"之意。而生活在这儿的锡伯人,是二百多年前从东北迁徙而来的。

锡伯人最初游猎于大兴安岭东麓,它的始祖是鲜卑人。两千年前,鲜卑人走出大兴安岭森林,挺进中原,中国历史上第一个由少数民族建立的北魏王朝登上了历史舞台,历时一百四十八年。在大兴安岭阿里河密林深处,有一个嘎仙洞,一九八〇年在石室内发现了石刻祝文,是北魏太武帝拓跋焘于公元四四三年派遣中书侍郎李敞祭祖时所刻的。这个神奇的洞窟,无疑是他们的"祖庙"。我曾在一九八六年探访过嘎仙洞,洞口呈三角形,洞内宽大幽深得如精心开凿的军备库,能容

几辆卡车并行。我还记得抚摩了一下镌刻着祝文的石碑,其彻骨的阴凉至今难忘。那个年代,从中原到大兴安岭,快马也要走上十天半月的。拓跋焘得天下后不忘宗祖,让我对他油然而生敬佩之情。据史书记载,拓跋焘是一个骁勇善战的将军,他崇尚节俭,厌恶奢华,率军时赏罚分明,曾有"法者,朕与天下共之,何敢轻也"的至理名言。可惜这样的英雄,最终为手下的宦官所杀。看来自身的光芒过于耀眼了,刀剑的寒光逼近时,会难以辨析。而这混迹其中的不祥之光,往往跟毒蛇一样,看准时机,就会突然下口,熄灭一种大光明。于是,历史上也就有了一幕又一幕的黑暗时刻。

鲜卑后人的锡伯人,走出大兴安岭后,主要生活在松嫩平原和呼伦贝尔大草原上。他们骑马善射,英勇无畏。所以,当清朝的西部边疆频频受到外敌侵扰时,乾隆皇帝想到了他们,发动了伟大的"长征",抽调了锡伯族官兵一千多人,连同他们的家眷,共计三千二百多人,于一七六四年的农历四月十八日,让集结在盛京(今沈阳)的他们,开始了西迁戍边。从沈阳到伊犁,如果在地图中画一条直线的话,是从东到西的一条漫长的线。二百多年前,倚赖马车牛车前行的他们,要穿越这样的一条线,其艰辛可想而知。他们一路风餐露宿,农历八月经由蒙古高原时,正遇上暴风雪,牲畜大批死亡,人员多有冻伤,军队不得不停下来休整,度过严冬。次年草返青后,他们从蒙古部落借了战马和骆驼,继续西行,谁知到达科布多时,恰逢阿尔泰山积雪融化,洪水阻隔,他们被迫停滞了两个月。由于粮草不足,不得不挖野菜充饥。即便这样,他们最终还是到达了伊犁。乾隆皇帝给他们西迁的期限是三年,而锡伯人用了不到一半时间。如果刨除被风雪和洪水围困的日子,这支队伍走完全程,仅仅用了半年多的时间,堪称奇迹!最让人震撼的是,队伍到达目的地时,人员不但没有减少,反而增加了,这其中就有在旅途中出生的三百多个婴孩!可以想见,在漆黑如墨的暴风雪的夜晚,在洪水泛滥的血色黎明,锡伯人身上涌动的那股原始的生命之泉,是多么的强旺。这样的民族,无疑是人间的牧歌天堂!

我们来到察布查尔的时候,是晚上七时许。参观锡伯族西迁纪念

迟子建
散文精选

馆时，刚看完第一个展馆的西迁沙盘图，接待方就唤我们回返，说是当地的领导已经前往餐厅迎候，我们必须赶回去吃饭。我便与他们商量，能否容我们快速看完，只需一刻钟就行，谁知被斩钉截铁告知不可以。回到旅行车上，我再次央求，仍未果，于是倔脾气上来了，抬腿下车，不管不顾地，奔回纪念馆。令我感动的是，旅美学者查建英女士也随之下了车。我们走马观花地浏览了两个馆，看到的是一些兵器和生活用具，然后来到院子。那里有一个小型射箭场，两面靶子竖在草地上。查建英拉弓射箭，箭中靶上，欢呼雀跃；而我不得要领，几次拉弓，箭在弦上，始终不发。馆长便手把手教我，终于射出一箭，不过它没有飞向靶子，而是一头栽在泥土中，壁立于青草之间，仿佛它就是青草中的一员。

  离开察布查尔后，我们去了喀什。从南疆返回乌鲁木齐时，恰好是七月五日的黄昏。我们入住宾馆不久，城区发生暴力恐怖事件的消息传来。在那个不眠之夜，我几次走到宾馆的院子，在高大的树丛中游魂似的飘来荡去。那个夜晚的声音和气味，把我的心撕裂了。我的心在滴血的时候，眼前不时闪现出那支飞向泥土的箭。我多么希望这世界上所有的刀，只在欢歌时屠宰牲畜才亮出锋刃；所有的石头，只为女人在河畔哼着歌谣捶打衣服而生；而所有的棍棒，不过是为了打落果园中高挂枝头的桃李。我多么希望，我射出的那支飞向泥土的箭，会在秋日的寒露中，与万物同枯，与血腥永别，在转年的春天，安然复苏为一棵清香四溢的草，做露珠的巢。

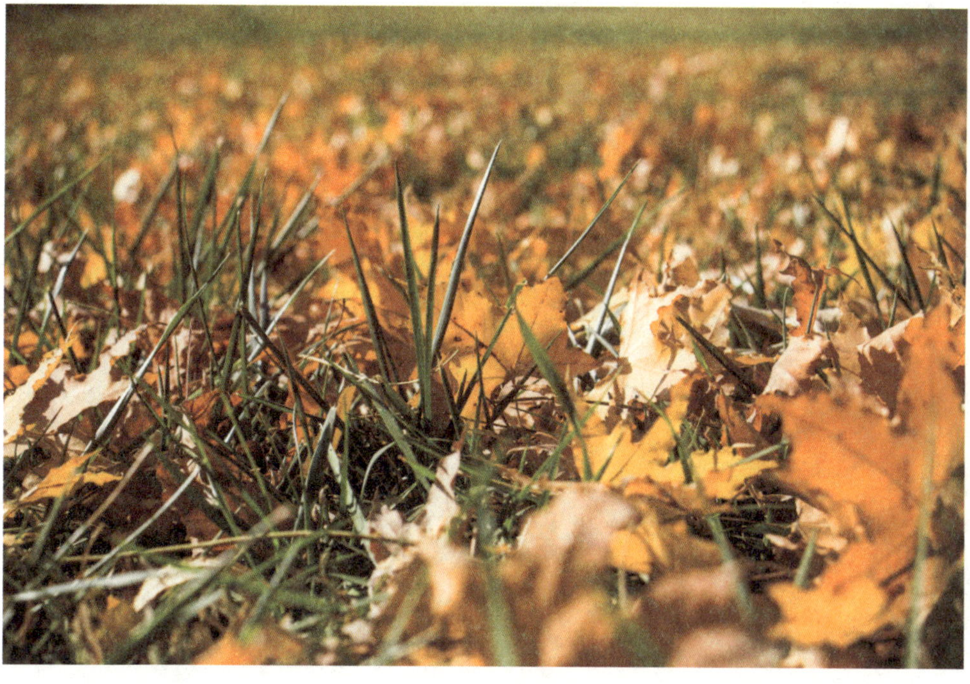

房子跟人一样，老了也会生皱纹。
而历史往往就掩藏在那一幢幢老房子的褶皱里。

尼亚加拉的彩虹

自从爱人初春因车祸而永久地离开了我,我推掉了所有笔会的邀请,在哈尔滨独自待了四个月。盛夏最热的几天,我却觉得周身寒冷,穿着很厚的衣服枯坐在书房中,这时我懂得了什么叫"凄凉"。面对着市井的嘈杂之声,我第一次觉得世界仿佛与我无关了。有那么一段时间,我不敢接电话(怕别人安慰我),不敢上街(几乎每一条街都留下了我们共同走过的足迹),更不敢上商场(我仍能清晰记得在哪家商场为他买过格子衬衫,在哪家商场为他买过鞋和裤子)。我终日流泪,沉浸在对往昔温馨生活的回忆中,以致眼痛得无法看书。以前我很少做噩梦,可那一段时间噩梦连连,有好几次我惊叫着在深夜中醒来,抚摸着旁边那只空荡荡的枕头,觉得自己是那么的孤立无援。

我知道人死不能复生的道理,也知道我必须要直面这突变,勇敢地活下去。于是,渐渐地我能够接电话了,能够拿起笔来写作了,能够在傍晚时去夕阳笼罩的街道上散步了。我记得他去世后我在一个雨天第一次拿起笔来,为自己即将出版的新书作跋时,只写了一行字就泪流满面。那支笔是爱人送我的结婚礼物,婚后四年我一直用它来写作。笔犹在,人已去!命运的风云突变让我更加珍爱这支笔:爱人都会别我而去,而它却永远不会抛弃我。

文坛的朋友们纷纷打来电话,约我出去散心,均被我一一谢绝了。我想我应该正视发生的这一切,离开哈尔滨意味着"逃离",而我今

迟 子 建
散 文 精 选

后必须还要走我们曾走过的街道，还要去我们曾去过的商场，还要到我们曾举杯共饮的餐馆，我不能把这曾十分熟悉的日常生活统统排斥在我的未来生活之外，这不现实，也不人道。于是，拾笔写作之后，我鼓励自己逛商场，散步，虽然我常常在经过某个街角时会心痛得无法自持。

整整四个月我没有外出。这在我的生活中是从未有过的。我的精神状态和身体状态糟糕到了极点。我害怕见到人，害怕放下笔来回到现实的那个瞬间。所以，当我受邀去加拿大参加国际作家节时，犹豫了好几天才确定可以出去。谁也不会想到，我去那里，其实只是为了重温尼亚加拉大瀑布曾带给我的震撼和感动。

一九九七年我访问美国时，曾对三处自然景观情有独钟：大西洋城的广阔沙滩、科罗拉多大峡谷壁立着的深赭色的岩石和奔腾咆哮的尼亚加拉大瀑布。

尼亚加拉大瀑布是世界著名的三大瀑布之一，位于北美的伊利湖和安大略湖之间的尼亚加拉河上。河水在前流的过程中由于地势陡然降低，形成了一处宽约一千二百多米，落差达五十余米的瀑布。这瀑布主要有两处，一处在美国境内，称"亚美利亚瀑布"，规模较小；而另一处"马蹄形瀑布"在加拿大境内，宽达八百多米，气势恢宏。当年，我曾跟随游艇经由美国瀑布靠近加拿大瀑布，深深记忆着瀑布一泻而下时水珠四溅、水鸟翻飞、彩虹凌空而起的那个激动人心的画面。那时，我曾在连接美加两国的彩虹桥上拍了许多大瀑布的照片，想着有朝一日赴加拿大时，一定再来看这片瀑布。

飞抵加拿大后，我才知道国际笔会十几天的活动主要安排在首都渥太华，主办方并没有安排去多伦多的行程。会议像海边的空气一样自由松散，我有充足的时间逛街，在运河畔晒太阳，看着黑色的松鼠在草坪上不绝如缕地跑来跑去。夜晚坐在街头的露天酒吧中与友人共饮葡萄酒时，感受着湿润而清凉的晚风，也觉无比惬意。只是如果不去看尼亚加拉大瀑布，总觉得辜负了这次远涉重洋的旅行。于是，我跟代表团团长蒋子龙先生建议，去多伦多看一次大瀑布吧。同行的徐小斌和周大新也积极响应。在蒋子龙和钮宝国的努力下，我心仪已久

的尼亚加拉之行终于成为现实。

我们乘火车从渥太华去多伦多。出发时天还未亮,可见一轮圆月挂在天际(前一天恰是中国传统的中秋节)。火车行进了一个小时左右,天渐渐亮了。朝窗外望去,一侧是山冈上起伏的枫树,一侧则是泛着黝蓝光泽的波光浩渺的安大略湖。我们乘坐在头等车厢中,享受着比在国际航班中还要优质的服务。主食中的鱼佐以葡萄美酒,让我们那五小时的旅行格外的温馨怡人。

火车抵达多伦多后,前来接站的蒋子龙的天津同乡郭善群先生对我们说,你们今天来得正是时候,昨天多伦多还在下雨。我明白他这话的含义,那就是雨天中看瀑布只能看到一团迷雾,而晴天观瀑才能一览无余。游瀑布心切,我们直接上了郭先生提供的面包车,奔赴尼亚加拉。

两小时之后,我已经登上了观赏大瀑布的游艇。同五年前在美国一样,我罩上了天蓝色的雨披,以防船接近瀑布时飞溅的水花会打湿衣衫。

游船先从美国瀑布前经过,然后逐渐向右转,逼近加拿大境内的马蹄形瀑布。在船上,我脱离了同行者,站在船舷的最前沿,直接感受扑面而来的风和飞珠溅玉般的晶莹而清凉的水滴。在我的身后,一对新人正在举行别具一格的婚礼。为新郎新娘证婚的,就是这壮阔的尼亚加拉大瀑布。那一瞬间我突发奇想,如果让我爱人的葬礼在这瀑布旁举行,那对我该是多大的安慰啊!我愿意让他的肉体消失在水汽蒸腾、汪洋恣肆、洁净而明亮的瀑布里,而不是火葬场那肮脏的焚尸炉里!可是人类永远都把出生看得比死亡要庄重,好像死是"不洁"的,殊不知"死亡"在有些时候也是对生命的一种礼赞!譬如这瀑布,在我看来就是水的最壮丽的死亡,它们沿着尼亚加拉河一路缓缓走来,等待的也许正是这个俯冲而下、与云相接的时刻!

在马蹄形大瀑布前,我的心无比的忧伤,又无比的空阔,那一瞬间我泪如泉涌。我双手合十,对着瀑布默默地说:如果我的爱人去了天堂,请让彩虹出现吧!然而直到我回到岸上,彩虹却是了无痕迹。而五年之前,我在美国瀑布前却看到了妖娆的彩虹,这不禁使我怅怅然。我想是不是午后的缘故,抑或节气已至深秋,彩虹才不肯出现呢?

迟子建
散文精选

正当我在岸边踌躇漫步时，突然，我发现瀑布上空呈现了一道弓形的微黄的光影，我意识到彩虹就要生成，连忙驻足眺望。很快，那彩虹的形状和颜色变得越来越完满和深重，只短短几分钟的时间，彩虹已横跨瀑布，傲然屹立在晴空之下！我的内心一阵狂喜，不是因为彩虹本身，而是因为我面对瀑布的那个暗中祈求的兑现。如今彩虹圆圆满满地出现，我确信我的爱人是去了他所理想的净土去了——他一直渴望着的与世无争的、远离人间种种龌龊的和平的家园。这彩虹使我获得了莫大的温情和安慰。我想让同伴拍下我与彩虹同在的那个瞬间，然而恰在此时，相机卡了壳。我陡然联想起爱人出事的前两天，我和他在公园欲在盛开的桃花下拍一张合影时，相机同样卡了壳。它们是同一台相机。在出国前，我带它时还犹豫了一番。没想到它一路上安然无恙，偏偏在彩虹出现之时卡了壳。我顿然醒悟：爱人是不是不想让我与虚幻之物合影？桃花虽然艳丽，但它极易衰落；彩虹虽然绚丽，但它却已是天上之物。我明白世上但凡美好的事物，是最容易遭受摧残的。美好只是惊鸿一现，转瞬即会化为云烟。果然，没有多久，那道彩虹袅袅消失。留给我的，是大瀑布永不消失的轰鸣声。

我想大瀑布是永恒的。人类引以为贵的黄金宝石豪宅名车最后都会变为垃圾；人类引以为尊的权位和利益也终会化为虚无。只有大瀑布，它会上接天际之彩虹，下引地上之流泉，永存于天地之间。大瀑布就是天堂垂下的一块银白的幕布，等待芸芸众生在其上演出人间的悲喜剧。我甚至觉得，这块幕布就是步入天堂或跌入地狱之门的试金石，天地有灵，一些卑鄙苟且之人即使能在这个物欲横流的年代逃得过人间的审判，最终也逃不过天的审判。

从加拿大归来，我的心中满漾着那道尼亚加拉大瀑布上空的彩虹，我可以安然地继续平凡而朴素的生活了。我知道我的爱人不喜欢我总在泪水中度日，那么在此我想对他说：曾经拥有，不再遗憾。世界很大，但真正能留在我心底的，只不过是故乡的风景。我能相识千千万万个人，但他们在我的生命中大都只是匆匆过客，真正能留在我心底的，也不过一两个人。你已深深地留在了我的心底，愿你在彩虹的国度里永生吧！

酒吧中的欧洲杯

在澳洲的蓝山国家写作中心，有天午后我正在楼下对着一片葱郁的树林喝茶，手机响了，一接，竟然是《足球》报社的记者打来的，他说欧洲杯开战在即，希望我能为他们写点球评。亏得记者的提醒，我几乎把开赛日期都忘记了。

离开悉尼的前两天，是欧洲杯的烽火燃起的日子。那天晚上在悉尼大学的陈顺妍教授家做客，我对她说喝完酒回去，我会熬到凌晨，看欧洲杯。陈老师的丈夫古得曼先生对我说，澳大利亚的电视台对世界杯都不感兴趣，他判断转播欧洲杯的可能性不大。我知道澳洲人喜欢橄榄球，而我对这种抱着跑的足球一窍不通，澳洲人却对它无比痴狂。但我想欧洲杯在某种意义上比世界杯更具观赏性，他们起码应该转播首场比赛。

回到旅馆后，我打开电视，见 SBS 电视台正有三个人在聊欧洲杯，这让我欣喜至极，虽然听得一知半解的，但从不断穿插的贝克汉姆、齐达内、菲戈等巨星的画面上，我认为他们一定会直播揭幕战，于是就把频道锁定在这里。两个小时过去了，是开赛的时间了，SBS 的画面竟然换成了别的，是一个午夜剧，这让我的心一阵阵下沉。时间分分秒秒地过去了，午夜剧仍在继续，我赶紧转换频道，搜索足球。有一刻以为找到了，仔细一看，却是橄榄球的比赛，让人沮丧。我心犹不甘，像个顽强的战士一定要攻克一座堡垒一样，手持遥控器，把电视画面摇得风云变幻、闪烁不

127

休，那顿足球的早餐却最终没有吃到。那一瞬间我盼望着早些离开澳大利亚，我相信到了欧洲，每一个角落都会洋溢着欧洲杯的快乐气氛。

果然，飞抵爱尔兰的首都都柏林后，每晚都有欧洲杯的大餐等着你享用。我住在一条繁华的酒吧街上，几乎所有的酒吧都在直播欧洲杯。而我在都柏林作家节的活动，除了一场正式的报告会外，其他都是自由时间。我选择了一座热闹、开阔又比较有情调的一家酒吧作为"据点"。那家酒吧设有三个电视屏幕，北面的是横幅的，视觉效果差一些；西面的较小，你必须坐得离它很近，才能真切感受到现场的气氛；而东侧的是四四方方的跟银幕一样宽大的屏幕，它面前聚集的人之多可以想见了。由于在欧洲看球没有时差，所以吃过晚饭，我就踅进酒吧。酒吧里男球迷居多，他们往往穿着自己所支持的队的球衣，跟即将上场的球员一样，在开赛前就开始了"热身"活动：选择位置、买啤酒等等。爱尔兰的黑啤酒久负盛名。这种啤酒口味浓，有点微微的咸，回味绵长，很适合看球时喝。我与其他球迷一样，也举着一杯黑啤酒。如果在酒吧看球而不买酒，就有点像小孩子耍无赖了。

我在酒吧看的第一场球，是俄罗斯对葡萄牙的比赛。也许爱尔兰与葡萄牙是近邻的缘故，抑或爱尔兰的国家足球队的风格与葡萄牙很相似，酒吧中的球迷百分之九十都倾向葡萄牙。每当俄罗斯拿球的时候，酒吧里就嘘声一片。白色的俄罗斯队看上去就像一片飘在天空的浮云，孤独无助得很。他们的打法也没有生气，最终斯克拉里率领的葡萄牙以2：0轻取对手。如果说爱尔兰的球迷对葡萄牙队是热爱的话，那么他们对待英格兰队可以用"狂恋"一词来形容。到了英国与瑞士的比赛日，我像以往一样提前十几分钟走进酒吧，可是里面已经爆满，一个座位都没有了，中央地带还站着许多人。我急得转来转去的，希望有一个座位能成为"漏网之鱼"，然而我的希望落空了。有一个留着两撇黑胡子的球迷见我找不到座位满面焦急的样子，就拍着自己的腿，示意我坐上去。我想我若坐在他腿上，有些球迷就不用看大屏幕了。当画面中运动员开始入场时，我终于想出了一个好主意，我分开众人，一路向前，一直走到大屏幕的最前方，一屁股坐在地上，把地当成了椅子。而且我还叫来一大杯黑啤酒，把地也当成桌子，摆

上去，痛快地先咂上一大口，这引起了很多球迷的喝彩。因为酒吧里没有一个人是坐在地上看球的，他们大约也没有见过一个黄皮肤的女球迷如此钟情于足球。当画面出现小贝的夫人辣妹的镜头时，酒吧里爆发出热烈的掌声。我想，辣妹已经深入人心，不管小贝闹出多少绯闻，辣妹都是不可取代的，这让我想起克林顿与希拉里的关系，不管他们是否还恩爱，世人认定他们不可分割，他们只能为共同的利益，或者说是为了报答众人共同的爱戴而携手走下去。酒吧里的球迷百分之九十九都是英格兰的支持者，我也一样。当场内奏响英国的国歌时，球迷们也跟着齐声歌唱，场面感人。英格兰的每一次进球我都要跳起来欢呼，这时身后的英国球迷就抓着我的手狂吻，他们很开心我这样一个"外国女人"是英格兰的拥护者。鲁尼在那场比赛中让斯文的瑞士连吞两枚苦果，使我对这个朝气蓬勃的前锋充满了尊敬和喜爱，他真的是上届欧洲杯欧文的翻版。3∶0的结果合情合理，我们只有为他们纵情欢呼了！我们狂饮，这时酒吧乐池中的爵士乐演奏也开始了，没谁想要离开酒吧，因为快乐之河就在那里流淌。

  我在那家酒吧看了整整一周的比赛，没有看到球迷闹事的事件。即使意大利打得不很精彩，那些披着地中海蓝色球衣的意大利球迷也没有过激的举动。当我离开都柏林时，对它唯一的留恋就是，不能与那么多可爱的球迷一同欣赏欧洲杯了。回到中国，正赶上四分之一决赛的开始，当我在黎明中看到贝克汉姆射失了点球，葡萄牙最终进军半决赛时，我想到了都柏林的那座酒吧，那些英格兰的支持者一定会扼腕叹息、悲痛欲绝！虽然我们在同一个时刻悲痛，但他们悲痛在黄昏，而我悲痛在黎明！

  当德甲联赛中那张熟悉的面孔出现在希腊主帅的位置上时，我曾跟人预言，这个雷哈格尔肯定会创造奇迹。因为这家伙在德甲就善于创造奇迹，而且对足球没有欣赏眼光的上帝很愿意帮助他抒写神话。希腊最终夺冠了，我相信在都柏林的那家酒吧，许多葡萄牙的球迷会流下伤心的泪水。他们也许并不仅仅为葡萄牙"黄金一代"的折戟沉沙而难过，他们会为足球的"实用主义"的胜利而叹息，而那也是我在看希腊球员手捧奖杯狂欢时，心中发出的最深重的一声叹息。

废墟上的雄鹰和蝴蝶

在墨西哥城国民宫观看壁画大师里维拉的作品,恍如置身于南美的伊瓜苏大瀑布前,那斑斓的色彩,汹涌澎湃的气势,立刻让你觉得你与大手笔相逢了。这数十米长的巨幅壁画,向我们展现的是二十世纪四十年代以前墨西哥民族历史的风云画卷,我们从中能看到西班牙殖民者的入侵,看到美法入侵,看到印第安人不屈的反抗,看到伊达尔戈神父发起的独立运动。画面上刀光剑影,战马、铠甲、长矛、弓箭、炮火、枪支、硝烟,向我们讲述了不同时代的血雨腥风。相比于这些充满了战争意味的壁画,我更喜欢二层回廊的几幅作品,那里有头戴花冠的神灵,染布和造纸的妇女,以及持锹种玉米的男人。环绕着他们的,是火山、阿兹特克金字塔、庙宇、水渠和树木。这些风景和人物,好像沐浴在晚霞中,给人无与伦比的安详感。

那一瞬间,两个里维拉站在了我面前,一个是拔剑怒吼的斗士,一个是柔情似水的诗人。

里维拉不仅仅因为他的壁画在墨西哥家喻户晓,还因为他的第三任妻子、也就是越来越为人们所熟悉和热爱的著名画家——弗里达·卡洛。

二〇〇二年,随着萨尔玛·海耶克主演的电影《弗里达》的上映,这位一生经历传奇、有着惊人美貌和才华的女画家,顿时风靡世界,成为很多人心目中的偶像。

弗里达·卡洛出生于墨西哥，她的父亲是犹太人，母亲则是混合着西班牙与印第安血统的墨西哥人。卡洛六岁时患小儿麻痹，十八岁遭遇车祸，一根钢柱刺穿了她的骨盆，全身十多处骨折。这次事故造成的恶果，使她一生经历了大大小小三十多次的手术。然而病床和轮椅并没有囚禁她，卡洛奇迹般地站了起来。她在自己出生的"蓝屋"中作画，并与少年时代的偶像里维拉结合。里维拉比她大二十岁，又高又胖，而卡洛娇小玲珑，他们的结合，被人形容为"大象和鸽子的结合"。就是这只轻灵的鸽子，衔着画笔，把她自己，以及她所经历的血淋淋的一切，坦然而醒目地呈现给世人。

电影《弗里达》和关于卡洛的一些传记，大多把里维拉描绘成一个生性风流的家伙，而把卡洛描写成一个受害者。其实，他们都是不安分于在一己河床流淌的河流，追究谁先于谁而不忠，并没多大意义。重要的是，里维拉一生不停地拈花惹草，但他最爱的是卡洛；而爱过男人又爱过女人的双性恋者卡洛，最终能留在她内心深处的人，无疑是里维拉。尽管卡洛声称她一生遭遇过两次事故，一次是车祸，一次是里维拉，但不可否认的是，这两次事故成就了她的艺术。他们是彼此的地狱，更是彼此的天堂。

走进蓝屋，与在国民宫看里维拉的壁画，心情是不一样的。蓝屋是卡洛的出生地，也是她的死亡地。卡洛的作品，大多诞生在这里。蓝屋外的墙壁是一色的海蓝色，花园里生机盎然。这亘古常青的海蓝色和这绿树红花的花园，对比起卡洛伤残的一生，总让人有些压抑和忧伤。里维拉和卡洛都信仰共产主义，是共产党员，在卡洛的陈列室，我看到了她画的一幅毛泽东主席的肖像。卡洛还曾与在墨西哥避难的托洛茨基相恋过，她的《布幔之间》，描绘了那一段情。

展厅里有很多幅卡洛不同时期的照片，她那几乎连成一体的漆黑浓重的一字眉、深沉明净的大眼睛、似笑非笑的唇角、微翘的下巴，看上去是那么的坚毅、高贵而冷艳。卡洛因为不堪病痛的折磨，依赖上了烈酒、香烟和麻醉品，它们像火焰一样为她照亮了画布时，也让她的身体经受了一次又一次静静的焚烧，将她无声地推到了悬崖边。蓝屋展示的卡洛的画作中，有《受伤的小鹿》，《一些小刺痛》，几幅

迟子建
散文精选

自画像以及一些静物画。同行者中，有人在寻找那幅几乎成为她的代表作的《断裂的脊柱》，可我不想再看刺中卡洛的钢柱，不想看她的眼泪和遍布于身的钢钉，因为已看到的画作中，她那裸露着的滴血的心脏，身上横插着的箭矢，以及那哀怨而不屈的眼神，已深深刺痛了我。我匆匆走出了蓝屋，在户外的花园里，大口大口地吸气。

一九五三年，抱病参加了个人画展后的卡洛，因右腿感染了坏疽而遭截肢。卡洛大概不想再站起来了，一九五四年，她画了《生命万岁》。画面上的几个西瓜，有的完整，有的被剖开，她大概明白自己的生命已经"瓜熟蒂落"，是向世人告别的时刻了。她剖开的西瓜，是那么的成熟，汁液旺盛，鲜浓欲滴。那些满月、半月和锯齿形的刀痕，触目惊心。与其说这是一幅静物画，不如说这是卡洛的一幅自画像。她的一生，正是这样，刀痕累累，鲜艳夺目。一九五四年，四十七岁的卡洛辞世。虽然医生对外宣布说她是因感染了肺炎而亡故，但大多数人都认为，卡洛是自杀。因为她在最后一天的日记里这样写道："我希望离世是快乐的，我希望永不再来。"

卡洛是不会再来的。她和她的作品，带着鲜明的个性色彩，无法模仿和复制，已成传奇和经典。卢浮宫收藏的首位拉美画家的作品，就是卡洛的自画像《框架》，可见她在世界美术史中的地位。卡洛的作品尖锐、深刻、如梦似幻，法国超现实派领袖布鲁东称卡洛的作品充满了超现实的意味，可卡洛说："我不是什么超现实派，我画的只是自己，我所经历的一切。"这句掷地有声的回答，可以看出卡洛确实是一个桀骜不驯的天才。这也说明，任何的流派，对于天才的双足来说，都是可笑的小鞋。

里维拉和卡洛，是坚定的民族主义者。虽然他们画风不同，但他们在求新中都注重传统。里维拉深受古玛雅文化的影响，有着惊人的创造力，一生画了大约三万平方米的壁画。卡洛热爱墨西哥浓烈的色彩和民间艺术，她的自画像，大都是穿着墨西哥民族服饰的形象。里维拉和卡洛，在我眼里，就是废墟上的精灵。里维拉为了复兴墨西哥文化，像雄鹰一样在旧文化的废墟上翱翔，以强健的翅膀，搏击出一片幽深广阔的艺术蓝天；而卡洛置身的"废墟"，是她自己伤残的身

体。在这绚丽而苍凉的废墟上,她化为一只蝴蝶,在蓝屋里曼妙起舞,浅吟低唱。在那一世,我相信他们还会手牵手,就像卡洛在画中曾描绘的一样。

艺术之"缘"

悉尼歌剧院，是每一个到了澳洲的人都不会错过的一道风景。它在阳光下像一片片迎风展开的白帆，而在月光下则如一蓬宁静的睡莲。我不满足只是看它的外观，我对乔伊斯基金会的艺术主任克拉拉女士说，我想去歌剧院听一场音乐会。她问我喜欢什么风格的？古典音乐还是现代风格的爵士乐？我说随便，赶上什么就看什么，我觉得能在那里上演的节目都不会差了。

克拉拉女士预订了两张票，告诉我们在歌剧院的入口处将我的名字报给对方后，就可以取到票。她对我开玩笑说，你要穿得漂亮些，我给你订的包厢票，到时会有人拿着望远镜看你。

我们领完票，提前半小时就进场了。将包寄存好，我买了一张节目单。原来是悉尼交响乐团的演出，这真让我兴奋不已！我喜欢交响乐，而且我知道悉尼交响乐团是声名赫赫的乐团。找到我们所处的包厢位置，才明白克拉拉女士在跟我开玩笑，那是一个可容纳近百人的包厢，二楼都是这种环绕着舞台的包厢，不过视觉效果很好。楼下的舞台一览无余，感觉那圆形舞台就是身下的一只巨大的摆着丰盛食物的盘子，等着众多的食客一样的听众享用。坐定后，我仔细阅读节目表，发现第一支曲子竟然是柴可夫斯基的作品，这真使我美得要晕了！我偏爱古典音乐，其中对莫扎特和柴可夫斯基尤为钟情。我写作的时候，常把莫扎特的碟放在唱机中，用它做背景音乐。而柴可夫斯基的

音乐,需要静坐下来专心致志地欣赏。我这样说,并不是说莫扎特世俗,柴可夫斯基高雅,只不过说明他们音乐品质不同。莫扎特可以在你不经意间就走进你的心灵,而柴可夫斯基的音乐则需要你培养着一种心情对它"虚席以待"。

当交响乐团的著名指挥 Gianluigi Gelmetti 风度翩翩走向乐池时,全场响起了热烈的掌声。剧场座无虚席,可见交响乐团受欢迎的程度。开篇就是令人心醉的《D大调小提琴协奏曲》,当家喻户晓的小提琴家阿卡多拉出令我熟悉的那深情、悠徐而又感伤的主题旋律时,我觉得整个歌剧院化成了一朵云,而我正坐在云端,有一种羽化登仙的感觉。我为能在那里相遇这样的旋律而无比陶醉,对我而言,那不啻于爱的相遇。

欣赏完音乐会,已是深夜了。我们乘着船回海滨的住地。我站在船尾,被清凉的海风吹拂着,看着渐渐离我远去的沐浴着灯火的歌剧院,觉得那如贝壳一样层层叠叠张开的白色瓷片,就是上帝写在海面的一串最烂漫的音符!

去澳洲前,我还想看一幅由弗雷得里克麦卡宾创作的油画《在沃勒比小路上》,那是描绘早期殖民地时期金矿开发的作品。画家择取的角度非常独特,他没有描绘采金的混乱、辛劳的现场,而是选取了采金人在归家途中晚炊的画面。妻子不胜疲倦地倚靠着一棵粗壮的树在打盹,孩子趴在母亲的腿上似在酣睡,而作为主人公的淘金人,被大胆地设置在远景上,他正笼火做饭。在林间空地,一抹金色的斜阳飘动着,整个画面看上去生动、凝练而又和谐,十分巧妙地揭示了采金人的辛酸生活。我喜欢这种不充斥着剑拔弩张情绪的内敛的艺术。

我去了悉尼歌剧院对面的美术馆,没有发现这幅画作。也就是两天后,克拉拉女士为我的英文新书《格里格海的细雨黄昏》举行了一个大型钢琴伴奏朗诵会,地点选择在新南威尔士州美术馆。那是澳大利亚馆藏经典最多的美术馆,我在抵达当日的媒体见面会也在那里,不过那天已是闭馆时分,我未及仔细参观。朗诵会开始前一小时,我步入现场,那是一个巨大的展厅,一架浅黄色的三角钢琴摆在展厅的正前方,工作人员拉来了一百多把椅子,正在布置现场,电台的调音

迟子建
散文精选

师也在做着演出前的准备工作。我浏览着悬挂在墙壁上的画作。突然，我发现了它，确切地说是钢琴帮助我发现了它！我站在钢琴旁，满怀好奇地想着华裔钢琴家威廉姆陈在演奏时，他抬眼所看到的画会是什么风格的？是裸体的女人还是寂静的风景画？当我让目光穿过钢琴停留在对面的墙壁上时，我看见了那片蓊郁的树林，看见了靠着大树打盹的女人和她膝上的孩子，看见了淘金人晚炊的篝火和比篝火要灿烂的斜阳，那一刻我又有了相逢到爱的那种感动！能够在我喜爱的一幅画作前用钢琴来演绎我的作品，我认为这与在歌剧院相遇到柴可夫斯基的作品一样，也是一种"缘"。能引起我永久回忆的并不是朗诵会热烈的现场气氛和谢幕时听众那长久的掌声，甚至不是那流水一样悦耳动听的琴声，而是那幅已经沁入我灵魂深处的画。画面上那历经了百年岁月的油彩，就是最苍凉而又最温暖的音符！

柏林墙的第十七层防线

柏林墙出现在眼前的时候，风雨也脚跟脚地来了。六月了，风是凉的，雨也是凉的。柏林墙淋着冷雨，像一个流落街头的老乞丐，蓬头垢面，满面凄惶。我撑着伞，先是驻足观望了一下它的长度，然后才把目光放在它的高度上。柏林墙没被推倒前，长度约一百五十五公里，而现在保留下来的这段供游人参观的遗址，也有一点三公里。

墙是钢筋混凝土浇筑的，大概有三米多高吧。墙的顶部，是一道凸起的檐口，从侧面看是锅盔形的，灰黑色。接口处的缝隙有拇指宽，好像这墙戴了顶捡来的帽子，破烂不说，还不大合体，显得滑稽。墙壁斑驳不堪，多处墙皮脱落，上面的涂鸦，缺胳膊少腿的比比皆是。老实说，这是我见过的，世界上最丑陋的墙。它没有高出墙脊的树木护卫，也没有墙下的草坪环绕。缺乏绿色的它，远远一望，像是一条阴冷的毒蛇匍匐而行，满腹杀机。你接近它的时候，真担心它会出其不意地咬你一口。

都说柏林墙是世界上最大的室外画廊，它上面的涂鸦，吸引着无数游客。可在我眼里，它身上再妖娆的曲线，也是单一的；再艳丽的色彩，也是暗淡的；再醒目的语言，也是苍白的。因为这是一条自由后，仍然背负着枷锁的墙！我在上面看到了折断了翅膀的雪白的和平鸽，看到了黄色骷髅头下的黑色绳索。当然，也看到了被宰割的羊和破败的旗帜。虽然萦绕于耳际的是风雨声，但我仿佛听到了这墙上曾

迟 子 建
散 文 精 选

有的枪声；听到了被隔绝了的人民的愤怒呐喊；听到了二十二年前，美国总统罗纳德·里根在勃兰登堡门的柏林墙前，热切地呼唤着："戈尔巴乔夫先生，推倒这堵墙！"

柏林墙是二战以后，德国分裂和冷战的产物。它虽然是一九六一年八月的一个日子，在一夜之间修筑的，但这个工程的"准备"，却已经很久了。其实早在一九五二年，东西柏林之间的边界已经开始关闭。这之后，有大量的东德人冒着生命危险，逃过边界，进入西柏林，其中就包括东德的很多熟练技工，这是政府所不能容忍的。柏林墙出现以后，不断加固。我看过一个资料，说柏林墙共有十六层防线：第一层，三百零二座瞭望台；第二层，光滑难攀的墙；第三层，钢制拒马；第四层，两米高的铁丝围栏；第五层，音响警报缆；第六层，通电的铁丝网；第七层，二十二座碉堡；第八层，用来引导警犬的缆线；第九层，六至十五米宽的无草皮空地，埋有地雷；第十层，三至五米深的反车辆壕沟；第十一层，五米高的路灯；第十二层，分布在柏林墙各处的一万多名武装警卫；第十三层，两米高的通电铁丝网，附警报器；第十四层，空地；第十五层，第二道水泥墙，三点五米至四点二米高，十五厘米厚，可以抵御装甲车的撞击；第十六层，施普雷河在部分区域，成了天然屏障。

我不是军事学专家，但看过以上的记述，即使是一个门外汉，对柏林墙当年的壁垒森严还是有了直观的了解。可是，即使面对这样"插翅难飞"的墙，也有人敢于攀爬逾越，哪怕喋血墙下；更有甚者，不舍昼夜、坚持不懈地开挖通向西柏林的地下秘密通道。看来，当大地和天空不能再作为交通的便道时，哪怕是在地层深处，在无边无际的黑暗之中，人们也要顽强地攫取一线光明。毕竟，自由的力量是伟大的！一九八九年十一月九日，这堵存在了二十八年的武装到牙齿的墙，还是被推倒了，成为废墟！

走到柏林墙中段时，太阳从厚厚的云层背后跳了出来，我收了伞。为了纪念柏林墙倒塌二十周年，一些被岁月风雨侵蚀而脱落的涂鸦，正进行着修补。我看见一个艺术家站在钢制脚手架上，在墙壁上涂抹油彩。我跟他打了个招呼，说我很喜欢他描绘的那块椭圆的黄颜色，

像月亮。他非常兴奋地回答：它就是月亮！看来在一堵给人们带来深重苦难的墙上，人们最渴望表达的，还是安宁之光！

参观完柏林墙的那个夜晚，有场中国作家的作品朗诵会。给我们做翻译的，是爽朗明快的左菁女士，她的同声传译水平很高。场下坐着的，有中国留学生，也有不少德国听众。朗诵会一结束，一位气质优雅的老者朝我走来，她手持一卷德国洪堡大学的毕业论文集，翻到其中的一页，笑着对我说："这是我的学生戴妮翻译的你的小说。"我想起来了，多年以前，戴妮曾与我有过通信联系，她说要以我的小说创作作为毕业论文，还把在图书馆整理的一份我发表的作品目录寄给了我。只是她毕业后，嫁到美国去了，从此失去了联系。戴妮翻译的，是我早期发表在《北京文学》的一个短篇，而她的指导老师，就是眼前的这位中文名字为梅薏华的教授。梅薏华女士翻译过许多中国作家的作品，按照左菁的说法："老太太的德语翻译是最棒的。"在她心目中，梅薏华至今仍是德国汉学家里的翘楚。不过东西德统一后，来自东德的她，有如失去了"根"，同在其他领域不得真正施展才华的东德人一样，没有原西德的译者走红。个中缘由，不言自明。

柏林墙的十六层防线，虽然已经一一攻克，荡然无存了，但事实上，在柏林墙倒塌的那个瞬间，在东西德人民拥抱欢呼的那个时刻，有一层看不见的防线，还是悄悄出现了。这隐藏在深处的柏林墙的第十七层防线，像一条无形的鞭子，抽打着我的心。在那个夜晚，我对着满城璀璨的灯火，发出了一声叹息。我知道，这声叹息，在这个华丽世界，是多么多么的微弱。

阿尔卡拉的王冠

在塞万提斯没有出生前,阿尔卡拉就是阿尔卡拉,这里有学校,教堂、修道院、商铺食肆、花店邮局、斗牛场以及监牢等。小镇的石子路上,有载着阔人的马车昂首经过,也有弓着背的乞讨者盯着石子路的缝隙,期盼着发现谁遗落的一枚闪光的钱币。教堂的诵经声,面包房飘出的香气,与城外的流水和夏日迟迟不落的太阳,交相辉映,向我们展现出一幅中世纪的生活图景。

塞万提斯出生后,阿尔卡拉这座西班牙的小镇,就成了一个伟大作家的艺术摇篮。它也有意无意的,开始为塞万提斯筹谋他的文学之旅。出身平民之家的塞万提斯,贫穷始终像阴云一样笼罩着他,他做过军需官、税吏等,洞见这社会种种的不公。他也经历了战争并在海战中负伤,而且戏剧性地被土耳其海盗劫持到阿尔及利亚,被囚禁五年。

当然,阿尔卡拉也给予塞万提斯人世间那些该有的美好事物,那是无论穷人还是富人都共享的阳光,清风,明月和溪谷。是小镇淳朴的民风和安恬的生活气氛,没有它们,就不会有日后塞万提斯笔下的人物的游历和冒险。

塞万提斯是从阿尔卡拉出发的,所以当他日后用如椽巨笔,为整个西班牙带来荣耀时,四百多年后的阿尔卡拉,成了塞万提斯的阿尔卡拉。当然,也可以说是堂吉诃德的阿尔卡拉。

阳光照耀的广场是塞万提斯广场，街巷的商铺中，随处可见塞万提斯和他笔下人物的不同材质的雕像。沿着小镇的石子路去塞万提斯故居博物馆的路上，最常见的是两种风景，一个是伫立在街道两侧的古老石柱，它们面貌苍苍，纹理模糊，像从中世纪走来的一队老兵，望着阿尔卡拉南来北往的人；还有一种石柱似的风景，不过它们不是伫立在大地上，而是屋顶上，那就是白鹳。

带我们游览阿尔卡拉的华人历史老师，指着一些建筑物顶端的硕大鸟巢说，那是白鹳做的窝。白鹳是迁徙的鸟类，身形巨大，细脚伶仃，喜食鱼虾。这正是它们夏日北归的繁殖期，鸟巢旁的白鹳，远远望去雕塑似的，凝然不动。白鹳通常是一夫一妻制，所以巢边沐浴着阳光的通常是一对。据说政府对这些白鹳也很头疼，因为它们的巢由泥草筑就，厚实沉重，对那些古建筑构成威胁。而它们很喜欢选择在修道院的烟囱旁，在大学的天顶上，在教堂的穹顶上筑巢，好像它们知道，读书人和信奉上帝的人，不会加害于它们，它们可获得蓝天下永久的生活港湾。政府为了保护古建筑，也为了保护那些白鹳，不得不对它们栖息之地进行修葺和加固。就在我不断仰望它们的时候，一只白鹳大概要出去觅食，离开它守卫的家园，凌空而起，越过小镇。那白身黑翅，使它看上去像传播福音书的神父。

终于到了塞万提斯故居纪念馆前，可是很不巧，它已闭门。据说它有时上午开，有时下午，时间不定，很有点塞万提斯笔下人物的游侠风格。

在纪念馆前的青石板路上，有一条与众不同的长椅，长椅的一头是堂吉诃德的铜像，另一头则是桑丘的。很多游人坐在铜像之间，与这两位文学史中的伟大人物合影。很奇怪的，当我坐在长椅靠向桑丘时，背后走过的表情复杂的成年人，而当我切近手执长矛的堂吉诃德时，一位童话般的西班牙小公主经过了，这恰似两人精神世界的写照。他们在塞万提斯纪念馆前，栉风沐雨，不是因为铜雕而不朽，而是因为塞万提斯不朽的笔，他为自己的出生地创造了永久的守护神。

《堂吉诃德》出版之初，按照当时西班牙的风俗，出版书籍要献给某个权贵之人，以求庇护。塞万提斯未能免俗，将此书献给一个叫

迟子建
散文精选

贝哈尔的公爵。当然，公爵对献词置若罔闻，塞万提斯并未因他而改善境况，直到终了。其实塞万提斯一直在自己的星座上，但真正地熠熠闪光，是身后之事。世界上许多大文豪，都给予《堂吉诃德》高度评价，如雨果、歌德、拜伦、海涅、屠格涅夫等等。像中国的《红楼梦》衍生出"红学"一样，对于《堂吉诃德》的解读，即便是这些彪炳史册的大家，也是各有解读，心得不同。《堂吉诃德》是杆蜡烛，每个人身处的黑暗和对黑暗的承受力不同，所以领受它的光明也就强弱有别，但这也是《堂吉诃德》丰富性的一个映照吧。

行走在阿尔卡拉，我始终觉得这城市上空，有一顶看不见的王冠。王冠的底座就是教堂的尖顶，是老旧的烟囱，是白鹳的巢穴，而王冠的顶端，是流浪的白云。在白云深处，塞万提斯穿越时空，成为这顶王冠最璀璨的宝石。这样的王冠无须加冕，它就属于阿尔卡拉，属于塞万提斯，当然也属于4月23日——塞万提斯和莎士比亚共同的辞世日，如今是尽人皆知的世界读书日。

堂吉诃德从未被打败过，就像谁都不能战胜时间一样。

光明于低头的一瞬

俄罗斯的教堂，与街头随处可见的人物雕像一样多。雕像多是这个民族历史中各个阶层的伟大人物。大理石、青铜、石膏雕刻着的无一不是人物肉身的姿态，其音容笑貌，在各色材质中如花朵一样绽放。至于这躯壳里的灵魂去了哪里，只有上帝知道了。

莫斯科与圣彼得堡那几座著名的东正教堂，并没有给我留下太美好的印象，因为它们太富丽堂皇了。五彩壁龛中供奉的圣像无一不是镀金的，圣经故事的壁画绚丽得让人眼晕，支撑教堂的柱子也是描金勾银，充满奢华之气。宗教是朴素的，我总觉得教堂的氛围与宗教精神有点相悖。

即使这样，我还是在教堂中领略到了俗世中难以感受到的清凉与圣洁之气。比如安静地在圣洗盆前排着长队等待施洗的人，在布道台上神情凝重地清唱赞美诗的教士。但是这些感动与我在一座小教堂中遇见扫烛油的老妇人相比，就微不足道了。

莫斯科的东南方向，有一座被森林和草原环绕的小城——弗拉基米尔，城边有一座教堂，里面有俄罗斯大画师安德烈·鲁勃廖夫的壁画作品。我看过关于这位画师的传记电影，所以相逢他的壁画，有一种惊喜的感觉。教堂里参观的人并不多，我仰着脖子，看安德烈·鲁勃廖夫留在拱顶的画作。同样是画基督，他的用色是单纯的，褐黄占据了大部分空间，仿佛又老又旧的夕照在弥漫。人物的形态如刀削般

迟 子 建
散 文 精 选

直立，其庄严感一览无余，是宗教类壁画中的翘楚。我在心底慨叹：毕竟是大画师啊，敢于用单一的色彩、简约的线条来描绘人物。

透过这些画作，我看到了安德烈·鲁勃廖夫故乡的泥土、树木、河流、风雨雷电和那一缕缕炊烟，没有它们的滋养，是不可能有这种深沉朴素的艺术的。

就在我收回目光，满怀感慨低下头来的一瞬，我被另一幅画面所打动了：有一位裹着头巾的老妇人，正在安静地打扫着凝结在祭坛下面的烛油！

她起码有六十岁了，她扫烛油时腰是佝偻的，直身的时候腰仍然是佝偻的，足见她承受了岁月的沧桑和重负。她身穿灰蓝色的长袍，戴着蓝色的暗花头巾，一手握着把小铁铲，一手提着笤帚，脚畔放着盛烛油的撮子，一丝不苟地打扫着烛油。她像是一个虔诚的教徒，面色白皙，眼窝深陷，脸颊有两道深深的半月形皱纹，微微抿着嘴，表情沉静。教堂里偶尔有游客经过，她绝不张望一眼，而是耐心细致地铲着烛油，待它们聚集到一定程度后，用笤帚扫到铁铲里，倒在撮子中。她做这活儿的时候是那么虔诚，手中的工具没有发出一声刺耳的响声，她大概是怕惊扰了上帝吧——虽然说几个世纪以来，上帝不断听到刀戈相击的声音，听到枪炮声中贫民的哀号。

我悄悄地站在老妇人的侧面，看着祭坛，看着祭坛下的她。以她的年龄，还在教堂里做着清扫的事务，其家境大约是贫寒的。上帝只有一个，朝拜者却有无数，所以祭坛上蜡炬无数。它们播撒光明的时候，也在流泪。从祭坛上蜂飞蝶舞凝般飞溅下来的烛泪，最终凝结在一起，汇成一片，牛乳般润泽，琥珀般透明，宛如天使折断了的翅膀。老妇人打扫着的，既是人类祈祷的心声，也是上帝安抚尘世中受苦人的甘露。

如果我是个画家就好了，我会以油画，展现在教堂中看到的这一幕令人震撼的情景。画的上部是安德烈·鲁勃廖夫的壁画，中部是祭坛和蜡烛，下部就是这个扫烛油的老妇人。如果列宾在世就好了，这个善于描绘底层人苦难的伟大画家，会把这个主题表达得深沉博大，画面一定充满了辛酸而又喜悦的气氛。

这样一个扫烛油的老妇人，使弗拉基米尔之行变得有了意义。她的形象不被世人知晓，也永远不会像莫斯科街头伫立的那些名人雕像一样，被人纪念着，拜谒着。但她的形象却深深地镌刻在了我心中！镌刻在心中的雕像，该是不会轻易消失的吧？

我非常喜欢但丁在《神曲》的《天堂篇》中的几句诗，它们像星星一样闪耀在结尾《最后的幻象》中：

  无比宽宏的天恩啊，由于你
  我才胆敢长久仰望那永恒的光明，
  直到我的眼力在那上面耗尽！

那个扫烛油的老妇人，也许看到了这永恒的光明，所以她的劳作是安然的。而我从她身上，看到了另一种永恒的光明：

  光明的获得不是在仰望的时刻，而是于低头的一瞬！

听海的心

十一年前，在爱尔兰的都柏林海湾，我遇见一对特殊的看海人。

那该是一对母子吧？

一个胡子拉碴、衣衫不整的中年男人，扶着一个穿黑袍的老妪，从一辆破烂不堪的轿车下来，缓缓走向海滩。中年男人弯弓着腰，耷拉着脑袋，步态疲沓；老妪则努力昂着头，将身体拔得直直的，缓缓而行，一副庄严的姿态。

待他们走到近前，我发现老妪原来是盲人！

海上波涛翻卷，鸥鸟盘旋，老妪看不到这样的景象，可她伫立海边，与海水咫尺之遥，双手抱拳，像个虔诚的教徒，祈祷似的望着大海。扶着她的男人，不时在她耳边低语着什么，她也不时回应着什么。

从他们驾驶的汽车和衣着来看，他们是生活中穷苦的人。但大自然从来都不摈弃贫者，它会向所有爱它的人敞开怀抱。

在我眼里，一个人的身体里埋藏着好几盏灯，照亮我们与这个世界的联系。我们的眼睛、耳朵、鼻子、舌头和手，都是看不见的灯。眼睛是视觉之灯，耳朵是听觉之灯，鼻子是嗅觉之灯，舌头是味觉之灯，而手，是触觉之灯。当一盏灯熄灭的时候，另外的灯，将会变得异常明亮！站在海边的老妪，她的视觉之灯熄灭了，但依赖听觉，她依然能听到大海的呼吸；依赖嗅觉，她仍能闻到大海的气息；而她只要弯下腰来，掬一捧海滩的沙子，就能知道大海怎样淘洗了岁月，她

的触觉之灯也依然是明媚的!

我相信那个老妪感受到的大海,在那个静谧的午后,比我们所有人都要强烈,因为她有一颗沧桑的听海的心!

看来世上没有什么事物,能够阻隔人与大自然最天然的亲近感。

我热爱大自然,因为自童年起,它就像摇篮一样,与我紧紧相拥。

在故乡的冬天,雪花靠着寒流,一开就是一冬!雪花落在树上,树就成了花树了;雪花落在林地上,红脑门的山雀就充当画师,在雪地留下妖娆的图画了;而雪花落在屋顶上,屋顶就戴上一顶白绒帽了!

在大雪纷飞的时令,我们喜欢偎在火炉旁,听老人们讲神话故事。故事中的人,是人,又是物;而故事中的物,是物,又是人!在故事中,一个僧人走在夕阳里,突然就化作彩云了;而一条明澈的溪水,是一颗幽怨的少女灵魂化成的。山川草木和人,生死转换,难解难分!听过这样的故事,我往往不敢睡觉,怕一觉醒来,自己成了一棵树,或是一条河。虽然树能招来美丽的鸟儿,河流里有色彩绚丽的鱼,但我更爱家人,更爱我家中院子的狗!

当春风折断了雪花的翅膀,冰封了一冬的河流就开了!雪化了,这样的神话故事也就结束了。人们不必居于屋内,用故事打发长冬了。大家奔向森林,采集一切可食之物,野菜野果,木耳蘑菇,甚至花朵。一个在山里长大的孩子,在用脚翻阅大自然的日历时,认知了自然。我们知道采花时怎样避开马蜂的袭击,又不扫它的兴;知道去河岸采臭李子时,怎样用镰刀头敲击铁桶,会赶走贪吃的熊;知道在遭遇蛇时,怎样把它甩开;知道从山里归来时,万一身上被蜱虫附着,怎样用烧红的烟头把它们烫跑。

我们在掌握这些知识的同时,也从山林里带回一些疑问。蚂蚁为什么喜欢暴雨前聚堆儿?猫头鹰的眼睛在夜晚,为什么会发光?蜻蜓为什么紫白红黄都有?露珠为什么怕太阳?蓝铃花为什么喜欢开在路旁?因为听了太多的神话故事,我们的问题也有另类的:吊在杨树枝条下的红蜘蛛,是不是谁死后幻化成的一颗心?被啄木鸟吃掉的虫子,会转世成一棵草吗?灵芝是月亮栽下的吗?人参是英俊少年化成的吗?那些满口脏话的人间混蛋,都是吃腐肉的乌鸦变成的吧?而所有的好

迟 子 建
散 文 精 选

心人，前世都是白桦树吧，因为这种树，多么像蜡烛啊！

我们带着这些疑问去问大人，大人们答不出来的，就留待漫漫长冬时，他们讲故事时发挥了。他们会说，哦，你不是问灵芝是不是月亮栽的吗？告诉你吧，就是月亮干的！月亮种灵芝，本想给自己在人间镶块镜子，可是灵芝到了大地，见很多人为疾病所困，甘愿化成药材啦！我们渐渐知道，原来神话故事，是人编撰的呀。人的大脑多么的奇妙，它没有南瓜大，却比海天广阔！

长大以后，当我从书本中学到了有关自然的知识后，知道自己童年起建立的那个世界，是非科学的，但我一点也不沮丧。因为那个神话世界，朴素天然，温暖人心！所以我写作以后，在描绘大自然时，常有拟人的笔法。

大自然是我的另一颗心脏，当我的心在俗世感到疲惫时，它总会给我动力。

热爱大自然的人，一定会记得蕾切尔·卡森的名字，她的不朽之作《寂静的春天》，是这位伟大女性，满怀悲悯地敲给这个越来越物质化的世界的晚钟，她是环境保护的先驱者和实践者。她的《惊奇之心》，像一座魔法小屋，吸引你走进，不忍离去。蕾切尔·卡森曾说，假使她对仙女有影响力，她希望上帝赐给每个孩子以惊奇之心，而且终其一生都无法摧毁，能够永远有效对抗以后岁月中的倦怠和幻灭，摆脱一切虚伪的表象，不至于远离我们内心的源泉。

是啊，如果我们对大自然没有怀抱一颗"惊奇之心"，我们身体埋藏的"灯"，就不会闪亮，这世界就不会诞生那么多优秀的童话，我们在冬夜的炉火旁，也就没有听神话故事的美好时光了。其实对大自然的"惊奇之心"，不仅孩子应该有，成人也应该有，因为它能持久地生发心灵的彩虹，环绕我们黯淡的人生。

蕾切尔·卡森离开这个世界，整整半个世纪了，但她的作品带来的潮汐，一直回荡在我们耳畔，让我们能够静下心来，看一眼头顶的月亮，让我们能够满怀柔情，把一颗清晨的露珠当花朵来看待。看到她用朴素纯净的文字勾勒的那片缅因州的海，我蓦然想起了在都柏林海湾相遇的那位看海的盲人老妪，这两个不同时空、不同地域的观海

者，给我留下了难以磨灭的印象。在我心中，她们同样的清癯、内敛，同样的骄傲和高贵！

　　蕾切尔·卡森是大自然的修士，把芬芳采集，播撒世人。所以她的音容失明于这个世界了，但她作品的光辉，从未落入黑暗之中。我们在捧读她著作的时候，依然能够感受到，她那颗勃勃跳动的听海的心！

最苍凉的海岸

　　如果上帝还在怜恤失落在人间的迷途的羔羊，请他把目光投向大西洋岸边的诺曼底吧，那里有一片浩浩荡荡的白色墓葬，那下面掩埋着成千上万的年轻的士兵，虽然他们告别这个世界已经有六十年了，但他们的灵魂，仍然在大西洋的海浪中盘旋和鸣咽。和平年代的欢歌笑语已经彻底湮没了他们满怀着伤感的心语，那些在诺曼底海滩牵着爱犬享受着阳光的度假者，那些劳作了一天、在晚餐时喝着诺曼底特有的苹果烧酒的农人，有谁还会在意这样的一片坟墓呢——也许是人类为自己制造的墓葬太多太多了！

　　人类的战争史应该永远铭记着一九四四年六月六日的黎明——事实上那一天是没有黎明的。盟军在薄雾中向着防御薄弱的诺曼底发起了攻击！为了抵御盟军的登陆，希特勒早在一九四二年就下令修筑一道从诺得角到西班牙海滨的防线——大西洋壁垒，虽然到了一九四四年还没有完全建成，但它设置的地雷场和像丛林一样潜伏在水中的障碍物，还是给登陆的英美联军士兵带来了极大的困难和伤亡。我们从英国战地记者瑞安的报告文学《最长的一天》（这篇文章后来被改编为同名电影，强烈地震撼了观众的心，影响甚广）中，能直观地看到登陆那一天的情景，士兵们有的在舰船中眩晕呕吐，躺在甲板上默默向上苍祈祷；有的彼此鼓励或者相互交代家庭住址，以备不测；还有的豪情满怀地背诵着诗句——凡是渡过了今天这一关，能安然无恙回

到家的人，每当提到了这一天，就会肃然起立。

战争永远离不开流血和牺牲。从中世纪开始就不断在欧洲大陆崛起的教堂，从来就没有以上天赋予的无穷力量阻止过炮火的袭击。我们在高唱赞美诗的同时，屠戮却在烽烟中进行。也许我们应该感谢上帝，如果不是德军的最高统帅把盟军的登陆点预计在加来地区，而把更多的兵力部署在了那里，如果不是天气护佑着艾森豪威尔，那么，盟军在诺曼底的伤亡将会更加惨重。

我们不知道那些肩负着武器、野战背包、防毒面具、水壶、急救包以及食物的士兵在冲上诺曼底海滩的那一瞬间，怀着怎样的心情。当战争像一条条看不见的坚韧的饵线把他们如鱼一样鲜活的身体强行拖上海岸时，他们就不是自己命运的主人了。命运好的，他们躲过了敌人炮火的袭击，活到了和平年代，能在夕阳中一次次地回忆那个惊心动魄的早晨。命运差的，会被敌军的子弹射中，当他还来不及看到这片陌生的陆地上哪怕一抹的生命绿色时，就永久地闭上了眼睛。那些在飞机掩护下先期登陆的伞兵，他们并没有因为来自天上而特别受着上帝的眷顾，他们有的落入了沼泽地里，有的掉入农户的花房中，还有的被吊在教堂的十字架上，十字架充当了刺刀的角色，使他们一命殒天！

随着德军反扑的加强，漂浮在岸边的盟军的尸体越来越多，沙滩上被炮火击中的登陆艇在燃烧，坦克也在燃烧，硝烟中受伤的士兵无助地坐在沙滩上，鲜血如朝霞一样染红了那片海域。但伟大的盟军还是拥有兵力和武装上的绝对优势和主动，一批人倒下来了，另一批人又冲上去了，最终，大西洋壁垒被打开了一个巨大的缺口，诺曼底登陆成功，艾森豪威尔可以畅快地喝上一杯香槟酒，为他的规模宏大的两栖登陆战的巨大战略成果而庆贺！

我是在三月底来到诺曼底的。春天来了，行进在乡村公路上，可以看到初开的各色花朵。在这之前，我们一行六人沿着法国美丽的卢瓦河，看了著名的香波荷和雪浓舍，这些有着几百年历史的老城堡，其沧桑而绚丽的建筑外壳里，无一不包含着众多的宫廷故事，一直成为法国历史和文化的骄傲，被络绎不绝的游客参观着。带着一股浓浓

迟子建
散文精选

的古堡情怀，我们奔向诺曼底海滩，走向那片掩埋着登陆战中死去的盟军士兵墓地的时候，确实有一种被现实击痛的感觉，虽然说这个"现实"距离我们已有漫长的六十年了。

  第一眼看到那片浩大的墓地的时候，我以为看到了正在安闲吃着青草的一群羊。那些伫立在草地上的白色十字架，连绵在一起，远远一望，像极了雪白的羊群。我悄悄在入口处的草地上摘了一簇碎碎的小黄花，拈着它走向墓地。墓地太大了，它被划分了十几个区，白色的墓碑数不胜数，墓碑前几乎是没有鲜花的，不像我沿途经过的那些乡村小教堂旁的墓地，总有鲜花点缀着。我真不知该把花放在哪一座墓碑前。天气晴朗极了，阳光飞舞着，环绕着墓地的翠绿的松柏将它的影子投到草地上，就像为墓葬镶了一道花边。那里的游人零星可数，四周静悄悄的，只听得一片呢喃的鸟语和草地下的大海的平静的呼吸声。我缓缓地独自穿行在墓葬中，看着白色十字架上的碑文，后来将那朵黄花献给了一个年龄只有十五岁的战士，十五岁——花季的年龄啊！

  有谁还会记忆着这些客死他乡的战士呢！他们无声无息地躺在这里，隔着苍茫的大海，诉说着他们永远的乡愁！他们的死亡，在历史教科书中，是伟大的辉煌的死亡。可是再崇高的定义，也不如生命本身的存在更富诗意，他们在最该对着青山碧海抒发豪情的年龄闭上了眼睛，在最该亲吻恋人的年龄闭上了嘴巴，所以我相信，他们年轻的心，一直没有死亡，大海上那些飘浮的云，可是他们流浪着的灵魂？他们该诅咒谁？诅咒制造了那场人间地狱的希特勒和墨索里尼？或者诅咒让他们成就英名的艾森豪威尔？

  在二战的将帅中，我最尊崇的人就是艾森豪威尔。凭着自己咄咄逼人的"战绩"，他成为一名五星上将，并且做了两届的美国总统。他的战绩之一，就是我面前的这片庞大的墓地，这样的战绩是多么的让人撕心裂肺啊！走在这样的墓地中，艾森豪威尔的光环在我心中黯淡了一圈，虽然我知道他仍然是一个伟大的将军！当我们折取橄榄枝的时候，其实对它已经构成了一种摧残，和平的来临就是伴随着这样一个又一个沉重的代价！然而我们并不珍惜无数人用鲜血换来的和平，

这世界的局部战争从来就没有止息过，我们战胜了法西斯，可我们一直没有战胜我们内心的贪婪和愚蠢！

诺曼底登陆距今已有六十年了。为了纪念这个历史性的日子，在即将到来的六月六日中，现任美国总统布什和英国首相布莱尔将在那一天莅临诺曼底，祭奠他们长眠在这里的士兵。所以，诺曼底一带的公路正在为迎接这两国的领导人而加紧重修着。诺曼底一带旅馆的房价，也因此而提前几个月就开始了暴涨。当布什与布莱尔沿着平坦的道路畅通无阻地抵达这片墓地时，我相信这些越来越被世人所遗忘的战士的墓碑前会有鲜花覆盖着，庄严的祭奠的炮声也会隆隆地响起。只是谁知他们带着怎样的情怀来到这里，但有一点可以肯定，他们的举动，将会使他们在自己的政治天平中，又增加一个砝码！

诺曼底的那片海域很美，可在我的眼里，它是我见过的世界上最苍凉的海岸！那飞起飞落的鸟，那飘来荡去的云，那在微风中摇曳着的松柏，那一望无际的墓碑，都在轻声诉说着一段已被我们逐渐遗忘着的历史，如果我们在阳光下看到了阴影，请不要惊诧，因为阴影从来就没有远离我们！

我想起了艾森豪威尔在一九五三年就任美国第三十四任总统时发表的演说，他说："在人类从黑暗走向光明的历程中，我们已经走了多远？我们是否正在接近光明，接近所有人类都应享有自由和平的一天？还是另一个黑夜的暗幕正在向我们逼近？"也许在他任职的四年中，他深深体会到了这样的黑暗仍然存在，所以他在一九五七年连任时又强调："愿自由之光，普照一切黑暗的角落，燃起明亮的火焰，直到最终黑暗消失为止！"

黑暗消失了吗?!

愿这样的墓葬能像火炬一样，照亮人间还残存的黑暗；让人类的光明，能像诺曼底的海水一样，汪洋澎湃，势不可挡！

第三部分

落红萧萧为哪般

萧红出生时，呼兰河水是清的。月亮喜欢把垂下的长发，轻轻浸在河里，洗濯它一路走来惹上的尘埃。于是我们在萧红的作品中，看到了呼兰河上摇曳的月光。那样的月光即使沉重，也带着股芬芳之气。萧红在香港辞世时，呼兰河水仍是清的。由于被日军占领，香港市面上骨灰盒紧缺，端木蕻良不得不去一家古玩店，买了一对素雅的花瓶，替代骨灰盒。这个无奈之举，在我看来，是冥冥之中萧红的暗中诉求。因为萧红是一朵盛开了半世的玫瑰，她的灵骨是花泥，回归花瓶，适得其所。

香港沦陷，为安全计，端木蕻良将萧红的骨灰分装在两只花瓶中，一只埋在浅水湾，如戴望舒所言，卧听着"海涛闲话"；另一只埋在战时临时医院，也就是如今的圣士提反女子中学的一棵树下，仰看着花开花落。

我三月来到香港大学做驻校作家时，北国还是一片苍茫。看惯了白雪，陡然间满目绿色，还有点不适应。我用晚饭后漫长的散步，来融入异乡的春天。

从我暂住的寓所，向南行五六分钟吧，可看到一个小山坡。来港后的次日黄昏，我无意中散步到此，见到围栏上悬挂的金字匾额是"圣士提反女子中学"时，心下一惊，难道这就是萧红另一半骨灰的埋葬地？难道不期然间，我已与她相逢？

迟子建
散文精选

我没有猜错，萧红就在那里。

萧红 1911 年出生在呼兰河畔，旧中国的苦难和她个人情感生活的波折，让她饱尝艰辛，一生颠沛流离，可她的笔却始终饱蘸深情，气贯长虹。萧红留下了两部传世之作《生死场》和《呼兰河传》，前者由鲁迅先生作序，后者则是茅盾先生作序。而《生死场》的原名叫《麦场》，标题亦是胡风先生为其改的。可以说，萧红踏上文坛，与这些泰斗级人物的提携和激赏是分不开的。不过，萧红本来就是一片广袤而葳蕤的原野，只需那么一点点光，一点点清风，就可以把她照亮，就可以把她满腹的清香吹拂出来。

萧红在情感生活上既幸运又不幸。幸运的是爱慕她的人很多，她也曾有过欢欣和愉悦；不幸的是真正疼她的人很少。她两度生产，第一个因无力奉养，生下后就送了人；而在武汉生下第二个孩子时，萧红身边，却没有相伴的爱人，孩子出生不久即夭折。婚姻和生育，于别人是甜蜜和幸福，可对萧红来说，却总是痛苦和悲凉！难怪她的作品，总有一缕摆不脱的忧伤。

萧红与萧军在东北相恋，在西安分手。他们的分手，使萧红一度心灰意冷。不久萧红东渡日本，那期间，她的作品并不多，有影响的，应该是短篇小说《牛车上》。赴日期间，鲁迅先生病逝，这使内心灰暗的她，更失却了一份光明。萧红才情的爆发，恰恰是她在香港的时候，那也是她生命中的最后岁月。《呼兰河传》无疑是萧红的绝唱，茅盾先生称它为"一幅多彩的风景画，一串凄婉的歌谣"，可谓一语中的。她用这部小说，把故园中春时的花朵和蝴蝶，夏时的火烧云和虫鸣，秋天的月光和寒霜，冬天的飞雪和麻雀，连同那些苦难辛酸而又不乏优美清丽的人间故事，用一根精巧的绣花针，疏朗有致地绣在一起，为中国现代文学打造了一个独一无二的"后花园"，生机盎然，经久不衰。

萧军、端木蕻良和骆宾基，这几个与萧红的情感生活紧密相连的男人，在萧红故去后，彼此责备。萧红身处绝境，一盏灯即将耗掉灯油之际，竟天真地幻想着尚武的萧军，能够天外来客一样飞到香港，让她脱离苦海。萧红临终前写下的"半生尽遭白眼冷遇，身先死，不

甘，不甘！"，可以说是她对自己凄凉遭遇的血泪控诉！事实是，萧红去了，但她的作品留下来了，她用作品获得了永恒的青春！

我想起了多年以前，追逐着萧红足迹的美国著名汉学家葛浩文先生，对我讲起他当面指责端木蕻良辜负了萧红时，端木突然痛哭失声。我想无论是葛浩文还是我们这些萧红的读者，听到这样的哭声，都会报之以同情和理解。毕竟，那一代人的情感纠葛，爱与痛，欢欣与悲苦，只有他们自己最清楚。端木蕻良能够在风烛残年写作《曹雪芹》，也许与萧红的那句遗言不无关系："我将与蓝天碧水永处，留下那半部《红楼》，给别人写了。"而且，按照端木蕻良的遗嘱，他的另一半骨灰，由夫人钟耀群带到了香港，埋葬在圣士提反女校的树丛中，默默地陪伴着萧红。只是岁月沧桑，萧红那一抔灵骨的确切埋葬地，没人说得清了。只知道她还在那个园子里，在花间树下，在落潮声里。

萧红在浅水湾的墓，已经迁移到广州银河公墓，而她在呼兰河畔的墓，埋的不过是端木蕻良珍存下来的她的一缕青丝而已。一个人的青丝，若附着在人体之上，岁月的霜雪和枯竭的心血，会将它逐渐染白；而脱离了人体的青丝，不管经历怎样的凄风苦雨，依然会像婴孩的眼睛一样，乌黑闪亮。

圣士提反女子中学规模不大，但历史悠久，据说范徐丽泰和吴君如就毕业自这里。它管理极严，平素总是大门紧锁。有一天放学时分，趁学生们出来的一瞬，我混进门里。然而一进去，就被眼尖的门房发现，将我拦住。我向她申明来意，她和善地告诉我，萧红的灵骨确实在园内，只是具体方位他们也不知道。如果我想进园凭吊，需要与校方沟通。她取来一张便条，把联系人的电话给了我。我怅惘地出园的一瞬，忽闻一阵琴声。循声而望，那座古朴的米黄色小楼的二层，正有一位梳短发的女孩，倾着身子，动情地拉着小提琴。窗里的琴声和窗外的鸟鸣呼应着，让我分不清鸟鸣是因琴声而起呢，还是琴声因鸟鸣才如泣如诉。

我没有拨那个电话。在我想来，既然萧红就在园内，我可以在与她一栏之隔的城西公园与她默然相望。圣士提反，是首位为基督教殉难的教徒，他是被异教徒用石块砸死的。以他的名字命名的女校，有

迟子建
散文精选

一股说不出的悲壮，更有一股说不出的圣洁。其实萧红也是一个虔诚的教徒，只不过她信奉的教是文学，并且也是为它而殉难。她在文学史上的光华，与圣士提反在基督教历史上的光华一样，永远不会泯灭。

　　清明节的那天，香港烟雨蒙蒙。黄昏时分，我启开一瓶红酒，提着它去圣士提反女子中学，祭奠萧红。我本想带一束鲜花的，可萧红在园内四季有鲜花可赏，那红的扶桑和石榴，紫色的三角梅和白色的百合，都在如火如荼地盛开着。萧红是黑龙江人，那里的严寒和长夜，使她跟当地人一样，喜欢饮酒吸烟。我多想洒一瓶呼兰河畔生产的白酒给她呀，可是遍寻附近的超市，没有买到故乡的酒。我只能以我偏爱的红酒来代替了。

　　复活节连着清明，香港的市民都在休长假，圣士提反女校静悄悄的。我在列堤顿道，隔着栏杆，搜寻园内可以洒酒的树。校园里的矮株植物，有叶片黄绿相间的蒲葵，有油绿的鱼尾葵，还有刚打了骨朵的米子兰。我把它们轻轻掠过，因为它们显然年轻，而萧红已经去世六十八年了。最终，我选择了两棵大树，它们看上去年过百岁，而且与栏杆相距半米，适合我洒酒。一株是高大的石榴树，一棵则是冠盖入云、枝干遒劲的榕树。铁栏杆的缝隙，刚好容我伸进手臂。我举着红酒，慢慢将它送进去，默念着萧红的名字，一半洒在石榴树下，另一半洒在树身如水泥浇筑的大榕树下。红酒渐渐流向树根，渗透到泥土之中。它留下的妖娆的暗红的湿痕，仿佛月亮中桂树的影子，隐隐约约，迷迷离离。

　　洒完红酒，我来到圣士提反女校旁的城西公园。一双黑色的有金黄斑点的蝴蝶，在棕榈树间相互追逐，它们看上去是那么的快乐；而六角亭下的石凳上，坐着一个肤色黝黑的女孩，她举着小镜子，静静地涂着口红。也许，她正要赶赴一场重要的约会。如今的香港，再不像萧红所在之时那般的碧海蓝天了，从我居所望见的维多利亚港和它背后的远山，十有七八是被浓重的烟霭笼罩着。大海这只明净的眼，仿佛患上了白内障。而圣士提反女校周围，亦被幢幢高楼挤压着。萧红安息之处，也就成了繁华喧闹都市中深藏的一块碧玉。不过，这里还是有她喜欢的蝴蝶，有花朵，有不知名的鸟儿来夜夜歌唱。作为黑

龙江人，我们一直热切盼望着能把萧红在广州的墓，迁回故乡，可是如今的呼兰河几近干涸，再无清澈可言，你看不到水面的好月光，更看不到放河灯的情景了。我想萧红一生历经风寒，她的灵骨能留在温暖之地，落地生根，于花城看花，在香港与拉琴的女生和涂红唇的少女为邻，也是幸事。更何况，萧红临终有言，她最想埋葬在鲁迅先生的身旁。

　　走出城西公园，我踏上了圣士提反女校外的另一条路——柏道。暮色渐深，清明离我们也就越来越远了。走着走着，我忽然感觉头顶被什么轻抚了一下，跟着，一样东西飘落在地。原来从女校花园栏杆顶端自由伸出的扶桑枝条，送下来一朵扶桑花。没有风，也没有鸟的蹬踏，但看那朵艳红的扶桑，正在盛时，没有理由凋零。我不知道，它为何而落。可是又何必探究一朵花垂落的缘由呢！我拾起那朵柔软而浓艳的扶桑，带回寓所，放在枕畔，和它一起做星星梦。

小说的丛林

我在大兴安岭长大，是个典型的"林中女孩"。因为那里地广人稀，所以少时在小镇的路上遇见生人，我会有微微的紧张感。因为人在那里是"少数族类"，而动植物却是多数族类。我熟悉林中的树木花草，溪流河谷，野猫野兔。一个人在幽深的林中穿行，很少怕过。因为林中枝叶"窸窣——"摇动，蹿出来的不是愣头愣脑的狍子，就是炫耀其美丽尾巴的嗑松子的松鼠。我春天去山里采野菜，将采回的分类，人爱吃的先拿出来，用开水焯了蘸酱吃，其余的则给猪当餐后的点心了。猪非常喜欢享用野菜，尤其是生的，它吃起来摇着比耗子长不了多少的小尾巴，"嗯嗯"叫着，很感恩的样子，这时我就有一种满足感。夏天时我们去河边洗衣服刷鞋子，常常是把洗好的衣服晾在草丛或柳树丛上，就去林中采野果吃去了。都柿、草莓、水葡萄、托盘、马林果，红的紫的，熟的不熟的，全往嘴里填，浆果在此时成了最好的口红。而往往是一阵风，把我们晾在河畔的衣服又给吹回水里，等吃浆果回来，衣服不见了！沿河寻它不得，回家就得挨大人的骂。被骂哭了，心里也是甜的，因为满肚子的浆果在唱歌呢。到了秋天，大人孩子都爱往林中钻，我们在五彩的落叶中采榛子，蘑菇，把它们晒干了，冬天就有"好嚼儿"了。到了大雪封山，我们用雪爬犁和手推车撕开厚厚的积雪，去山里拉劈柴，不然家里的火炉就"断了粮"，零下三四十度的严寒，谁都抵御不了。不要以为到了冬天，林

中就无美味了，扒拉开向阳山坡的积雪，可找到未被采摘的雅格达（红豆），雪中的雅格达味道难以言传的好，酸甜，有点淡淡的酒味。还有，你可以划开桦树皮，舔舐桦树皮里清香微甜的汁液。守着大山，对贪吃的我来说，就是守着一个零食铺，嘴上是亏不着的了。

我在山里转的时候，有时与小伙伴搭伴儿，有时跟着大人，有时则是独行。我记得采都柿时掉进一个坑穴，看见了空酒瓶。回家说与大人，他们判断那可能是早期鄂伦春人的墓穴，他们习惯把死者放在树上风葬，如果不放树上，入墓穴的也不会用棺材，不会培土，这样死者依然可以接受雨露阳光。

冬天拉烧柴的时候，我从密林深处扛着"站干"（一种因干旱、雷击或病虫害而死去的无经济价值的可用于烧柴的树），踏雪前行时，不止一次遇见耷拉着尾巴的"狗"，我每次把站干卸到手推车旁，告诉父亲我见到了一条不认识的大狗时，父亲都不让我再一个人走向密林深处。后来我才知道，我遭遇的是狼！没有狗跟着主人走那么远的路，况且那一带拉柴的只我们一家人，别家的狗是不会跟着来的。看来那时山林的植被非常好，动植物丰富，狼不缺吃的。一条饱食终日的狼，优哉逛着风景，遇见一个毛头小孩，当然没胃口了。所以狼在我的回忆中，是温柔的动物。

童年时我还喜欢去山里采野花。达子香，百合，芍药，绣线菊，马莲花，柳兰，忘忧草，姹紫嫣红地走进我们家，我们也不讲究养花的容器，酒瓶、罐头瓶、咸菜坛、猪食槽，都可栽花，它们在暗淡的屋子里，照亮我们的梦。这些体验，在我写作以后，都进入了我的小说世界。比如《花瓣饭》里的那些五彩的花儿，比如《群山之巅》中栽在猪食槽子中的达子香。

有了丛林的动植物，当然就有活动在其中的人。那些人宣示着自己作为生命的强大存在吧，喜欢大声说话。又因为寒冷的缘故吧，喜欢大碗喝酒大口吃肉。这些人物的特征，在我的《采浆果的人》《伪满洲国》《布基兰小站的腊八夜》等小说中，都有体现。

我首先熟悉的是家中的人，父母，姐弟，姥姥，姥爷，爷爷，叔叔，姨舅，在我爱上小说以后，他们以不同方式，隐身而入，如《北

迟子建
散文精选

极村童话》《原始风景》《解冻》《白雪的墓园》等，他们也许只是一声叹息，或是一个背影。当然还有我的爱人，他化身为"魔术师"，走进《世界上所有的夜晚》，带给我爱情的绝响。除了亲人，我还熟悉了邻居，小镇的人和小镇以外的人，他们更是为我塑造人物，提供了最真实生动的原型。

当然还有那些可爱的动物，比如通人性的狗，隐忍的牛，苦役犯似的马，年年挨宰的无辜的猪，美丽的鸭子，坚韧的驯鹿，铺天盖地的麻雀，永远被戏耍的猴子，像守夜人一样的乌鸦，以及千姿百态的鱼。它们在多年后潜入我的小说，比如《北极村童话》《日落碗窑》《越过云层的晴朗》《雾月牛栏》《腊月宰猪》《逝川》《一匹马两个人》《行乞的琴声》《额尔古纳河右岸》《白雪乌鸦》等等，这些动物不会说话，但在我与它们相处的过程中，听懂了它们心底的话，看得见它们的眼泪，所以它们在我小说中留下了"话语"。

不能忘怀的，还有园田的果蔬，那带着妖娆花纹的豆角，红彤彤的西红柿，紫莹莹的茄子，碧绿的菠菜和生菜，金灿灿的玉米，多汁的角瓜，甘甜的倭瓜，还有绕着它们飞舞的蜜蜂、蝴蝶和蜻蜓。它们装点餐桌的同时，也装点我儿时的梦。更有那埋藏在土里的萝卜和土豆，这秋收的主角，是地窖的常客，有了它们，一个冬天就不愁蔬菜了。当然，我们不能忘了大白菜，这秋季园田的霸主，在每家都要占上一两亩地，腌酸菜是我们那儿的主妇必须会做的活儿。没有它们，腊月宰猪时，五花肉就没了最佳拍档。

不要以为我们的生活总是阳光灿烂，它依然有着浓重的寒霜和阴影。有令人痛苦的疾病，有面对灾荒的无奈，有亲人离世的悲伤，有遭遇人生的政治或生活变故的苍凉。厌倦，羞辱，恐惧，这些人生的负面情绪，就像漫天风雪一样，从来都不曾远离我们。宁静的炊烟下，一个人死去了，他躺在红棺材里，去山上的墓园了；一个活蹦乱跳的孩子，在缺医少药的小镇，一场痢疾就要了他的命；一个男人去采山，被熊袭击，落下终生的残疾；一个伐木工在作业时被大树砸倒，使他的妻子成为寡妇；一个派出所的警察因为怀疑自己妻子与邻居的男主人有染，居然开枪杀死邻居一家三口。还有动物们所遭遇的不幸，瘟

疫能让一群鸡一夜之间死亡，能让一条忠诚的看家狗永远闭了嘴巴。这样的故事，也都是我少年时代所经历的，所以我作品的"温暖"，总是与痛交织，有着苍凉的底色。

我爱做梦，梦见死去的人，也梦见在现实中并不存在的事物。所以灵魂也有"出窍"的时刻，那也是"意识"最为美妙和缤纷的时刻。人鬼可以对话，能够同行，你甚至能听到幽冥世界的声音，《亲亲土豆》《格里格海的细雨黄昏》《重温草莓》《旅人》《逆行精灵》《向着白夜旅行》等小说，就是彼岸的雨露，滋润着此岸之花的作品。

善良与丑恶，纯洁与污秽，不是人性天空的两极，它们常常相伴相绕。就像环绕我们生活的，既有山间清澈的溪流，也有居民区纵横的污水沟。写出人性的复杂性，才是写出了世界。从这个意义上说，小说永远有可开掘的空间。

从现实的丛林穿行到小说的丛林，使我拥有了另一种生活——面向心灵的生活，对我来说，它比现实生活更广阔，也更具诱惑性。在虚构的世界中，我的呼吸更顺畅，更自由和奔放。当然我也有过写作的迷惘，但这样的迷惘就像丛林的晨雾一样，不管多么浓烈，都会被喷薄的日出照散。

作家因生长地不同，经历不同，艺术气质不同，也就拥有不同的小说丛林。小说的丛林在想象的世界中，可以无限大。一个作家能走多远，就看他们自己在艺术上的造化了。在这个过程中，坚持很重要，没有对一种文体始终如一的爱，孜孜以求的探索，以及不怕失败的实践精神，再炫目的想法都是空谈。一个作家能够真正褪去浮华，不被虚张声势的雷声所迷惑，不惧鞭挞，耐住寂寞，你才能切近小说朴素而芬芳的内核。

而每一个将艺术奉为至高神灵的作家，在小说的丛林穿行，必须踏出独属于自己的路，才能开辟新天地。懂得自省、苦修、仰望，你终将拥有"不干的活泉，永流的江河"（考门夫人在《荒漠甘泉》中所言）。这样的文学之旅，也是一颗凡心得到升华，在泥泞的跋涉中洞见彩虹的最美岁月。

藩篱外的青草

我出生在中国最北部的小村庄,一个每年有半年时光在飘雪的地方。十七岁才第一次坐上火车,离开故乡去外地求学。我最早接触外国文学作品,是在中学语文课本上。安徒生的童话,泰戈尔的诗,高尔基的散文,都是我们阅读的对象。如果背诵课文,逢着极北短暂而美好的春夏,我会坐在家中菜园的石头上,一边背诵一边寻点蔬果来吃。黄瓜与西红柿,菇娘和水葡萄,就伴着那些美丽的句子,被我一同咀嚼。我的听众是谁呢?是蔬果和花朵,是游来荡去的看家狗和鸡鸭,当然,还有菜园尽头圈里的猪和飞来飞去的蜜蜂与蝴蝶。我记忆最深刻的是背诵苏联作家高尔基的《海燕》:"在苍茫的大海上,狂风卷集着乌云,在乌云和大海之间,海燕像黑色的闪电,在高傲地飞翔!"这激情澎湃的句子,当时我并不知道其实出自两人之手,一个是原作者高尔基,一个是翻译家戈宝权。是戈宝权让高尔基的一篇散文,变成了一团青春的烈火。

我在课本中读到的还有都德的《最后一课》,莫泊桑的《项链》,契诃夫的《变色龙》等小说。这些令人难忘的作品是谁翻译的,当时一概不知,因为老师是不介绍译者的。直到我就读大兴安岭师范学校,在中文系学习的三年,更系统地接触外国文学作品后,才对翻译逐渐有了认知,并且在以后漫长的阅读中,因喜好某个人的翻译,将其名下的译作视为名牌产品,而去追踪。这些学养深厚的翻译家,在我心

中也是优秀作家，因为他们的再创作，使得不同的外文语种，神奇地转化为我们能够通晓的汉语，并赋予它们品格和韵律。

傅雷用译笔，毫无疑问拓展了法国作家巴尔扎克和罗曼·罗兰的艺术天空；朱生豪让英国的莎士比亚在中国不朽；草婴让中国读者看到了托尔斯泰和肖洛霍夫的伟大；吕同六让意大利的卡尔维诺，李文俊让美国的福克纳，王道乾让法国的杜拉斯，俘获了万千中国读者的心，还有巴金、杨绛、季羡林、绿原、萧乾等令人敬仰的作家，也留下了他们代表性的译作，丰富着现当代文学对外国文学的译介。这些杰出的译者，为中国读者打开了认识世界的窗口，更为一代代作家的前行，起着铺路石的作用。如果一一列举他们的名字，那将会是一个漫长的名单。

与此同时，另外的一些翻译家，包括与会的汉学家们，则像夜莺一样，采撷中国文学森林之音，传播到海外，让中国文学开始了漂洋过海的旅程。

翻译的权利在哪里？在特定的历史时期，并不完全在艺术手里。比如中国五六十年代对苏俄文学的大量译介（当然不能因此否认那些有重要价值的部分）。不要以为只有当时的中国是这样，半个世纪后，极个别国家对待中国文学，采取的也是这样的标准，只不过那是色彩的两极：一个过于明亮，一个过于阴暗。我曾说过，刺目的光明是另一种黑暗，但同样，过头的阴暗则是脆弱的表现。要知道，尽管有眼泪和不公，在中国的民间，爱与美一样顽强地生长。

在全球化的今天，翻译的权利还可能掌握在资本手里。资本之于艺术，当然也是有好有坏。资本能让优秀的文本屹立不倒，当然也可以制造一些伪经典。我们最希望看到的是，翻译的权利在纯粹的文学手里，这需要掌握翻译权利的人，有判断艺术的独立眼光和标准，有不惧世俗的勇气和信念。当然，当翻译权确立，另一个权利就产生在译者手里了，怎么翻译好是个至关重要的问题。

翻译有无边界？我想不管世界上的语种有多丰富，边界自然也是存在的。以我出版的意大利文的作品为例吧，其中有两部是由法语版本翻译过去的。不是由汉语而直译的翻译文本，我都本能地产生不信

迟 子 建
散 文 精 选

任感。还有各语言之间的差异，也造成了翻译不可能尽善尽美地表情达意。比如《红楼梦》中林黛玉《咏白海棠》的诗句"偷来梨蕊三分白，借得梅花一缕魂"，这样对仗精巧、意蕴非凡的诗句，似乎是专为汉语而生的。

但我们要做的，还是要尽力地打通翻译的边界。我曾看过一部记叙东北沦陷期中国劳工遭遇的纪录片，一个当年被日本关东军抓去修筑防御工事的白发苍苍的老者，诉说他之所以逃出，是因为有天他去工事外围的铁丝网下解手，看到铁丝网外草地上有个牧羊人。他乞求牧羊人给铁丝网剪个洞，给他条生路。牧羊人说他手中没带钳子，但他答应会帮他。这位老人说，不久之后他在监工麻痹的情况下，又得到了去铁丝网下解手的机会，他看见了被草遮掩的铁丝网果然被剪出一个洞，他顺利逃生了。这个感人细节，我用在了长篇小说《群山之巅》中那个被误认为是逃兵的辛开溜身上。我写他逃出魔窟后，对天下所有的牧羊人都心存感念。

语言的障碍，为我们的文学交流竖起了不知多少类似的藩篱。像牧羊人一样拆除藩篱，是翻译工作者的职责所在。但如果没有青草，即便拆除藩篱，我们的交流依然存在障碍。如果每个文学写作者，能够不急不躁地培育自己园地的青草，即便它不被发现，那也是丰盈美好的。

我想起了2003年夏天，我为了创作《额尔古纳河右岸》，去大兴安岭深山追踪与驯鹿相依为伴的鄂温克部落。我在与他们相处的日子里，听他们即兴的歌声时，不止一次被那苍凉优美的旋律所感动。但很遗憾，我却听不懂一句歌词。因为这个民族有自己的语言，却没有文字。这种极少数人懂的语言，只能口耳相传，成为一种濒危语言。没有文字的语言，如果失去了传承人，会逐渐消亡。而没有文字的语言，该怎样让不同语境的人能领略其美，就是文学工作者要做的事情了。写出一个民族的悲苦与欢欣，信念与忧伤，就是写出了它并不存在的文字。无论过去还是未来，我都愿朝着这样的方向努力，悉心培育写作园地的青草，不管是否有牧羊人会冲破藩篱，光顾这不起眼的草地。因为文学本来就是孤独的事业，历史风云与心灵文字相逢的刹那，才是一个写作者最愉快的时刻，也是真正电闪雷鸣的时刻。

锁在深处的蜜

　　大兴安岭与内蒙古接壤，草原、牛羊、牧人的歌声，对我来讲，都是邻家的风景，并不陌生。

　　三年前，为了搜集长篇小说《额尔古纳河右岸》的素材，我来到了内蒙古。从海拉尔，经达赉湖，至边境的满洲里后向回转，横穿呼伦贝尔大草原，到根河。那是八月，草色已不鲜润了，但广阔的草原和草原上的牛羊，还是让人无比陶醉。天空离大地很近的样子，所以飘拂着的白云，总让人疑心它们要掉下来似的。中途歇脚的时候，我在牧民的毡房里喝奶茶，吃手抓羊肉，听他们谈笑，心底渐渐泛起依恋之情，真想把客栈当作家，长住下来。然而，我于草原，不过是个匆匆过客。

　　我在写作疲惫时，喜欢回忆走过的大自然。呼伦贝尔草原上的风景，就是在这样的时刻，悄悄浮现在我脑海中的。它们初始时是雾气，但随着时光的流逝，它们生长起来了，由轻雾转为浓云，终于，有一天，我想象的世界电闪雷鸣的，我看见了草原，听到了牧歌，一个骑马的蒙古人出现了，中秋节的月亮出来了。就这样，几年前的记忆被唤醒，草原从我的笔端流淌出来了。

　　如果问我最爱《草原》中的哪个人，我会说：阿荣吉的老婆子！我喜欢这个恋酒的、隐忍的、放牧着羊群的、年年夏天去阿尔泰家牧场唱歌的女人。人生的苦难有多少种，爱情大概就有多少种。在我眼

迟子建
散文精选

里,她和阿尔泰之间,是发生了伟大的爱情的。这种失意的、辛酸的爱情,内里洋溢的却是质朴、温暖的气息,我喜欢这气息。常有批评家善意地提醒我,对温暖的表达要节制,可在我眼里,对"恶"和"残忍"的表达要节制,而对温暖,是不需要节制的。因为从某种意义来讲,温暖代表着宗教的精神啊。有很多人误解了"温暖",以为它的背后,是简单的"诗情画意",其实不然。真正的温暖,是从苍凉和苦难中生成的!能在浮华的人世间,拾取这一脉温暖,让我觉得生命还是灿烂的。

一百四十多年前,达尔文看到一株来自热带雨林的兰花,发现它的花蜜藏在花茎下约十二英寸的地方,于是预言将有一只有着同等长度舌头的巨蛾,生长在热带雨林,当时很多生物学家认为他这是"疯狂的想法"。可是一百多年后,在热带雨林,野外考察的科学家发现了巨蛾!通过电视,我看到了摄像机拍到的那个动人的瞬间:一株兰花,在热带雨林的夜晚安闲地开放着。忽然,一只巨蛾,飘飘洒洒地朝兰花飞来。它落到兰花上,将那柔软的、长长的舌头,一点一点地蓄进花蕊,随着那针似的舌头渐渐地探到花蕊深处,我的心狂跳着,因为我知道,巨蛾就要吮到花蜜了!那锁在深处的蜜,只为一种生灵而生,这样的花蜜,带着股拒世的傲气,让人感动。其实只要是花蜜,不管它藏得多么深,总会有与之相配的生灵发现它。从这个角度来说,任何的写作者,都是幸福的。因为这世上,真正的"酿造",是不会被埋没和尘封的。

原来姹紫嫣红开遍
——关于年货的记忆

我对年货的记忆,是从腊月宰猪开始的。

三四十年前,大兴安岭山林小镇的人家,没有不养猪的。一般的人家是春天抓猪仔,喂上一年,不管它长多大,进了腊月门,屠夫就提着刀,上门要它们的命了。猪挨宰时嗷嗷叫着,乌鸦闻着血腥味,呀呀叫着飞来。不过好的屠夫,会让它连一滴血都尝不着。血被接到盆里,灌了血肠吃了!猪被大卸八块后,家家会敞开肚子吃顿肉,然后把余下的作为年货,存在仓房的大木箱里。怕它风干了味道不好,人们在储肉箱里撒上雪。大兴安岭不趁别的,就趁雪花,你想撒多少就撒多少。有的人家图省心,干脆把肉埋在院子的雪堆里。可是吃的时候去拿,发现肉少了!在黑夜里做强盗的不是人,而是那些会倒洞的黄鼠狼!它们有拖走东西的本事。

有了猪肉,除夕夜的肉馅饺子就有了主心骨。可光有肉还不行,那夜的餐桌上,还必须有鸡,有鱼,有豆腐,有苹果,有芹菜和葱。鸡是"吉利";鱼是"富余",豆腐是"福气",苹果是"平安",芹菜是"勤劳",葱则是"聪明",这些一样都不能少!过年不能吃酸菜,说是"辛酸",白菜也不能碰,说是"白干"。

腊月宰过猪,就得宰鸡了。宰猪要请屠夫,宰鸡一般人家的女主人就能做。鸡架在霜降时,就从院子抬进了灶房,跟人一起生活了。这些过冬的鸡,基本都是母鸡,养它们是为了来年继续生蛋,而鸡架

迟 子 建
散 文 精 选

的大公鸡，不过一两只，主人留它们，是为了年夜饭，所以只能活半冬。公鸡死后，我们会把它身上漂亮的羽毛拔下来，以铜钱为垫，做鸡毛毽子，算是女孩子献给自己的年礼吧。

年三十餐桌上的鱼，通常是冻鱼、胖头鱼、鲅鱼、刀鱼之类。这是供给制时代，能够买到的鱼。做鱼不能剁掉头尾，说是"有头有尾"，年景才好。女主人的菜刀要是不慎伤及头尾，就会很慌张，担心未来的日子起波折，所以过年时的菜刀不敢磨得太快。在鱼身上，除了防菜刀，还得防猫。闻着腥的猫，两眼放光，你一不留神，大半条鱼就被它消灭了！所以很多人家的猫，这时会被关在小黑屋。人在过年，猫在受苦，它的忧伤可想而知了。

有没有吃到鲜鱼的可能呢？那得看家中男主人捕鱼的本领和运气了。在冰河凿口冰眼，下片渔网，有时能捕到葫芦籽和柳根鱼。这类鱼都不大，上不了席面。谁要是捉到鲇鱼和花翅子，那就是中了彩了！这种能镇得住除夕宴的鱼，会让从冰河回家的男主人腰杆挺直，进屋后有老婆的热脸迎着，有热酒迎着，当然，晚上吹灯后还有热炕头的缠绵迎着。只是这样走运的男人很少，绝大多数都是如我父亲一样的人，空手而回。

比起鲜鱼，豆腐就很容易获得了。我们小镇有两爿豆腐坊，得到豆腐除了用钱，还可用黄豆换。一般来说，换干豆腐，比水豆腐用的黄豆多。男人们扛着豆子去豆腐房时，你从他们肩上袋子的大小上，就能看出这家过年需要多少豆腐。莹白如玉的水豆腐进了家门，无非两种命运，一种切成小方块进了油锅，炸成金黄的豆腐泡，另一种则直接摆在户外的木板上，等它们冻实心了，装进布袋，随吃随取。

除夕宴上的葱，是深秋储下的。葱在我眼里是冬眠的菜蔬，它在零下三四十度的严寒中，看似冻僵了，可是进了温暖的室内，你把它扔在墙角，一夜之间，它就缓过气来，腰身变得柔软了！又过几天，它居然生出翠绿的嫩芽了，冻葱变成水灵灵的鲜葱了！至于芹菜，它也来自园田，不过它与葱不同，要是挨冻，就是真的冻死了！芹菜秋天时割下来打捆，下到户外的菜窖里。两三米深的菜窖，储藏着土豆、萝卜、大白菜等越冬蔬菜，芹菜就和它们同呼吸共命运了。不过芹菜

没有它们耐性好，叶片很快萎黄，幸而它的茎，到年关时没有完全失去水分，仍然能做馅料。我小时一听大人们骂架，诅咒对方下地狱时，我就想，地下有什么可怕的，冬天时漫天飞雪，地窖却是春天呀！

年夜饭中唯一的冷盘，就是苹果了。苹果可用鲜的，也可用罐头的。我们那时更喜欢罐头的，因为它甜！这两种苹果的获得，都是在供销社，拿钱来买。除了买苹果，我们还要买烟酒糖茶，花生瓜子，油盐酱醋，冻柿子冻梨。最重要的是，买上一摞新碗新盘子，再加一把筷子，意谓添丁进口，家族兴旺。

在置办年货上，家中的每个人都会行动起来，各司其职。主妇们要去供销社扯来一块块布，求裁缝裁剪了，踏着缝纫机给一家人做新衣。腊月里猪的嚎叫，总是和着缝纫机的嗒嗒声。缝纫机上的活儿忙完了，她们还得蒸各色年干粮，馒头，豆包，糖三角，菜包等等。馒头这时成了爱美的小姑娘，女人们会用筷子蘸着印泥，在正中央给它点上一枚圆圆的红点，那是馒头的眉心吧。除了这些，她们还要做油炸江米条和蕉叶子，作为春节的小点心。

那些平素淘气惯了的男孩子，这时候也得规规矩矩地忙年。他们负责买鞭炮，买回后放到热炕上，让它干燥着，这样燃放起来更响亮。他们得拿起斧头，劈一堆细细的松木样子，让除夕夜的灶火旺旺的！他们还要帮着大人竖灯笼杆，买来彩纸糊灯笼。不过在我们家，糊灯笼是我的事情。因为我是元宵节天将黑时出生的，父亲送了我一乳名"迎灯"，家人认定我的名字中有光明，糊灯笼非我莫属。不过我糊灯笼是讲条件的，那就是提前享用油炸小点心，虽然母亲不情愿，但为灯笼着想，只得依从。我给圆圆的宫灯糊上一圈红纸后，会用金黄的皱纹纸，为它铰上飘逸的穗子，粘在灯座上，让灯长出金胡子！

那时还没有印刷的春联，作为校长的父亲，因毛笔字写得好，腊月里就有很多人家求他写春联和福字。人们送来红纸，我帮着裁纸，父亲挥毫。写好一幅，待墨迹干了，就把它卷起放到一边，写另外一家的。有时父亲让我编写春联，他也采纳过一幅，是贴在仓房上的，记忆中我把他的小名"满仓"嵌了进去。父亲写完春联，会给我们做一盏用木座和罐头瓶子做成的灯。为了获得完美的灯罩，他得从户外

迟子建
散文精选

捡回挂着霜雪的罐头瓶，然后飞快地将一瓢热水浇下去，这样它的底儿就会砰然脱落。当然取灯罩并不容易，有时一瓢热水下去，它整个碎了，只能弃了；有时那罐头瓶子如烈女一般，热水泼来，依然故我。父亲只得再跑回雪地中，去翻找罐头瓶子。

小年前后，我会和邻居的女孩子搭伴，进城买年画。好像女孩子天生就是为年画生的，该由我们置办。小镇离城里十几里路，腊月天通常都在零下三四十度，我们穿得厚厚的，可走到中途，手脚还是被冻麻了。我们知道生冻疮的滋味不好受，于是就奔跑。跑得快，血脉流通得就快，身上就不那么冷了。我们跑在雪地的时候，麻雀在灰白的天上也跑，也不知它们是否也去购置年画。天上的年画，该是西边天绚丽的晚霞吧！进了城里的新华书店，我们要仔细打量那一幅幅悬挂的年画，记住它们的标号，按大人的意愿来买。母亲嘱咐我，画面中带老虎的不能买，尤其是下山虎；表现英雄人物的不能买，这样的年画不喜气。她喜欢画面中有鲤鱼元宝的，有麒麟凤凰的，有鸳鸯蝴蝶的，有寿桃花卉的。而父亲喜欢古典人物图画的，像《红楼梦》《水浒传》故事的年画。母亲在家说了算，所以我买的年画，以她的审美为主，父亲的为辅。这样的年画铺展开来，就是一个理想国。

买完年画，我们会去百货商店，给自己选择头绫子，发卡，袜子，假领子，再买上几包红蜡烛和两副扑克牌。那时我们小镇还没通电，蜡烛是家里的灯神。任务完成，我们奔向百货商店对面的人民饭店，一人买一根麻花，站着吃完，趁着天亮，赶紧回返。冬天天黑得早，下午三点多，太阳就落山了。想在天黑前到家，就要紧着走。我们嘴里呼出的热气，与冷空气交融，睫毛、眼毛和刘海染上了霜雪，生生被寒风吹打成老太婆了！不过不要紧，等进了家门，烤过火，身上挂着的霜雪化了，我们的朝气又回来了！

人们为自己办年货，也为离世的亲人办年货。逝去的人，未必坟茔就在近前。所以小年一过，小镇的十字路口，会腾起团团火光。人们烧纸钱时，不忘了淋上酒，撒上香烟。年三十的饺子出锅后，盛出的头三个饺子，要供在亲人的灵位前，请他们品尝。

我小的时候，父亲和爷爷都在时，我们只在十字路口为葬在远方

的奶奶烧纸。爷爷去世后,除了给奶奶买下烧纸,爷爷那里也得备一份了。等我长大成人,父亲过世了,母亲预备下的烧纸,就比往年厚了。待到十年前我爱人因车祸离世,我回故乡过年,在给爷爷和父亲上过坟后,总不忘了单独买份烧纸,在除夕前夜,在我和爱人无数次携手走过的山脚下的十字路口,为回归故土的他,遥遥送上牵挂。火光卷走了纸钱,把我留在长夜里。

我快五十岁了,岁月让我有了丝丝缕缕的白发,但我依然会千里迢迢,每年赶回大兴安岭过年。我们早已从山镇迁到小城,灯笼、春联都是买现成的,再不用动手制作了。我们早就享用上了电,也不用备下蜡烛了。至于贴在墙上的年画,它已成为昨日风景,难再寻觅其灿烂的容颜了。我们吃上了新鲜蔬菜,可这些来自暖棚的施用了化肥的蔬菜,总没有当年自家园田产出的储藏在地窖的蔬菜好吃。我们的生活变得越来越便利,越来越实际,可也越来越没有滋味,越来越缺乏品质!

我怀念三四十年前的年,怀念我拿着父亲写就的"肥猪满圈"的条幅,张贴到猪圈的围栏上时,想着猪已毙命,圈里空空荡荡,而发出的快意笑声;怀念一家人坐在热炕头打扑克时,为了解腻,从地窖捧出水灵灵的青萝卜,切开当水果吃,而那个时刻,蟋蟀在灶房的水缸旁声声叫着;怀念我亲手糊的灯笼,在除夕夜里,将我们家的小院映照得一片通红,连看门狗也被映得一身喜气;怀念腊月里母亲踏着缝纫机迷人的声响;怀念自家养的公鸡炖熟后散发的撩人的浓香;怀念那一杆杆红蜡烛,在新旧交替的时刻,像一个个红娘子,喜盈盈地站在我家的餐桌上,窗台上,水缸上,灶台上,把每一个黑暗的角落都照亮的情景!

可是这样的年,一去不复返了!在我对年货的回忆中,《牡丹亭》中那句最著名的唱词:"原来姹紫嫣红开遍,似这般都付与断井残垣!",不止一次在我心中鸣响。好在繁华落尽,我心存有余香,光影消逝,仍有一脉烛火在记忆中跳荡,让我依然能在每年的这个时刻,在极寒之地,幻想春天!

是谁扼杀了哀愁

现代人一提"哀愁"二字，多带有鄙夷之色。好像物质文明高度发达了，"哀愁"就得像旧时代的长工一样，卷起铺盖走人。于是，我们看到的是张扬各种世俗欲望的生活图景，人们好像是卸下了禁锢自己千百年的镣铐，忘我地跳着、叫着，有如踏上了人性自由的乐土，显得是那么亢奋。

哀愁如潮水一样渐渐回落了。没了哀愁，人们连梦想也没有了。缺乏了梦想的夜晚是那么的混沌，缺乏了梦想的黎明是那么的苍白。

也许因为我特殊的生活经历吧，我是那么的喜欢哀愁。我从来没有把哀愁看作颓废、腐朽的代名词。相反，真正的哀愁是一种悲天悯人的情怀，是可以让人生长智慧、增长力量的。

哀愁的生长是需要土壤的，而我的土壤就是那片苍茫的冻土。是那种人烟寂寥处的几缕鸡鸣，是映照在白雪地上的一束月光。哀愁在这样的环境中，悄然飘入我的心灵。

我熟悉的一个擅长讲鬼怪故事的老人在春光中说没就没了，可他抽过的烟锅还在，怎不使人哀愁；雷电和狂风摧折了一片像蜡烛一样明亮的白桦林，从此那里的野花开得就少了，怎不令人哀愁；我期盼了一夏天的园田中的瓜果，在它即将成熟的时候，却被早霜断送了生命，怎不让人哀愁；雪来了，江封了，船停航了，我要有多半年的时光看不到轮船驶入码头，怎不叫人哀愁！

我所耳闻目睹的民间传奇故事、苍凉世事以及风云变幻的大自然，它们就像三股弦。它们扭结在一起，奏出了"哀愁"的旋律。所以创作伊始，我的笔触就自然而然地伸向了这片哀愁的天空，我也格外欣赏那些散发着哀愁之气的作品。我发现哀愁特别喜欢在俄罗斯落脚，那里的森林和草原似乎散发着一股酵母的气息，能把庸碌的生活发酵了，呈现出动人的诗意光泽，从而洞穿人的心灵世界。他们的美术、音乐和文学，无不洋溢着哀愁之气。比如列宾的《伏尔加河纤夫》、柴可夫斯基的《悲怆交响曲》、艾托玛托夫的《白轮船》、屠格涅夫的《白净草原》、阿斯塔菲耶夫的《鱼王》等等，它们博大幽深、苍凉辽阔，如远古的牧歌，凛冽而温暖。所以当我听到苏联解体的消息，当全世界很多人为这个民族的前途而担忧的时候，我曾对人讲，俄罗斯是不死的，它会复苏的！理由就是：这是一个拥有了伟大哀愁的民族啊。

　　人的怜悯之心是裹挟在哀愁之中的，而缺乏了怜悯的艺术是不会有生命力的。哀愁是花朵上的露珠，是洒在水上的一片湿润而灿烂的夕照，是情到深处的一声知足的叹息。可是在这个时代，充斥在生活中的要么是欲望膨胀的嚎叫，要么是麻木不仁的冷漠。此时的哀愁就像丧家犬一样流落着。生活似乎在日新月异发生着变化，新信息纷至沓来，几达爆炸的程度，人们生怕被扣上落伍和守旧的帽子，疲于认知新事物，应付新潮流。于是，我们的脚步在不断拔起的摩天大楼的玻璃幕墙间变得机械和迟缓，我们的目光在形形色色的庆典的焰火中变得干涩和贫乏，我们的心灵在第一时间获知了发生在世界任何一个角落的新闻时却变得茫然和焦渴。

　　在这样的时代，我们似乎已经不会哀愁了。密集的生活挤压了我们的梦想，求新的狗把我们追得疲于奔逃。我们实现了物质的梦想，获得了令人眩晕的所谓精神享受，可我们的心却像一枚在秋风中飘荡的果子，渐渐失去了水分和甜香气，干涩了、萎缩了。我们因为盲从而陷入精神的困境，丧失了自我，把自己囚禁在牢笼中，捆绑在尸床上。那种散发着哀愁之气的艺术的生活已经别我们而去了。

　　是谁扼杀了哀愁呢？是那一声连着一声的市井的叫卖声呢，还是

177

迟子建
散文精选

让星光暗淡的闪烁的霓虹灯？是越来越炫目的高科技产品所散发的迷幻之气呢，还是大自然蒙难后产生出的滚滚沙尘？

  我们被阻隔在了青山绿水之外，不闻清风鸟语，不见明月彩云，哀愁的土壤就这样寸寸流失。我们所创造的那些被标榜为艺术的作品，要么言之无物、空洞乏味，要么迷离傥荡、装神弄鬼。那些自诩为切近底层生活的貌似饱满的东西，散发的却是一股雄赳赳的粗鄙之气。我们的心中不再有哀愁了，所以说尽管我们过得很热闹，但内心是空虚的；我们看似生活富足，可我们捧在手中的，不过是一只自慰的空碗罢。

论谦卑

读师专二年级时,一个秋高气爽的日子,有位男生突然发疯了。他手执一根铁条,先是把三楼走廊的玻璃砸得稀里哗啦,然后他又跳到二楼,依然噼啪噼啪地用铁条砸走廊的玻璃。同学们从教室里如惊弓之鸟般望风而逃,他像孙悟空提着无往而不胜的棒子一样神气活现地在整座楼里痛快淋漓地造反,所向披靡。我们站在楼外面,听着惊心动魄的玻璃的破碎声,紧张地盯着教学楼的大门。一旦他出来,我们就准备狂奔撤退。既然他疯了,没准也会把我们的脸当作玻璃顺路砸下去。校领导、老师和保卫处的干事一筹莫展,因为他手中有一根杀伤力极强的铁条,所以没人敢进楼去制止他。他也就一路凯歌高奏地把所有的玻璃砸了个片甲不留,然后十分亢奋地、英雄气十足地走出教学楼。他一出来,便被隐藏在门口的保卫干事给奋力擒住。

原来他是数学系的一名男生,模样斯文,平时从不大声说话,学习很用功,逢人便露出谦卑的笑容。虽然我与他从未说过话,但偶然与他相遇时,也领略过他点头之后的谦卑一笑。他的突然发疯在校园引起了轩然大波,有人说是因为爱情,有人说是因为功课的压力,还有人说是对社会的不满,总之莫衷一是。我觉得若是因为爱情发疯还让人同情,如果因为功课的压力则太荒唐可笑了。因为我们那所师专随便你怎么混都会安然毕业,何必自讨苦吃呢。至于对社会的不满,我不知道他受过怎样的挫折。在我看来,全世界没有哪个地方是真正

迟子建
散文精选

的天堂和净土，对社会的一些丑恶现象抱有不满是正常的，但如果正义到使自己发疯，是否真的就能说明你自己是一个彻头彻尾的真理捍卫者？在我看来，捍卫真理者首先应该是坚强的人。

那位同学被家长接走送入了疯人院。学校不得不运来一汽车玻璃，由玻璃匠把它们一一切割再安装上，足足镶了两天的时间。新玻璃给人一种水洗般的明亮感觉，走廊也为此豁然明朗了。我们在这走廊里说笑和眺望窗外的原野和小河，全然把这位发疯的同学给忘记了。只是到了快毕业的时候，突然又有人说起他，他不明真相的发疯又引起了大家的议论，人们都惋惜他，说他若是不发疯，也会像我们一样走上工作岗位了。凡是与他有过交往的同学都对他口碑极佳，认为他最大的优点便是谦卑，是个好人。他们共同强调"谦卑"的时候我的心头忽然一亮：没准是"谦卑"使他发疯的呢。试想，一个人整天都压抑着自己的好恶而在意别人的脸色，他的天性和本能必然要受到层层阻挠，早晚有一天会承受不了这些而发疯。

"谦卑"一词在《现代汉语词典》里是这样注解的：谦虚，不自高自大（多用于晚辈对长辈）。

我以为括号里的提示尤为重要。既然谦卑多用于晚辈对长辈，那么在同龄者的交往中表现"谦卑"是不是就不正常？谦卑过分让人感觉到夹着尾巴做人的低贱，同龄者之间更多的应该是坦诚相对地嬉笑怒骂。我想那男生发疯的最主要原因在于他把可怕的谦卑广泛展览给了同龄人，他就仿佛把自己吊在半空中一样上不去又下不来，处境尴尬，久而久之他就灵魂崩溃了，所以他最后才会对准玻璃毫不谦卑地奋勇砸下去。

谦卑其实是一种经过掩饰后出现的品格。它含有讨巧的意味。它是压制个性健康发展的隐形杀手。在现代生活中，由于错综复杂的人际交往和形形色色的利益之争，谦卑有时还成了保护自己的一种有效方式，那便是伪装谦卑，装孙子，从中获得好处。因为我们这个素有"礼仪之邦"之称的中华民族视谦卑为美德，看到一个人在你面前战战兢兢、低眉顺眼、小心翼翼、点头哈腰地与你交谈，总比看一个人居高临下、眉飞色舞、颐指气使甚至飞扬跋扈地与你交谈要舒服得多，

所以假谦卑在社会上风头极健、大行其道，明知它是一种伪善，偏偏还是一唱百和。

真正的谦卑是伤害自己（如我那位发疯的同学），因而令人同情；而伪装的谦卑则会伤害别人，它想做的事就是逼你发疯。这是我最近才深深顿悟到的。

不久前我到一处名声很大的旅游点参加某次会议。主办者在接待上确实周到热情，令人感动。无论是饮食还是住宿，都让人觉得很舒服。其中某位接待我们的人则更是满面谦卑，一会儿问住得好不好，一会儿又问吃得可不可口。这种无微不至的关心有时甚至让人有诚惶诚恐的感觉。这人与你讲任何话，都要先说一句"对不起"，那一瞬间你便会心慌意乱地以为自己做了什么错事，然而这人对你说的无非是明天几点起床吃早餐，午后去哪一处景点等诸如此类的话。这就不免令人怪讶，觉得这礼貌用语实在没有来由。我对毛笔字一向生怯，所以逢到签名时便忐忑不安，若是主人备有碳素软笔便可解除这份尴尬，偏偏有时只有毛笔横在砚台旁。我看着文房四宝就像看到刑具一样顿生寒意。虚荣的我便常常提前离开热闹的签名场所，逃之夭夭，唯恐自己的字丢人现眼。有一天我便这样溜了，然而没想到总是满面谦卑的这人却找到我说，人家招待你们的人没什么恶意，只求你们这些名人签个字，是尊重你，怎么你却一脸的不屑一顾？我如临大敌地实情相告，然而这无济于事，这人大概已经认定我是在耍"名人"的派头。真是冤枉！把我想成名人抬举了我不说，没有哪个赴会者会想着去得罪主人。于是我就想我所看到的谦卑只是杀气腾腾背后的一层假意温和，事实也证明了这一点。当我随之在那个景点对某新闻单位的采访讲了几句真话，说这风景我并不陌生不觉新奇之后，马上遭到了另外的谦卑者的攻击：口气真大呀，太自以为是了……

那么他们需要我说什么呢？我终于明白了，是要把我也塑造成一个如他们一样的谦卑者，微笑着对着陈旧的风景无心无肺地抒情，对每一个接待者（不管其气质你如何不喜欢）都低三下四地拱手相谢。大概只有这样，我才是他们所认为的完美的人吧？

可我不想成为那样的谦卑者，因为那种谦卑会令我发疯。我活得

181

迟子建
散文精选

虽不灿烂，但很平实，既憧憬爱情又热爱文学，不想疯。而且，我相信一颗真正自由的灵魂会使我的激情和才情永不枯竭。只有这样，我才会对得起自己和上帝。

石头的诉说

中国传统意义上的古典四大名著《红楼梦》《水浒传》《西游记》《三国演义》，都是长篇小说，而且集中出现在明清时期，且都是章回体。这四部作品，可以说是影响深远。它们有两个典型特征，一是故事性强，情节紧凑，每部作品都有令人过目不忘的典型人物，让读者津津乐道；还有就是想象力丰富，现实与幻境紧密衔接，天衣无缝。比如《红楼梦》和《西游记》，如果没有"石头"，作为小说的叙述助推器，这两部作品的文学感染力，就不会这么强烈。

《红楼梦》又名《石头记》，可见石头是小说的"眼"。这块石头是有来历的，小说开篇就交代了，它是女娲补天时弃之不用的一块石头，被扔在青埂峰下，也就是多余的石头。这块不能参与补天的石头，"风来雨去，修出灵性，自去自来，可大可小"。最终被一僧一道点化，投胎凡尘，于是就有了贾宝玉出生时口含的那块玉。有了前世的神瑛侍者浇灌绛珠仙草，绛珠仙草在人间偿还灌溉之恩的悲欢离合故事。从某种意义来说，这种来历的贾宝玉，就是"多余的人"。这也意味着，贾宝玉是大观园男人中的唯一，同时也是外表最为热闹、内心最为孤独的人。

而《西游记》中的石头，也是在开篇就交代了的，此石立于海中花果山，正当顶上，三丈六尺五寸高，有九窍八孔，汲取日月之精华，"遂有灵通之意，内育仙胎。一日迸裂，产一石卵，似圆球大小，因

183

迟 子 建
散 文 精 选

见风，化作一个石猴，五官俱全，四肢皆全"，这就是可以上天入地、捉妖降魔的孙悟空的化身。

这两块来历非凡的灵石，最终都遁入凡尘，与人同息。不同的是前者的灵石是贾宝玉所佩物件，而后者干脆就幻化为可以七十二变、腾云驾雾的陪唐僧西天取经的大圣。人神纠葛的结局，是不一样的，《红楼梦》那块堕入凡尘的灵石，最终是"我所居兮青埂之峰，我所游兮鸿蒙太空。谁与我逝兮吾谁与从？渺渺茫茫兮归彼大荒"，是一种孤寂的苍茫感，让人倍觉凄凉；而《西游记》中的灵石化身孙悟空，与师徒一起，历经九九八十一难，惩恶扬善，最终取得真经，回到长安，可以说是个大团圆的结局，叫人心生温暖。所以比较而言，我更喜欢《红楼梦》里的那块"灵石"，因为它朴素真切，更接近"人"的真相。而《西游记》中的"灵石"，昭示的是"神"的真相，情节虽然跌宕起伏，但所有的"难"，最终都能克服，艺术上给人以审美疲劳感。而人生是残缺的，不是所有的"难"，都能过去的。

印度的泰戈尔有一个著名的短篇《饥饿的石头》，写的是居客在一座废弃的宫殿里，住上不到三天，就会被那些不甘于颓败命运的宫殿的石柱所劫持，它们操纵居客的意识，幻化出从前繁华昌隆的生活图景，上演石头们难以忘怀的富贵梦。在作品中，居客是石头的寄生者，贪婪的石头才是主体。这些石头的幽灵，在夜晚的宫殿做着它们的美梦。这个短篇洋溢着忧伤、颓废的气息。世上所有的繁华，终归是一场梦，这点与《红楼梦》有异曲同工之妙。

泰戈尔在1913年以《吉檀迦利》等作品不凡的文学表达，成为东方第一个获得诺贝尔文学奖的人。在泰戈尔获得诺奖四十四年后，1957年，年轻的法国作家加缪，也成为诺奖的获得者。加缪有一部著名的哲学随笔集《西西弗的神话》，它的副标题是《论荒谬》，这部书可以说是家喻户晓。加缪也写了一块石头，它是诸神眼里的"灵石"，但却是主人公的希望和绝望之石。这个故事取自宗教神话，众神为了惩罚西西弗，让他重复一项劳动，就是把巨石推到山顶。而当他把石头推到山顶后，这块石头却会因自身的重量，再滚下山去。这样西西弗就得追寻石头，回到山底，再推巨石上山，可结果仍然是巨石再滚

下山，回到为西西弗所设置的深渊里。西西弗默默承受着，这种重复性的机械劳动。有人说他是英雄的化身，也有人说他是一个可悲的懦夫。这块石头无疑是西西弗的枷锁，他失去了劳作的快乐，和创造的自由。在我眼里，这块巨石是太阳和眼泪的化身，当西西弗推着它上山的时候，它是太阳，是希望之神；而当它轰隆隆地滚下去的时候，它是坠向人间的一颗巨大的泪滴，是我们在太阳阴影里的沉重叹息。西方的加缪，写的是石头的荒诞性，石头是被神灵下了诅咒的。这一点与《红楼梦》中的那块石头，也有相似性，就是它们都捉弄了人。不同的是，贾宝玉失去了石头，遁化了；西西弗摆脱不了石头的控制，苦役永无终结。这可能就是东西方文化的差异，不同的生命观，给人物以不同的归宿吧。

在中国民间一些传说故事中，石头也是有种种来历的。比如我喜欢的《聊斋志异》，其中有一篇《齕石》，不足百字，气象却大。蒲松龄写了一个姓王的养马人，幼时入崂山学道。修炼得不吃熟食，只吃松子和白石头，浑身长满了毛发。后来他因挂念母亲，回乡探望，又吃起熟食，但仍然不忘了吃他钟爱的石头。他取了石头，只要对着太阳一照，就能辨出甘苦酸咸。他母亲去世后，他又回到崂山了。

不同于曹雪芹让贾宝玉"吐"出石头，蒲松龄让人物"吞"进石头，这一吞一吐，意趣不同，但同样艺术，品味人间百味，给读者留下了巨大的想象空间。

石头有时还是一块判断人们善恶的试金石。我在写作《额尔古纳河右岸》时，从鄂温克民俗史料中读到，一个人死后，在去幸福世界的途中，要经过一条很深的血河，这条血河是检验死者生前行为和品德的地方。如果是一个善良的人来到这里，血河上自然会浮现出一座桥来，让你平安渡过；如果是一个作恶多端的人来到这里，血河中就不会出现桥，而是跳出一块石头来。如果你对生前的不良行为有了悔改之意，就会从这块石头上跳过去；否则会湮灭在血河中，灵魂彻底地消亡。这里的石头，是罪孽的化身，具有惩罚性，叫人联想起西西弗滚动的石头。从中可看出，中国少数民族的原始神话，与西方的宗教是心意相通的。

迟 子 建
散 文 精 选

如果作家没有丰富的现象力，这些形形色色的石头，就无法承载起历史和现实的重托，无法带领我们进入艺术的天空。那么可以肯定地说，一个作家如果陷入现实的泥潭中不能自拔，难以在艺术上飞升，解救他的翅膀，一定是想象力。

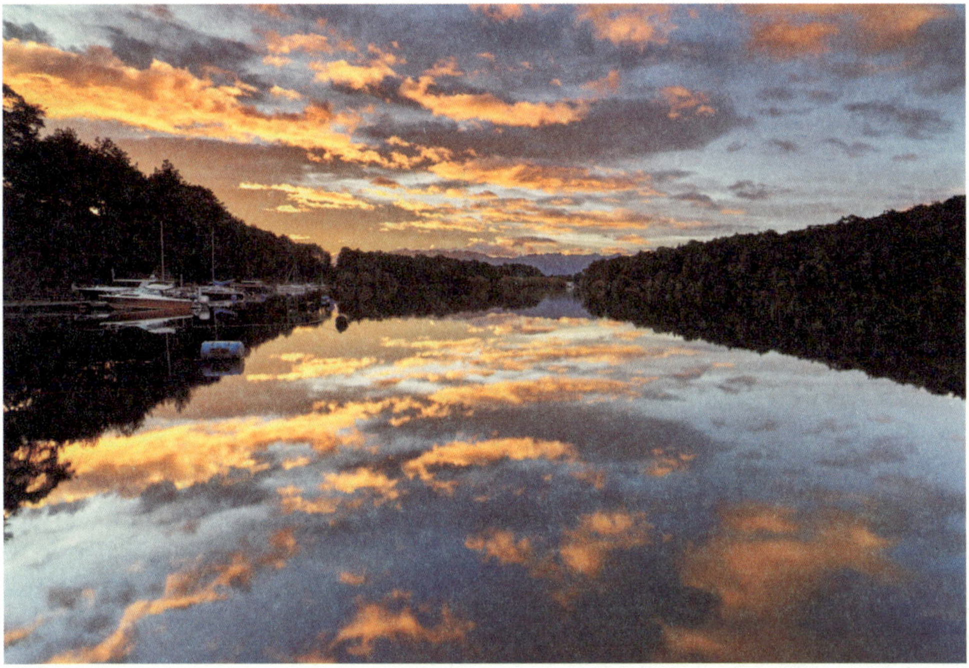

我想，人生是可以慢半拍，
再慢半拍的。生命的钟表，
不能一味地往前拨，
要习惯自己是生活的迟到者。
人是弱的，累了，就要休息；

静止航行的船

与洗澡内容相关的小说,我写了三篇了。1998年发表在《青年文学》的短篇《清水洗尘》,2010年刊发于《北京文学》的中篇《泥霞池》,以及2016年的这篇《空色林澡屋》。

从《清水洗尘》到《空色林澡屋》,隔着十八年斑驳的光阴。虽然两部作品都写到了澡盆,但当年少年争取的那盆寂静的清水,已然"惹了尘埃",被一个老妇人沧桑的手指搅起了波澜。

澡盆在我眼里是与我们相伴终生的船,一条静止航行的船。不管我们在尘世受了多少磨难和委屈,进入它的怀抱,就像置身母亲的子宫,可以回到人类的童年。在《空色林澡屋》中,暮年的皂娘,守着一条不能入水的船形澡盆,用生命之泉,洗涤风尘,渡着漂泊的自己,也渡着漂泊的旅人。

我们看不见澡盆的航迹,但当我们赤身而入,水波荡漾的一刻,它就在我们身下,曼妙地启航了。这条没有终点的船,不惧惊涛,不怕旱地,飞雪也阻挡不了它的步伐。它随时出发,随时靠岸。随时褪去我们的尘垢,收纳我们的眼泪,抚慰我们的创伤,也随时追逐我们的笑声,将我们变成一支透明的蜡烛,共享温柔的夜色。

这静止航行的船,金身不败,当我们衰朽时,它还会接纳比我们青春的躯体。别说我们不需要它,谁的人生不需要洗浴呢?即便是一棵树,它也需要雨水的滋养,才能长成参天大树;一条河,它需要一

迟 子 建
散 文 精 选

场又一场的天浴，使其肌肤丰润，永不干涸。虽然我们也知道，洗浴过后，悲剧从来就不曾落幕。

记得二十多年前初来哈尔滨时，洗澡得去公共浴室。从我暂住的文联大院，去离住处最近的浴室，步行大约一刻钟。某年盛夏的一个日子，天色晴朗，我带着洗浴用具去了浴池。可是洗完澡一身轻松地出来，天色如墨，乌云满天。没有带伞的我，想在闪电撕破乌云的脸之前，赶回住处，于是一路疾行。可我还是没有雷电的速度快，被倾盆大雨拦截在中途。暴雨让尘土沸腾起来，路面泛起的水泡尽是泥泡，飞溅的雨滴也有尘土的味道。暴雨过后，我被拍打得像个流浪汉，衣衫不整，发丝凌乱，胳膊上是泥点，脚趾间塞着沙粒，哪像是刚从浴室出来的，倒像从黄沙滚滚的荒漠归来。

人生就是这样吧，你努力洗掉的尘垢，在某个时刻，又会劈头盖脸朝你袭来。但无论如何，我依然会怀揣着对大自然的敬畏之心，欣赏暴雨后天空那辽阔的晴朗。

像雪花一样盛开

我曾在北师大的一个讲坛上说过，好的作家应该是导演，而不是演员。你要学会调度小说中的每一个人物，而不是试图去做其中的某个角色，哪怕是很风光的主角。这样，小说中形形色色的人物才能舒展筋骨，接触空气，自由生长，真正活起来。同样，一个乐团的灵魂，是执棒的指挥。

前不久祖宾梅塔携以色列爱乐乐团来哈尔滨演出，古典乐迷们激动不已，将首演门票一抢而空。我买到的是第二场演出票，是他指挥的以色列爱乐乐团、哈尔滨交响乐团与深圳交响乐团的联袂演出。

为了满足乐迷的渴望吧，联合演奏的形式非常艺术，先是以色列爱乐乐团独立演奏，接着是国内乐团的亮相，最后才是三个乐团的合奏。莫扎特第四十号交响曲，柴可夫斯基的《罗密欧与朱丽叶》序曲，中国赫哲族民歌《乌苏里船歌》以及白辽士的《幻想交响曲》，依次奏响。说真的，我那天的目光是一束追光，只放在一个人身上，就是祖宾梅塔。

毕竟八十一岁了，祖宾梅塔穿着黑色燕尾服，提着指挥棒现身时，移步缓慢，但他开始指挥时，你立刻觉得他高了一截。不是指挥台抬高了他，而是音乐抬高了他，指挥棒一旦与音符融合，就是蜜蜂和蝴蝶寻到了姹紫嫣红的花儿，蜂飞蝶舞，流光溢彩。三支乐团，水平参差，但祖宾梅塔挥洒自如地让它们碰撞、交流与融合，在情感的饱满

迟 子 建
散 文 精 选

度上，达到了高潮。他激情荡漾，尽管期间他几次掏出手帕拭汗，但他近乎完美地驾驭了乐团。这样的指挥家，就是伟大的导演和作家，你能在他们的作品中，感觉到他们处处在，又处处不在。

如果艺术也按季节划分，以祖宾梅塔的年龄，无疑是到了冬季了。可他在一个萧瑟的季节，以不老的情怀，让雪花像花朵一样盛开，带给我们春天般的气象。

艺术四季皆可开花。

《小说月报》百花奖，已经办了十七届。《空色林澡屋》的发表，让我第九次摘得这座百花园中的一朵花，无比幸运。感谢园主《小说月报》，感谢前来赏花的读者，感谢一道辛勤耕耘、让自己的作品生根开花的作家朋友——让我感受到你们的艳丽与芬芳。

如果能像祖宾梅塔那样，以八十以上的高龄，能够屹立在指挥台上，能在冬季让雪花盛开，那么所有的苍茫都将是春天。

《收获》的女声部

一九八六年吧，我参加了黑龙江省作协组织的东三省作家联谊会。我们从哈尔滨出发，经牡丹江至佳木斯，一路饱览迷人的风景，享受北方夏日的清凉，当然也谈文学。那个年代谈文学，气氛热烈而友好，那些因艺术观不同而在会上争得面红耳赤的人，会心无芥蒂地在怡人的晚风中，同声歌唱。

联谊会请来了一些东北籍的从事出版和杂志编辑工作的老师，这其中就有《收获》的郭卓老师。

郭卓老师辽宁籍，记忆中她个子不高，方脸，面目慈祥。我是与会者中年龄最小的，又来自大兴安岭，她很好奇地问我都写了些什么。当她得知我只发表了两三篇小说，且局限于北方刊物，建议我给《收获》投稿，说她马上离休，但可以推荐一位富有责任心的女编辑给我。她在我通讯录的本子上，写下了《收获》杂志社的地址和李国烔的名字。

巨鹿路675号，从此成了我小说最愿意飞往的地方。

我开始给李国烔投稿。她处理稿子很及时，虽说最初的稿子没能留用，但不管是初审二审还是终审毙掉的稿子，李国烔在退稿信中，总会把大家的意见简要写上，这对刚踏上文学之路的我，帮助很大。一九八八年，我在京参加鲁迅文学院首届研究生班的学习，有一天班级来了两位年轻的女编辑，她们是《收获》的李国烔和钟红明。她们

迟 子 建
散 文 精 选

高高的个子，苗条清秀，背的牛仔包带子很长，给人飘逸的感觉。而且与我想象的不同，她们很干练，说话干脆利落，嗓门不小，像东北人，我有点见到邻家姐姐的感觉，很亲切。认识李国煣后，一有新作，我多半寄给她，她做我的责编，直至退休。她退休前，我们通过一次电话，问及郭卓老师，她说她晚年身体不好，已不在了，听了心下戚然，我一直怀念着这位把我介绍到《收获》的引路人。

未见肖元敏和李小林前，就与她们有声音的接触。她们打来电话，基本都是我留用的稿子有商榷之处，她们提出一些意见。我很奇怪，《收获》的女编辑们身居沪上，但她们说话，没一个轻声细气的，好像她们的心底都深藏着一股泉，能发出清澈的回响。尤其是主编小林老师，她有一副亮堂的好嗓子，当她说到激动时，你在听筒这边，简直是在听花腔女高音的歌唱。《额尔古纳河右岸》发表前，我与小林老师有过多次的电话交流，她在赞赏这部作品的同时，提出叙述者"我"的形象的一些遗憾之处。虽说定稿了，但我还是打开原稿，仔细研读，觉得她说得有道理，于是又改了一稿，其中几处比较动人的细节，就是最后一稿写就的。

《收获》的编辑们关于作品的修改意见，大到标题的修改，小到一个句子或是一个词的润色。比如短篇《逝川》，我初稿的标题是《美丽的逝川》，她们说《逝川》就很好，加"美丽"是画蛇添足。去掉"美丽"，标题的意境果然出来了，看来真正的美丽是朴素的。我还有一部中篇，写一对农民工夫妻在中秋之夜，乘火车相互探望对方却遗憾错过的故事，最初的篇名是《慢车协奏曲》，小林老师和肖元敏都说不好，缺乏情感色彩，这样我又拟了两个，仍是不好。肖元敏劝我别急，说发稿时间还来得及，暂时把它放下，实在不行就用原题。这招很灵，你不挖空心思想它，去做别的事情，等再回到这篇小说时，标题就从心里生长出来了，它就是《踏着月光的行板》。

我的作品一九九〇年开始登上《收获》杂志，至今二十多年了。我已长白发了，这份巴金先生创办的杂志，历经半个多世纪的风雨，在市场经济的冲击下，依然青春，沉实大气，魅力四射。在我发表的五百多万字作品中，刊登在《收获》的占了六分之一，长、中、短篇

均有，且都是我比较满意的篇章，难怪我的一些读者，在百度迟子建贴吧留言，称《收获》是我的"老东家"。记得王安忆说过，她写了满意的作品，首先会想到给《收获》，我也有相同的心情。所以肖元敏每次组稿，只要我手头正写着东西，几乎是毫不犹豫就答应给她。在我眼里，《收获》就像寺院的一座钟，一个作家要想聆听它那涤荡肺腑的文学之音，就用自己好的作品，去敲响它吧。

今年五月我去上海参加一个活动，刚好小林老师在沪，肖元敏也刚从加拿大回来，我们相约着在巴金先生的故居见面。在热闹的上海滩，我记忆中幽静的院落，位于巨鹿路《收获》杂志的办公处是一座，现在又多了一座，就是位于武康路的巴金先生的故居。我喜欢窗前那一株高大的广玉兰，那天阳光很好，树上有喜鹊在叫，少许的白玉兰挂在枝头，像巴金先生留下的真话，熠熠闪光。小林老师说，以前杂志社的编辑们，经常在这里讨论稿子。从这两个院落出发的《收获》，自然会气质不俗。我对引领我们参观的巴金研究会的周立民先生说，你能在这样的院落工作，真是福气！我相信他在这儿写就的评论文字，一定不同以往，别开生面。

从巴金故居出来，我们叫上李国煣，在武康路附近的一家餐馆吃午饭。饭后意犹未尽，小林老师提议喝咖啡聊天。我们四个女人，在一家小店的露天咖啡座晒着太阳，像几个逃学的女生，无拘无束地聊着天。我们嗓门都很高，时而放声大笑，惹得店主不时从吧台探过头，张望我们。

其实《收获》杂志也有优秀的男编辑，像相识多年的程永新，像不相识的叶开。程永新是许多优秀作家信赖的编辑和知心朋友，但在我眼里，他一直是个桀骜不驯的大男孩，他对《额尔古纳河右岸》的鼓励，我一直记在心中。

在《收获》的大合唱中，因为与我接触的多是女编辑，熟悉她们，喜欢她们，更多地聆听了她们的声音，因而写下了与她们交往的点滴。愿这样的声部，无论在《收获》多少年的生日中，都不会衰落！

琥珀年华

我在少年时代爱做梦,梦见自己像鸟一样飞翔,梦见月亮掉到草垛上,梦见河里鱼儿涌动。当然也梦见自己掉进壕沟,梦见毒蛇缠身或是遭狗咬。父母说了,好梦要憋在心里不能说,方可应验;坏梦要即刻说与别人,它就破了。所以每当我早晨起来惊魂未定地从被窝跑出来找父母说梦时,就是夜里被噩梦纠缠了。他们听完我的诉说,温柔地安抚几句,然后让我往门槛外吐口痰,据说这样,遭了唾弃的噩梦就随风而逝了。但有时我也分不清好梦坏梦,房子起火和抬棺材,在梦里令我害怕,可大人却说梦见火和棺材都是吉兆——旺运和发财之意。所以我想藏在心里的好梦,在他们眼里或许是坏梦呢。

青春时代,我开始写作了,想象力一开动,梦就更加妖娆了。所以那个时期的日记,很多是关于梦境的记载。当我做美好的梦时,梦是黑夜中飞临人间的天使;当我做惊恐的梦时,梦是窜入缤纷时光的魔鬼。

也许是经历了人生真正的噩梦,见识了美好,也洞见了丑陋,而越来越多的事物,让人失去想象力了,近几年我的梦少了。偶尔有梦,也贫乏和令人沮丧,比如乘火车旅行坐过了站,排长队缴纳暖气费时,轮到我时窗口突然关闭了,再不就是晾晒在窗台的衣裳被风刮走了,我怎么也追不回来。可从前,太阳,彩虹,晚霞,鱼儿鸟儿花儿,是我梦的主角。

就在少梦的年纪，在平静却是暗淡的时光中，我还是几次梦见小时候的事情，这让我无比欣喜又无比伤感。梦见姥爷天不亮就坐在桌前喝烧酒；梦见姥姥拉着我的手，顶风冒雪去江上捕鱼；梦见父亲带着我们上山拉柴；梦见妈妈吩咐我去给她采草甸子的野花。总之，梦见的事儿很写实，都是我少年时代所经历的。唯一不同的是，梦中的人，除了母亲，都已故去。我将这样的梦说与母亲时，七十多岁的她，呼应我的说法，说她现在记性很差，常常忘记几天前发生的事，可很奇怪的，小时候她经历的事情，年轻时想不大起来的，现在却都能回忆起来，清晰如昨。

可能人这一生，最忘不了的就是自己的少年时代吧。

前年我去黑河，在一家俄罗斯商品店，看见一幅由琥珀镶嵌的风景画，那上面的房屋与我童年住过的木刻楞太相像了，那屋顶的雪和炊烟，房前的栅栏，冰河，对岸的树，以及星空下的雪松，最重要的是由不含杂质的琥珀镶嵌的木屋的灯火，温暖撩人，简直就是我童年生活的翻版！我将其买下，如今它就在我新居的床对面悬挂着。每天早晨醒来，我都能望见童年，望见炊烟，望见忘不掉的树和雪。琥珀的微光照耀着渐渐走向夕阳时光的我，投给我一缕别样的光华和温存。

一个人的少年时代为何令人难以忘怀，像琥珀一样散发着永恒的光华？因为那是我们认识世界的开始，那是我们的想象力最为活跃的时期，那是一段尽管有不平，但童眸依然清水一样透明的岁月。人生的尘埃，给我们以苦与迷离，但我们回望出发时刻，哪怕悲伤缭绕，依然给我们以美的感觉，让我们在迟暮之年泪眼蒙眬。

因为作品的发表，多年来我得到了一些读者的喜爱。这其中就包括我的"灯谜"（我正月十五出生时，正是要挂灯时分，所以父亲送我乳名'迎灯'，我的粉丝因而自称'灯谜'），他们在网上创建了"迟子建贴吧"，灯谜们聚在一起讨论我作品，也常常在我生日时送上特别礼物。最早创建贴吧的吧主网名"四十四次日落"，本名孙玉虎，他来自南方，当时是齐齐哈尔大学的学生。多年以后，他成为了一名儿童文学作家，刚获得全国优秀儿童文学奖。他从北京《儿童文学》来到浙江少儿社工作，即刻与我联系，说想做一套我小说的"少年读

195

迟子建
散文精选

本"，插画本，篇目选择上，他与另外几位与我相熟的灯谜——梦遥、彭程、积累都有商讨，特征求我意见。我只问他一句，你们确认这些篇目，少年读者会有认同感？日落很肯定地答复，至少影响了他。

我浏览他们选定的篇目，也开启对自己作品的回忆，《北极村童话》里，有小主人公遗失的五彩项圈；《日落碗窑》中，有一只仿佛由夕阳烧就的金红色泥碗；《没有夏天了》中，充斥着北国小镇的烟火气；《疯人院的小磨盘》中，有能与"疯人们"打成一片的小磨盘；《采浆果的人》里，有智障兄妹沉甸甸的收获；《花瓣饭》中，有一盆粥，等待着野花花瓣的加入，来抚慰心灵受伤的人；还有《鱼骨》中个性飞扬的旗帜，《百雀林》里的少年小没，甚至是《鹅毛大雪》和《小狗》中的雪花和动物，这里有永难消泯的童心，有像樟子松一样经冬不凋的爱。但必须承认，这里也有阴影，充满了我对那片冻土伤残的记忆。我想少年读者能够感受到温暖以外的东西，不是坏事。一个人在成长中刻意地避寒，就会成为温室的花朵。能够在暴风雪中勇往直前，才能成为顶天立地的人。从这个意义来说，我愿意将这个系列，奉献给少年读者。

德国作曲家舒曼创作过著名的钢琴套曲《童年即景》，其中的《梦幻曲》广为流传，为乐迷喜爱。舒曼回忆童年的这部作品，满怀深情，忧伤唯美，我最喜欢的是著名钢琴家霍洛维茨对它的演绎。霍洛维茨晚年弹奏《童年即景》时，时间之河在他苍老的脸上倒流，流进他的皱纹，流进沉沉落日，和另一世界即将呈现的星辰。

少年们应该知道，在我们的生活中，疯人院里也流淌着至纯的人性之泉，就像花瓣饭里也会掺杂着人的眼泪一样。

我的梦开始的地方

　　从中国的版图上看,我的出生地漠河居于最北端,大约在北纬53左右的地理位置上。那是一个小村子,它依山傍水,风景优美,每年有多半的时间白雪飘飘。我记忆最深刻的,就是那里漫长的寒冷。冬天似乎总也过不完。

　　我小的时候住在外婆家里,那是一座高大的木刻楞房子,房前屋后是广阔的菜园。短暂的夏季来临的时候,菜园就被种上了各色庄稼和花草,有的是让人吃的东西,如黄瓜、茄子、倭瓜、豆角、苞米等;有的则纯粹是供人观赏的,如矢车菊、爬山虎、大烟花(罂粟)等等。当然,也有半是观赏半是入口的植物,如向日葵。一到昼长夜短的夏天,这形形色色的植物就几近疯狂地生长着,它们似乎知道属于它们的日子是微乎其微的。我经常看见的一种情形就是,当某一种植物还在旺盛的生命期的时候,秋霜却不期而至,所有的植物在一夜之间就憔悴了,这种大自然的风云变幻所带来的植物的被迫凋零令人痛心和震撼。我对人生最初的认识,完全是从自然界的一些变化而感悟来的。比如我从早衰的植物身上看到了生命的脆弱,同时我也从另一个侧面看到了生命的从容。因为许多衰亡了的植物,在转年的春天又会焕发出勃勃生机,看上去比前一年似乎更加有朝气。

　　童年围绕着我的,除了那些可爱的植物,还有亲人和动物。请原谅我把他们并列放在一起来谈。因为在我看来,他们都是我的朋友。

迟 子 建
散 文 精 选

我的亲人，也许是由于身处民风淳朴的边塞的缘故，他们是那么的善良、隐忍、宽厚，爱意总是那么不经意地写在他们的脸上，让人觉得生活里到处是融融暖意。当然，他们也有自己的痛苦和苦恼，比如年景不好的时候，他们会为没有成熟的庄稼而惆怅，亲人们故去的时候，他们会抑制不住自己的悲哀情绪。我从他们身上，领略最多的就是那种随遇而安的平和与超然，这几乎决定了我成年以后的人生观。至于那些令人难忘的小动物，我与它们之间也是有着难分难解的情缘。我养过狗和猫，它们都是公认的富有灵性的动物，我可以和它们交谈，可以和它们搞恶作剧，有时它们与我像朋友一样亲密，有时则因着我对它们的捉弄，它们好几天对我不理不睬。至于猪、鸡、鸭等等这些家禽，虽然养它们的目的是为了食肉的，但我还是常常把它们养出了感情，所以轮到它们遭屠戮的时候，内心就有一种说不出的痛苦。但是大人们告诉我，这些家禽养来就是被人吃的。我想幸好人类没有吃花的嗜好，否则这些灵性的、美好的事物还有多少能被人"嘴下留情"呢？

生物本来是没有高低贵贱之分的，但是由于人类的存在，它们却被分出了等级，这也许是自然界物类竞争、适者生存的法则吧，令人无可奈何。尊严从一开始，就似乎是依附着等级而生成的，这是我们不愿意看到和承认的事实。虽然我把那些动物当成了亲密的朋友对待，但久而久之，它们的毙命使我的怜悯心不再那么强烈，我与庸常的人们一样地认为，它们的死亡是天经地义的。只是成年以后遇见了许多恶意的人的狰狞面孔后，我又会情不自禁地想起那些温柔而有情感的动物，越发地觉得它们的可亲可敬来。所以让我回忆我的童年，我想到亲人后，随之想到的就是动物，想到狗伸着舌头对我温存的舔舐，想到大公鸡在黎明时嘹亮的啼叫声，想到猫与我同时争一只皮球玩时的猴急的姿态。在喧哗而浮躁的人世间，能够时常忆起它们，内心会有一种异常温暖的感觉。所以，在我的作品中，出现最多的除了故乡的亲人，就是那些从我的脑海中挥之不去的动物，这些事物在我的故事中是经久不衰的。比如《逝川》中会流泪的鱼；《雾月牛栏》中因为初次见到阳光、怕自己的蹄子把阳光给踩碎了而缩着身子走路的牛；

《北极村童话》里的那条名叫"傻子"的狗；《鸭如花》中那些如花似玉的鸭子等等。此外，我还对童年时所领略到的那种种奇异的风景情有独钟，譬如铺天盖地的大雪、轰轰烈烈的晚霞、波光荡漾的河水、开满了花朵的土豆地、被麻雀包围的旧窑厂、秋日雨后出现的像繁星一样多的蘑菇、在雪地上飞驰的雪橇、千年不遇的日全食等等，我对它们是怀有热爱之情的，它们进入我的小说，会使我在写作时洋溢着一股充沛的激情。我甚至觉得，这些风景比人物更有感情和光彩，它们出现在我的笔端，仿佛不是一个个汉字在次第呈现，而是一群在大森林中歌唱的夜莺。它们本身就是艺术。

  在这样一片充满了灵性的土地上，神话和传说几乎到处都是。我喜欢神话和传说，因为它们就是艺术的温床。相反，那些事实性的事物和已成定论的自然法则却因为其冰冷的面孔而令人望而生畏。神话和传说喜欢以两种方式存在，一种类似地下的矿藏，我们看不见摸不着，但能嗅到它的气息，这样的传说有待挖掘。还有一种类似于空中的浮云，能望得见，而它行踪飘忽，你只能仰望而无法将其揽入掌中。神话和传说是最绚丽的艺术灵光，它闪闪烁烁地游荡在漫无边际的时空中。而且，它喜欢寻找妖娆的自然景观作为诞生地，所以人世间流传最多的是关于大海和森林的神话。

  对我来讲，神话是伴着幽幽的炉火蓬勃出现的。在漫长的冬季里，每逢夜晚来临的时候，大人们就会围聚在炉火旁讲故事，这时我就会安静地坐在其中听故事。老人们讲的故事，与鬼怪是分不开的。我常常听得头皮发麻，恐惧得不得了。因为那故事中的人死后还会回来喝水，还会悄悄地在菜园中帮助亲人铲草。有的时候听着听着故事，火炉中劈柴燃烧的响声就会把我吓得浑身悚然一抖，觉得被烛光映照的墙面上鬼影憧憧。这种时刻，你觉得心都不是自己的了，它不知跳到哪里去了。当然，也有温暖的童话在老人们的口中流传着，比如画中的美女每天在一个固定的时刻下来给穷人家做饭，比如一个无儿无女的善良的农民在切一个大倭瓜的时候，竟然切出了一个活蹦乱跳的胖娃娃，这孩子长大成人后出家当了和尚，成为一代高僧。这些神话和传说是我所受到的最早的文学熏陶了，它生动、传神、洗练，充满了

迟子建
散文精选

对人世间生死情爱的关照，具有悲天悯人的情怀。

也许是因为神话的滋养，我记忆中的房屋、牛栏、猪舍、菜园、坟茔、山川河流、日月星辰等等，它们无一不沾染了神话的色彩和气韵，我笔下的人物也无法逃脱它们的笼罩。我所理解的活生生的人，不是庸常所指的按现实规律生活的人，而是被神灵之光包围的人，那是一群有个性和光彩的人。他们也许会有种种的缺陷，但他们忠实于自己的内心生活，从人性的意义来讲，只有他们才值得永久的抒写。

尽管我如此热衷于神话和传说，但我也迫切感觉到它们正日渐委顿和失传。因为生活正变得越来越疲沓、琐碎、庸碌和公式化。人的想象力也相对变得老化和平淡。所以现在尽管有故事生动的作品不停地被人叫好，但我读后总是有一股难言的失望，因为我看不到一部真正的优秀作品所应散发出的精神光辉。

还有梦境。也许是我童年生活的环境与大自然紧紧相拥的缘故吧，我特别喜欢做一些色彩斑斓的梦。在梦境里，与我相伴的不是人，而是动物和植物。白日里所企盼的一朵花没开，它在夜里却开得汪洋恣肆、如火如荼。我所到过的一处河湾，在现实中它是浅蓝色的，可在梦里它却焕发出彩虹一样的妖娆颜色。我在梦里还见过会发光的树，能够飞翔的鱼，狂奔的猎狗和浓云密布的天空。有时也梦见人，这人多半是已经作了古的，我们称之为"鬼"的，他们与我娓娓讲述着生活的故事，一如他们活着。我常想，一个人的一生有一半是在睡眠中度过的，假如你活了八十岁，有四十年是在做梦的，究竟哪一种生活和画面更是真实的人生呢？梦境里的流水和夕阳总是带有某种伤感的意味，梦里的动物有的凶猛有的则温情脉脉，这些感受，都与现实的人际交往相差无二。有时我想，梦境也是一种现实，这种现实以风景人物为依托，是一种拟人化的现实，人世间所有的哲理其实都应该产生自它们之中。我们没有理由轻视它们，把它们视为虚无。要知道，在梦境中，梦境的情、景、事是现实，而孕育梦境的我们则是一具躯壳，是真正的虚无。而且，梦境的语言具有永恒性，只要你有呼吸、有思维，它就无休止地出现，给人带来无穷无尽的联想。它们就像盛宴上酒杯被碰撞后所发出的清脆温暖的响声一样，令人回味无穷。

我对文学和人生的思考，与我的故乡，与我的童年，与我所热爱的大自然是紧密相连的。对这些所知所识的事物的认识，有的时候是忧伤的，有的时候则是快乐的。我希望能够从一些简单的事物中看出深刻来，同时又能够把一些貌似深刻的事物给看破，这样的话，无论是生活还是文学，我都能够保持一股率真之气、自由之气。

　　当我童年在故乡北极村生活的时候，因为不知道"山外有山、天外有天"，我认定世界就北极村这么大。当我成年以后到过了许多地方，见到了更多的人和更绚丽的风景之后，我回过头来一想，世界其实还是那么大，它只是一个小小的北极村。

中篇的江河

今年七月我参加了香港书展，在那儿我演讲的主题是关于长篇小说的，叫"文学的山河——从《额尔古纳河右边》到《群山之巅》"。短篇小说我写了多篇，也热爱短篇，但苏童老师是短篇高手，他已经给同学们讲过短篇小说的写作心得，我知道在对短篇的理解上，我不会讲得比苏童精彩，所以今天就结合我的写作，谈点我对中篇小说写作的看法。

取的这个题目"中篇的江河"，是因为我的一本中篇自选集的序言，叫作《江河水》，而我视野中的中篇小说，就是江河的气象。

我是1983年开始写作的，最早不知道中篇小说是什么的时候写了《北极村童话》。写《北极村童话》有一个机缘，我就读大兴安岭师范时，当然这个学校跟你们这样的名牌大学没法比，是师范专科学院。我读中文系的时候对文学感兴趣，在师专二年级的时候，开始练笔写小说，然后投稿。投了几个短篇，都遭到退稿。最后投到本省的《北方文学》，其中一个短篇，叫《友谊的花环》，得到了编辑宋学孟老师亲笔回信，特别振奋我。

那个年代投稿，编辑部是给退稿的，通常是附一张铅印的退稿单，把你的名字填上去，"迟子建同志：感谢您对我刊的支持，您的写作有一定基础，但还达不到发表的水平，希望您继续努力，与我们保持联系"，大意是这样的。所以说能收到一封亲笔回信，能够看到针对

我的小说提出的具体建议，欣喜至极。编辑宋学孟让我修改那篇小说，我改了寄过去，他看完又寄回来，如此三次吧，后来宋学孟写信给我说，迟子建同学，你这个小说改得越来越失败了。他写了一段话对我触动特别深，他说你不要想这个小说承载一些什么东西，你要写你自己熟悉的、喜欢的生活，放开来写，可能会好。最后他直接告诉我，把这篇小说废了吧。因为它已被改得不成样子，绝无发表的可能性了。

写作《北极村童话》之前，我并不知道将写的作品，会是怎样的体量，就在下晚自习的时候，坐在教室的书桌前，开始写作这部小说。北极村是我的出生地，它是中国的北极，一江之隔就是苏联。我住在外婆家，外婆家的邻居，一座木刻楞房子里，住着一个老奶奶，当地人叫她苏联老毛子，她是斯大林肃清白俄时逃到中国的苏联人。那时中苏关系相对紧张，没人敢跟她有深的接触，生怕走动频繁了，惹上麻烦。老太太跟她的一个孙子生活在一起，我们叫他春生。春生愣头愣脑的，很孝顺，有时我会跟春生一起玩儿。因为两家只隔着一个菜园，我就接触到了苏联老奶奶。她教我跳舞，她冬天时还穿着长裙子。这个内心有着历史和政治伤痛的老太太，对我心灵的触动特别大。她是怎么死的呢？我小说里写的细节都是真实的，我们那儿的每一幢房子是独立的，户与户之间，隔着菜园。有时候春生会回到父母那儿住，有时则陪奶奶，就是苏联老毛子，帮她劈柴、挑水。我姥姥每天隔着菜园，会望见春生奶奶所住的房子，习惯性地看一眼她家房子的烟囱冒没冒烟。有一天我们突然发现，春生家的烟囱没冒烟，赶紧喊她家人来看，结果发现这个老奶奶直挺挺地躺着，已经去世了。这个事件给我童年心理的阴影是非常大的，一个人可以这样无声无息地死了，而她生前没人敢去看她。

我写《北极村童话》时，带着浓浓的感伤情绪，昨天研讨会开始时，一些批评家谈我作品的时候，可能没认真读过此作，也许仅仅因为篇名，就说这是童话作品，其实不然。这不是童话，这是关于童年伤痛的回忆。写完《北极村童话》以后，我发现它比我以往的习作篇幅要长。我把它寄给编辑，编辑说这是一部中篇，也是篇好小说，但是那个年代《北方文学》中篇发得较少，短篇较多，我的责编宋学孟

迟 子 建
散 文 精 选

先生，便把它推荐给上海的一家刊物，但最后也没有发表，说它有点散文化。后来我记得很清楚，是 1985 年的夏天，黑龙江作协在萧红的故乡呼兰，办小说创作研讨班，我作为其中最年轻的作者去参加了学习班。作协请了《人民文学》编辑、现任《三联生活周刊》的总编朱伟来给我们讲课，他负责东北片小说的编辑工作。我那时候挺青涩的，拿着《北极村童话》的退稿，很想让朱伟帮我看看，但他当时一直在看我们省里那些发表了一定数量作品的中青年作家的稿子，所以我一直犹豫着，直到他要出发前两个小时，趁着他在会议室休息，我才鼓足勇气敲了敲门，我说朱伟老师，您能不能帮我看看我的一个中篇，随便翻几下，看看它像不像小说？朱伟客气地说，好吧，我翻一下。结果他用出发前的那段时间飞快看完，然后他敲我的门，他第一句话就说，你为什么不早点寄给《人民文学》？这篇小说后来发表在 1986 年 2 月号的《人民文学》上。这是我初登文坛的第一部中篇小说，对朱伟的知遇之恩，我始终感念。

　　从《北极村童话》开始，我的笔就带着故乡的色彩，开始了忧伤的文学之旅。来之前我看了一下我的中篇小说目录，还打印了一份，一共写了 50 部。这 50 部中篇小说有过多次的结集出版。上海人民出版社出过五卷的中篇，前年人民文学出版社出版了我的八卷中篇小说系列。这八卷还是我在这 50 部里面精选出来的。现在就让我沿着目录的脉络，来谈我从《北极村童话》开始，走了怎样的中篇之路。

　　批评家喜欢给作家的写作划个一二三段，那么我也仿效着，给自己的中篇分个时段。大抵是四个阶段吧，前五年，中间五年，再两个各十年，刚好 30 年。

　　《北极村童话》之后，也是受 80 年代初文学思潮的影响吧，那时先锋小说大行其道，我的第二部中篇，写的是个荒诞故事，它发表在 1986 年丁玲主编的《中国》杂志，这个杂志早已停刊了，这部中篇叫《初春大迁徙》。这个作品我现在回过头来看写得比较"愣"，富于探索，但不足也是突出的。这也说明我从天然的《北极村童话》开始的中篇步态，还是有一些踉跄。1986 年，《中国》杂志在青岛举办笔会，格非、北岛、徐星、多多等人参加，我在笔会上结识了这些作家。那

时的《中国》，可以说是先锋派作家云集。记得残雪的重要的作品，都发表在《中国》杂志上，比如《苍老的浮云》。我为《中国》杂志写的《初春大迁徙》，好像戴着枷锁舞蹈，不那么畅快，因为我写它时没有写《北极村童话》那般艺术的愉悦，也没有那种真正进入小说人物世界、与之共融的心理，所以在80年代末，我很快从这种状态里走出来。

1990年我在《人民文学》发表了一部中篇《原始风景》。写作《原始风景》时我在西安，就读西北大学作家班。西安的春天常常黄沙满天，我很不适应这种气候。平凹老师生活在西安，我觉得那里的作家之所以具有经典性，与这种气候有关吧，风沙渐渐把他们打磨成了出土文物。我那个时候特别怀念故乡，怀念故土的人和事，所以是不知不觉进入了《原始风景》的情境。我记得在"引子"里写了这样一段话，就是我当时在西安的心境。"夜晚坐在桌旁，我感受不到沁人心脾的寒意，风沙像烈马一样，奔驰在印满着无数世纪辛酸与耻辱的苍老的屋檐下，树叶和花在风中以不同的姿态竞争生存，我的笔反反复复地写着那些我写不完的故事，厌倦了的故事，我的头发在风中散开，灰尘与暑热折磨着我的每一根神经，我知道有雾的天气已经消失在我的童年了，我的头发很难感染它的清新、凉爽和滋润了。"这段话，是我当时在西安求学生活的真实感受。

从《北极村童话》到《初春大迁徙》，之后还有一个中篇《左边是篱笆，右边是玫瑰》，发表在当时的《中外文学》，现在看来这过渡性的两部中篇，都不很理想。那时我20多岁，没有哪个批评家在追踪或提醒着我的写作，但我自觉地开始了写作的调整和控制，自然回归到《原始风景》。这部作品，也是在《人民文学》发表的。

在西北遥忆故乡就有一种亲切、遥远、哀伤之感，不知道自己未来在哪里的茫然感，也有一种苍凉感。从《北极村童话》到《原始风景》，中间经历了几年，而这短短几个中篇，能够立得起来的，还是《北极村童话》和《原始风景》，因为它们是天然的，它们的伤痛也是天然的。比如《北极村童话》里展现的政治伤痛，我在下笔时，不是强加给人物的，而是像大地在造山运动时，山峰挤压出现的褶皱，自

迟子建
散文精选

然生成的，因而它所呈现的山峰就像笔锋一样，也是自然而然的状态。早期的那种忧伤，微微的沧桑感，莫不是自然的状态。但是你说气象大吗？我认为我初始的作品的气象和背景虽然是宏阔的，但它们和我在2005年的作品相比，还是有差距的。

第二个阶段是90年代初期，我先后在《钟山》和《收获》发表了两个中篇，不熟悉我的读者可能比较陌生，一个是《怀想时节》，一个是《炉火依然》。这里有很多心理活动的描写，这两篇小说的产生跟我在鲁院求学也有关。就是作家们聚在一起，能谈很多理论上的东西的时候，忽然觉得自己的小说，是否可以以另外的形式呈现。其实我写的故事，依然是自己熟悉的，但是写法上很自然受了当时思潮的影响，迷恋对人物心理的描写。所以读者表示对它不适应，尽管它有对现实的观照。但这类面向心理的作品，开启了我后五年那个旧时代系列中篇，就是我接下来要讲的《秧歌》《香坊》和《旧时代的磨坊》。

我编选中篇小说集，不愿意放弃的小说就是《秧歌》。虽然写的是旧故事，但这个故事本身承载着大量的信息，我生活的故土的风物，人物的悲欢离合，对生死的态度，以及对于爱情的态度等等，在《秧歌》里都有呈现。我觉得自《秧歌》开始，我在笔法上比较自如，找到了一种很好的叙述语言，以此贯穿到《香坊》《旧时代的磨坊》。我作品最早的翻译，就是从这个系列开始的，它们均是法语译本。第一本做的就是《秧歌》，据出版商说，法国读者还比较喜欢这部中篇。接着是《香坊》，都是旧时代系列的作品。我记得写《旧时代的磨坊》的时候，正在北师大跟中国作协合办的研究生班上学，我在暑假回到老家，那时家里没有写字台，后菜园窗前有一台缝纫机，我将缝纫机苫上一块布，当写字台，写就《旧时代的磨坊》。当时天津有个《小说家》杂志，主编是闻树国，他已经去世了，他举办在文坛引起震动的中篇小说擂台赛，那一时期的很多重要中篇，都是这个擂台赛的作品，印象中有刘震云的《一地鸡毛》，苏童的《红粉》，池莉的《你是一条河》等。我给《小说家》擂台赛写的中篇就是《旧时代的磨坊》。

在旧时代故事的五年期，我从关注心理描写，很自然地回归传统

故事。现在回过头来看这些作品，其实是我的长篇小说《满洲国》的前奏。（这部长篇在《钟山》杂志发表时篇名是《满洲国》，出版时被加了一个"伪"字。）

《满洲国》的故事我准备了多年，写作也用了两年，我所描写的是东北沦陷期14年的历史。如果没有这几篇旧时代中篇做积淀，我进入《满洲国》的时候，在对历史的把握上，在对人物的塑造上，不会那么自如。当然我今天讲的主题与此关联不大，所以就不展开来谈这部长篇了。

在旧时代题材系列中篇之后，1994年，我在《收获》上发表了《向着白夜旅行》，一个人鬼同行的故事。这是你们都很崇拜的戴锦华女士非常喜欢的一篇小说，我们知道戴锦华对电影的评论是精准有力的，她对文学的鉴赏力也极高，我非常欣赏她。我写《向着白夜旅行》时，已经摆脱旧时代的故事了，创作又有了变化。这个人鬼同行的故事中，当然有现实的影子，也预示我接下来的十年，也就是从1994年到2003年间，我的中篇小说开始转向现实的一个过程。在转变期间，还有1994年发表在《青年文学》上的《洋铁铺叮当响》，以及1995年在《钟山》发表的《岸上的美奴》。我要强调一下，我在《钟山》发表的作品，包括早期的中篇《没有夏天了》，都是苏童责编的，因为他那时是《钟山》杂志的编辑，一边写小说一边做责编。他在写作上渐成大家，也是个不错的编辑，很敬业，那时因为稿件，我们还有通信往来。

接着是1995年，这一年我在《大家》杂志发表了《原野上的羊群》，接着是《白银那》《日落碗窑》《逆行精灵》《鸭如花》《疯人院的小磨盘》等中篇。这十年熟悉我作品的灯谜知道，这一批作品的转载率是最高的，几乎每一个中篇发表以后，《小说选刊》《小说月报》《新华文摘》等选刊都要转载。我的很多读者可能也是这一时期培养起来的。当然我并不认为广泛转载的一定是最好的小说，但是起码它肯定了一点，我作品的故事性和接地气这点上，感觉上它是越来越天然，越来越走近了我的小说世界。

当然这期间也有"弦外之音"，就是《逆行精灵》。《逆行精灵》

迟子建
散文精选

有点像刚才谈到的《向着白夜旅行》，我写了一辆长途客车中途停靠到一个地方，一个鹅颈女人，在大森林里对于性的天然热情。在《逆行精灵》的鹅颈女人身上，以及在《岸上的美奴》的美奴身上，都体现了我的女性观。所以昨天有批评家谈到我的女性意识比较弱，说我身为女作家，没有在作品里面强调性别，我虽尊重这样的批评，但不认可这样的说法。因为一味在"女"字上做文章，是不高明的作家，真正的女性形象还是要把她推到作品当中，看她是否符合作品的场域，而不是贴上一种鲜明的性别标签，博人眼球。女性的简单招贴，就一定具有女性色彩吗？我想问鹅颈女人是不是鲜明的女性人物？答案肯定是。《岸上的美奴》里的美奴，也就是把母亲推下一条江的女孩，这样带着伤痛的女性形象，是不是带有女性色彩？当然也是。因为时间关系，我不能以自己的作品，一一举例。

我这个系列的作品，从泥土里拔节生长，我捕捉到了文学的心音，而它与我的气息是相接的。所以写这些中篇的时候，我觉得步子走得踏实，心底安宁。

再接下来呢，就是我近十几年的作品，我把它放到第四个阶段，昨天陈晓明老师谈到的《踏着月光的行板》，就是这个时期的作品。2002年我的生活遭遇了巨大变故，就是我爱人的车祸离世，我的文学因为这个于我而言特别重大的伤痛事件，而发生了改变。我有两部重要作品，长篇《额尔古纳河右岸》和中篇《世界上所有的夜晚》，都是这个时期的作品。而它们的前奏，就是《踏着月光的行板》。

我爱人在世的时候，因为我公公在大庆，我和他常常在周末，从哈尔滨到大庆去看望老人家。大庆分几个区，萨尔图、让胡路等等，公公住在大庆的让胡路区，只有慢车在那里停，所以我们乘坐的是绿皮火车。踏上绿皮火车，看到的就是几十年前我们熟悉的旅行场景，满地的烟头、果皮、纸屑。最多见到的就是农民工。那个年代手机不这么盛行，2000年时手机还是少数人的奢侈品，现在几乎是人手一部了。那时还有街头电话亭，人们习惯买一张IC卡打电话。我注意到很多农民工在工地旁边的电话亭打电话，那是使用频率最高的电话亭，我散步路过的时候，能听到他们在讲一些什么。那么嘈杂的环境，他

们置身街头，却依然说着家事，说着情话，让人感慨。所以爱人去世后，我写《踏着月光的行板》那对异地的农民工夫妇，很自然地把他们一个安排在哈尔滨，一个在大庆。他们在八月十五的团圆节，都想给对方一个惊喜，去看对方，却不约而同地踏上了相向而行的绿皮火车，遗憾错过了。我写了这样一个错过的故事，结尾安排他们在归途中，依然是在相向而行的列车上，遥遥向对方招了一下手。

去年春节期间，有一天我偶然看央视新闻，记者采访西北边陲一位守着站台的战士，讲他的除夕是怎么过的。战士春节不能回家过年，他的妻子便带着孩子，踏上一列途经丈夫守卫的站台的列车，在大年三十的晚上，在列车上与他隔窗相望，招手，算是团圆了。那个瞬间我特别感动，因为这是我 2003 年发表的《踏着月光的行板》的故事情节啊。当虚构变成新闻所讲的现实，我很激动。虽然虚构的情节距今十年了，可是美好的情怀，却从艺术走到了生活中。我写这样的错过，是一种爱情的错过，对于我来讲，则是一生永远的错过。所以从《踏着月光的行板》开始，我个人的情怀，更多融入对社会的关注，以及对社会伤痛的人的关注。这也是我写作《世界上所有的夜晚》的序曲。

有批评家说，想从我作品中找到我个人的影子，很难！可是《世界上所有的夜晚》，却有我个人生活的影子，也最接近我的心灵世界。爱人车祸离世那个阶段，是我过得最艰难的岁月。我对过去难以忘怀，特别想用一篇小说，来告别或者是来纪念我的那段情感，于是就有了这部中篇。我在开篇写道："我想把脸涂上厚厚的泥巴，不让人看到我的哀伤。"这句话是我真实的感受，那时我不想让任何认识我的人看到我，也不愿意让人看到悲伤。我在这里写了矿难，是一个人的伤痛和社会伤痛的关系。我爱人去世那一年我记得很清楚，黑龙江一家煤矿发生大的矿难，死了 108 人，我沉浸在个人伤痛的时候，也在关注这个事件。当我看到电视画面中那一张张跟我一样年轻的寡妇的脸，听着她们撕心裂肺的哭声时，真是心痛难言。这些女人失去男人后，面临着矿难赔偿、赡养老人、抚养子女等等问题。108 人的矿难，会使多少女人在一夜之间成为没有丈夫关爱的人，多少孩子一夜之间成

迟子建
散文精选

为孤儿？我关注这起矿难，与之相关的消息，哪怕是细枝末节的，都做了详尽记录。这些记录，唤醒了我多年前去煤矿采访所尘封的素材。如果没有那次采访，《世界上所有的夜晚》就缺乏写作的基础。而我当年去煤矿采访，并没想到所看到的东西，将来有用。矿区的生活图景，真的像我作品中所描绘的乌塘一样，不能穿白衬衫，打的伞永远是黑颜色的，充满着丧葬的色彩。所以我很自然地把一个悲剧故事，放置在这样的煤矿，也就是小说中的乌塘。我写了一个在矿难中失去了丈夫的寡妇的遭遇。那时地方政府有规定，矿难死亡人数超过10人，必须上报，这样矿主和地方官员就可能受到处分。可如果不超过10人，不必上报的话，大家都知道在中国的社会，当事人可能就悄悄把事情解决掉，让矿难湮灭。10人遇难却要说成9人，是我小说的"眼"，否则这里的罪恶和伤痛，很难揭示。我小说中遇难的蒋百，是死在井里的10人中的一员，就因为地方官怕丢了乌纱帽，咬定当天下井的是9人，他们实际上给了蒋百嫂一个巨额赔偿，封她的口，逼迫蒋百死后"失踪"，蒋百没法下葬，装在家中的一个大冰柜里，所以蒋百嫂最怕停电，因为停电意味着她的丈夫可能会在冰柜融化，她的精神处于崩溃边缘。她与丈夫同在一个屋檐下，可她守着的，是一座秘不示人的坟，这样的哀痛，该是多么的深重！我让小说的主人公"我"，一个寡妇，下去搜集民歌和鬼故事，因中途前方路面塌方，列车停靠在这样的矿区，"我"遭遇到蒋百嫂，这样主人公个人的哀痛，便与这样大的哀痛遭逢了，小说的社会性因而得以呈现。黑暗与罪恶，眼泪与不公，就这样浮出水面。而我在写作的时候，确实感受到一个人的伤痛和众生的伤痛比起来，很轻很轻。

　　用这样的一次文字旅行，我的心灵和写作，都获得了解放，或者说是获得了灵魂的洗礼和艺术的升华。但是《世界上所有的夜晚》也受到了批评，当时有评论家说我把蒋百放在冰柜里这个细节是失真的，说人死后怎么可能在冰柜里，还戴着一顶矿帽呢。因为我写蒋百蜷曲着身子坐在冰柜里，像坐在冰山脚下。但事实证明，这个细节是合理的。前年吧，我曾看过一起医疗官司的报道，有家长把他死去的孩子，就放到冰柜里，要求申诉。我看到跟帖中有读者说，这不是迟子建

《世界上所有的夜晚》的情节吗？就是用冰柜去装尸体。而我随铁凝主席一行去意大利参加文学交流活动时，在去参观庞贝遗址时，又想起了这部小说。庞贝遗址纪念馆做了很多遇难者的模型，在火山喷发、熔岩涌来的那个瞬间，在熔岩里面被焚化的尸体，有的姿态真的就是蹲伏着。矿难发生那个瞬间，在塌方的时候，人本能地抵御袭击，这样的死亡姿态，我想也是合理的吧。

　　《踏着月光的行板》和《世界上所有的夜晚》这两部中篇，通过我刚才提到的一些细节，大家应能感受到，它们与我的个人生活微妙地联系到一起，相生共融。《世界上所有的夜晚》之后，我又写了《布基兰小站的腊八夜》，这部中篇发表在《中国作家》上，刚被拍成电影，现在拿到美国参加一个影展。三月开全国两会的时候，我抽空看了一下样片，影片的风光真的很美，故事拍得也比较纯朴。但是稍微有一点遗憾，不知道他们后来改了没有，就是我觉得人物与自然没有完全融合，个别硬性拔高的东西，造成了影片的不和谐，虽说任何导演都有再创的权利，有点遗憾。

　　自《踏着月光的行板》开始，到《世界上所有的夜晚》《布基兰小站的腊八夜》，直至《晚安玫瑰》，我想说的是，作为一个小说家，我自觉在艺术的成长当中修正不足，伤痛和死亡在我的中篇小说里不再是一种意象和背景，而是真实客观的存在了。我在生活中，真正沉潜下去了。早期写《北极村童话》时的忧伤，已然化作苍凉，我相信这种苍凉还会持续下去。

　　从我的中篇写作脉络来看，每隔一两年，我都会自觉投入它的怀抱，为什么我对中篇如此热爱呢？我觉得中篇有以下优势，这种文体从体量来说不高、不矮、不胖、不瘦，从气质来说，不卑不亢，不急不躁，应该说是一种非常健康的文体。因为健康，它也是特别有气量。我在《江河水》中谈中篇的时候也说到，如果说短篇是溪流，长篇是海洋，中篇便是江河了。我们知道溪流一般藏于深山野谷之中，大海虽然广阔，但也是远在天边。而纵横的江河始终环绕着我们，伴随我们的生活。所以说这种文体更接近我们的生活，与我们休戚相关，我们可以在江河上看到不同的风景。同学们来自祖国不同的地方，我相

迟子建
散文精选

信只要不是在大城市长大的,在任何的一个乡村,我们都会遇见河流,每个人都有我们生命当中记忆的河流,这样的河流有你故乡的影子,有船声,有云彩的倒影,有你熟悉的庄稼,甚至有你熟悉的亲人。而这一切,便是中篇的动力之源。

我的中篇之水汇聚的是我熟悉的土地上的江河水,呼玛河,黑龙江,额尔古纳河,松花江,都是我的生命之流。我的中篇在某种意义上,就是这些河流的歌唱。无论都市还是乡村,河流带给我们的,除了沁人心脾的清澈,还有无奈的浑浊。一个小说家所要做的,就是把一条河流真正的滋味写出来。它们有甜有咸,有苦有涩。

我对中篇小说的第二个认识是,我觉得它在艺术上更能做到张弛有度、收放自如,艺术的自由度和空间都恰到好处。这种文体非常适合创新,也适合反叛,每一颗逆流而上的文学之心,很容易从中篇接近他们的艺术天地,让我举例说明吧。海明威的《老人与海》大家都读过,他是因为这篇作品获得诺贝尔文学奖的,这也是世界文学史上杰出的中篇。小说描写的故事其实很单纯,一个老人一连84天没捕到鱼,到第85天的时候打到大马林鱼,他很高兴,在漂泊的海上,把这条大马林鱼拴在小船上,带它回去。在茫茫大海之中,他遭遇到鲨鱼群,不断吃他的大鱼。他用了船上所有的工具搏斗,赶跑了鲨鱼,终于精疲力竭地回到岸上。可是他的船拖回的只是一具大马林鱼的骨架。很多批评家谈这部作品时,都说这是海明威在表达人的精神是不可战胜的,他塑造了一个硬汉形象,即使拖回一具骨架,精神上也是不能输的。可是我觉得他写了一部伟大的哲学书,就是生活就是一场悲剧,大的悲剧。生活本身很多美好的东西,注定是要被啃噬掉的,生活的很多恶是不可战胜的,战胜了吗?没有。你剩下的是一具骨架,那些可以滋养你生命的鲜活的东西,被强盗、被这群鲨鱼给盗走了。所以我认为海明威写《老人与海》的时候,已经是他自杀的预兆了,生命在大自然面前如此渺小,最后就是一具躯壳而已,这就预示他最后开枪把自己打死,也剩下了一副骨架。这是我非常喜欢的海明威的一部中篇,《老人与海》也是具有长篇气象的中篇。

再看我们在语文课本都读过的《阿Q正传》,这是鲁迅先生唯一

的中篇小说，它太好了，以立传的形式来精雕细画阿Q，对中国那个时期的国民性的揭示，深邃博大。现在想想里面那些生动的人物，想想阿Q、吴妈、假洋鬼子等等，如在眼前。鲁迅让阿Q画圆圈，其实是为那个时代的中国画圆圈。鲁迅写出了阿Q的可怜可憎，写出了他的辛酸、屈辱和麻木，在小说中阿Q没有自己的名字，但鲁迅赋予了他永恒的名字，不可磨灭。《阿Q正传》穿越时空，依然灿烂，是鲁迅留给中国现代文学史和我们这代作家最丰富的中篇小说的遗产。

中篇小说写得魅力四射的，还有吉尔吉斯斯坦的艾特玛托夫，他去世的时候我非常感慨，觉得他应该获得诺贝尔文学奖。大家知道他的《白轮船》，但是他早期的中篇《查密莉娅》，也许大家比较陌生。《查密莉娅》写的是苏联卫国战争时期，女主人公查密莉娅的丈夫上了前线，她留在后方。她家里有婆婆，还有小叔子。她有一次在运粮的途中，遇到复员军人丹尼尔，丹尼尔的歌声非常美，吸引了查密莉娅。两个自然的人在大自然中相爱，加上俄罗斯美丽的原野风光，以及艾特玛托夫擅长的白描抒情的笔法，这个小说写得简单，纯真，唯美，像一幅风景油画，最后是两个相爱的人出走了，一村的人都在谴责和议论她，小说就没有了，气象很大。艾特玛托夫写爱情，浑然天成。而同样写爱情，同学们可能都很喜欢的张爱玲，却是另外的笔法。傅雷先生评价张爱玲作品，最欣赏的是她的《金锁记》，这部中篇我也喜欢。这里面塑造的曹七巧，嫁了一个残疾人，她整个的心理扭曲了，报复她的儿女，折磨他们的婚姻，破坏他们的爱情，整个是变态的人。在曹七巧的形象里，张爱玲把爱情写得依然"灿烂"，那是爱情的另一副面孔，在阳光的背面，浓重的阴影，但它却是一些人爱情的真实遭际，所以也写得很成功。从这两篇处理爱情和婚姻的中篇上，我们可以看出，东西方文化的差异，影响了我们的表达。前者的抒发的是天籁之音，后者为读者捧出的是一副枷锁。

还有一部伟大的中篇，大家都知道的，加缪的《局外人》，写的是奔丧的故事，用现代的笔法，以一场母亲的葬礼，装了很深刻的内容。加缪塑造了一个"多余的人"，他将人的虚无感，写得入木三分。时间关系，也不展开来谈了。

迟子建
散文精选

　　为什么我谈到这样几部中篇？除了因为我喜欢它们，回到对中篇理解的话题上，我觉得三五万字的体量，真的可以容纳很丰富的内容，也容易让像加缪《局外人》那样的艺术，有充分施展的天地。而一个短篇想在一两万字空间里，既保持其丰富的内容，还要兼顾艺术上的创新，是比较难的。

　　最后，说说我对中篇小说的第三点看法。在这个长篇小说"汹涌澎湃"的时代，我估计在座的批评家，像清华老师每年收到的你熟悉的作家朋友的长篇，也得有百部吧。长篇小说盛行的当下，有多少泡沫也在产生？我觉得中篇小说依然以优雅的姿态、傲然的风骨，捍卫着当代文学的高地，这也是我对这种文体尊敬和热爱的理由，它约束着你不放纵，不要觉得长的一定就是伟大的。在座的很多人都做着文学梦吧，如果你们写作，千万不要一开始就进入长篇小说，很多优秀的作家，像来北师大驻校的贾平凹、苏童和余华，他们都是从短篇、中篇逐渐过渡到长篇的，他们的文学的海，是由溪流江河汇聚而成的。莫言也是一样，他的短篇不是特别多，但他有非常多优秀的中篇，例如《红高粱》系列，为他的文学做了一个非常结实的铺垫，所以他的长篇小说几乎没有废笔，每一部都与众不同，而他并不是一开始就俯身搬长篇的石头的。所以说同学们可以想见，如果这些与北师大有关联的优秀作家，从一开始就进入长篇小说的写作，那是多么危险的事情，也许他们的名字就大浪淘沙被遗忘了，可是他们经过中短篇长久的历练，底气十足，气韵饱满，他们在文学史中沉淀下来，给我们留下了金子。

　　就到这里吧，今天讲得有点漫无边际，谢谢大家。

（2015年10月22日在北京师范大学的演讲）

文学的"求经之路"

十一长假期间,我在家里看了一部电影,是霍建起导演的《大唐玄奘》,玄奘走过的路是一条宗教的"取经之路";当时我就想,其实文学跟宗教差不多,也是一条取经之路,尤其像对于我这样写了30多年的作家来说。每个作家走过的路都是个人的经验,我曾说过,文学经验有点像一次性消费的纸巾,可能我的经验不会对别人有用,但是如果我的文学的求经路和经验,可以给学子们哪怕是点滴的启示,我都觉得愉快。那么今天我就尝试着讲一下,文学的"一人一经"。我将从六个方面来阐述,简要回顾我的写作之路,或者说我的文学的"求经之路"。

第一方面,我来讲讲民间神话和原始宗教。

我的故乡是大兴安岭,中国最北的地方北极村,就是我出生的小村子。它每年有半年的时间是在飘雪,到十一月,那里已披上冰雪的铠甲了。冬天时我们做什么呢?就是讲故事。烧着炉子,喝着很普通的花茶,有时我们围在火炉旁,从地窖里拿出几个土豆,切成片儿,一边烤土豆片一边喝着茶,围炉听老人们讲鬼神故事。我还记得土豆片儿被烤后,因为淀粉沉积,就像给炉盖做了一次美容,在炉盖留下一圈一圈的白白的淀粉。我那时候很小,在外婆家,我就在大人堆里听这些鬼神故事。他们讲的故事其实就是小说,因为故事是小说的核。当然了,我们也知道有些小说不要这样的核,但那样的小说大多数成

迟子建
散文精选

了软柿子，虽然甜，但是很寡淡，没有嚼头。我听的这些故事多半都是民间神话传说，为什么呢？东北人很多是闯关东过去的，我的爷爷奶奶、姥姥姥爷，全是闯关东时来到大兴安岭的。齐鲁之地，大家知道一部《聊斋志异》，那里面的鬼神故事实在是影响深远；这些老一辈的人，很自然地把一些神话故事带到了边地。我是64年生人，大概我都十来岁了，北极村还没通电，也不像现在有什么电视之类的，只有一个我姥爷称之为"戏匣子"的半导体收音机，我姥爷那时候整天守着"戏匣子"找京剧来听，那时候那就是"一大件"。你想在那样一个荒凉的地方，这些民间传说的故事可以说是我最早的文学启蒙。

  在大兴安岭生活的还有这样两个少数民族，一个就是我作品里常常写的鄂伦春，他们是游牧民族，骑马，在山上生活、狩猎，住在桦皮围子里，也有的是兽皮围子。还有一个就是我的《额尔古纳河右岸》里写到的鄂温克部落。鄂伦春和鄂温克都是狩猎民族，住着同样的"房子"（其实就是林间的"撮罗子"和"西楞柱"，叫法不同而已），宗教崇拜也是一样的，就是一个是骑在马上，一个是骑在驯鹿上。这两个少数民族信奉万物有灵，在他们眼里，花、石头、树木等都是有灵魂的。

  我小的时候，一个是外婆他们讲的神话故事，一个是当地少数民族原始的宗教，对我影响很深。直到如今，我觉得这些朴素的宗教观和自然观还在影响着我。举一个例子，写《额尔古纳河右岸》的时候，我去当地采访了，在这之前也听说了那一带很多神异的故事。下面我要说到的一个故事，有一年在香港的一所大学驻校时也讲过的：一个猎人，比如说他叫张三，前提是他是无儿无女的一个人，常年在山中打猎。有一天他打猎时，看见一只怀孕的狐狸，他举起枪就要打，因为狐狸的皮毛是很值钱的。可是这个时候这只狐狸忽然抬起了两只前爪，像人一样立起来，叫着这个人的名字，比如说："张三，求求你——"，因为它是只怀孕的母狐狸嘛。当这个狐狸说出人话，向他求饶的时候，猎人特别的害怕，他就放下猎枪给这个狐狸磕了一个头，从此再不打猎了。奇异的事情在后面，猎人一生未娶，无儿无女。可等他终老，村人为他举行葬礼的时候，葬礼上却突然出现了两个如花似玉的姑娘，一身素服，说是

他的干女儿，来为他送葬，一直把猎人送到墓地，然后这两个女儿就消失了。像这种故事，在当地是广为流传的。

《额尔古纳河右岸》涉及萨满教，我们大家读萧红的作品都知道，那里面写的跳大神其实就是萨满，披挂上神衣神帽，然后小孩有了病呢就招魂叫魂。我小时候也被叫过魂，比如说吓着了，这样叫一叫就觉得好了。有的时候很奇怪，可能是心理作用，觉得魂灵真的是回来了。有的萨满跳大神跳到一定的程度，法力上身以后，能把他跳的方圆一两平方米的空间踏出一个深坑。这能是真的吗？我翻阅民间史料，确实是这样，这真是用科学之眼，解释不清的。

我作品里面的一些原始宗教的气息哪里来？就是这两个方面吧，一个是老一辈人从齐鲁之地带来、流传下来的鬼神故事；还有一个就是我刚才讲的这种少数民族带给我的原始宗教崇拜。

我要谈的第二点是：大自然与命运感。

你们学地理的应该知道，整个大兴安岭相当于一个奥地利国土的面积，据说如果按新加坡面积计算，有135个新加坡大。这么大的面积，大自然真是太壮阔了，现在全境也不过50万人口，人在那里太渺小了。所以小的时候在小镇上遇到生人的时候，会有一种不安感。因为人在那里是少数族类，而动植物是多数族类，像林木等等。

我是冬天出生的，冬天有一项活儿，我是特别恐惧的，就是一到放了寒假，就得去拉烧柴。因为冬天很冷，需要大量烧柴取暖。那时没有燃煤，我们烧的柴火，就来自山上。那时拉烧柴的工具有两种，一个是手推车，一个是雪爬犁。一到放寒假，每天的第一要务，不管刮风还是下雪——零下四十度你也要进山，就是父亲带着我们去拉烧柴。我前一段给一家评论刊物写一个创作谈，标题叫《小说的丛林》，其中谈到这个细节，那个时候小，十一二岁上山跟着去拉烧柴的时候，有一种风干的树木，由于被雷击或者是病虫害，时间久了它就站着枯死了，我们叫它"站干"。那时也是保护树木的，鲜树是不允许采伐作为烧柴的，"站干"就是我们的主要采伐对象。经常我父亲放倒了这些"站干"，十来岁的我们就要从密林深处，扛着"站干"往雪路上走，因为那是手推车停放的地方，你要把烧柴集中在那。从家里去

迟子建

散文精选

山上要走很远的路，很多次我就看见一条"狗"，我说"这是谁家的狗啊？"，我到里面去扛"站干"出来的时候，这"狗"老是看我，还挺肥大的，我也不认识它。我跟爸爸说扛"站干"时遇见"狗"了，它老是跟在我身后，我爸就不再让我一个人往里面走，后来回去才告诉我："那哪里是狗，那是狼！"——它尾巴拖着，耳朵是尖尖的。所以狼在我童年的印象里，并不是一个凶残的动物。我想可能那时食物链比较好，狼可吃得太多了，它看见一个毛头小孩儿，心想吃了有什么劲呢？所以没有胃口。但也可能是它吃得很饱，正在悠闲地散步。

这样的冬天，我们还去哪呢？进城，买年画。我们是在一个小山村生活，那时过年都要买杨柳青年画、朱仙镇年画等等，各县城的新华书店都有卖的。从我们小山村到城里大概20里路，一般家长给我个三两块钱去买年画的时候，就是我最幸福的日子。你去城里书店的路上，沿着雪路走着走着，就得跑起来，因为天实在是太冷了，尤其是腊月天，基本都是零下30、40度这样的天气；腊月天的大兴安岭要是零下20摄氏度，那就是上帝对我们的恩赐了。我穿着棉猴，穿着厚厚的胶皮鞋，我们叫"绵靰鞡"。当你觉得脚一瞬间有"嗖"地一下凉的感觉，那就是你把脚趾冻着了，麻了，那时候要飞快地脱下鞋，抓一把雪搓两下脚，这样就不会生冻疮。你在寒风当中再穿上鞋，要飞快地跑一段再走，不然你的脚就冻坏了。我小时候生过冻疮，是因为拉烧柴，天太冷了，回到家里生了冻疮。我不觉得痛苦，反倒觉得无限幸福，因为我免除了苦役，不用再跟着我父亲上山拉烧柴了。

这样的生活对我的文学确实是有影响的。大自然漫长的冬天，你们在南方真是体验不到的。所以很自然地盼春，因为春天太美好了。春天一到，风暖了，不用穿厚衣服了，女孩子可以穿薄薄的花衣裳了。可是这样的日子特别短。那里的春天真是一闪即逝，大概只有半个多月，满山遍野的达子香花，就是映山红，全开了。那时候我们常去山上采达子香花。我曾在新作《群山之巅》里写到这样一个细节，这也是真实的。我们采了满抱的达子香花后，哪有那么多花瓶啊，没有地方栽，放哪呢？我父亲喝酒的酒瓶插几枝，猪肉罐头瓶子也插几枝，最后杯盘碗盏都派上了。最有趣的器皿，那真不是虚构的，家家不是

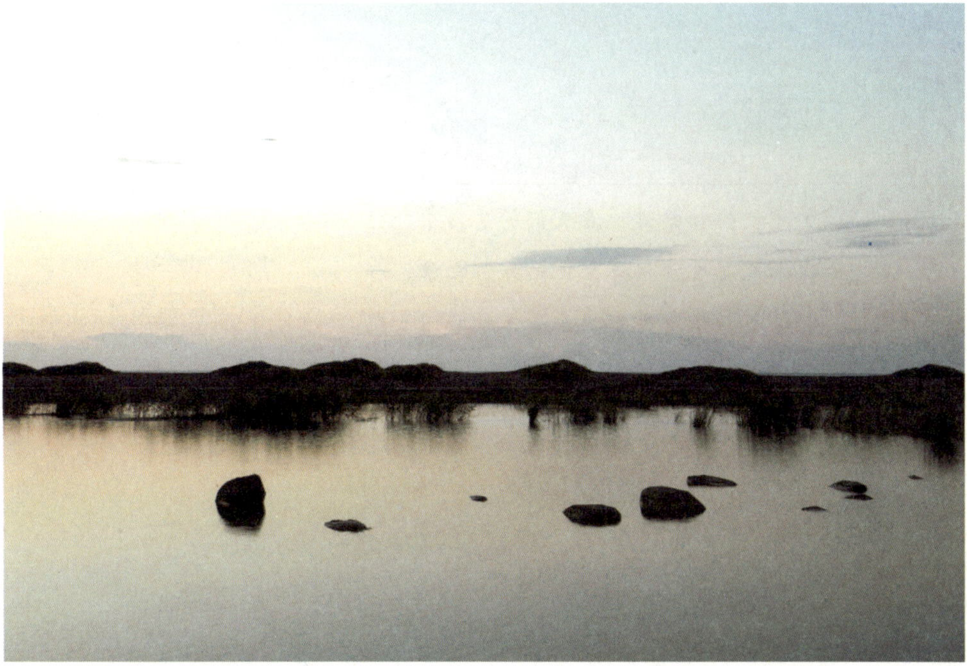

少年们应该知道，在我们的生活中，
疯人院里也流淌着至纯的人性之泉，
就像花瓣饭里也会掺杂着人的眼泪一样。

都要养猪吗,猪食槽子那口比较深,所以废弃的猪食槽子,也被我们用来栽映山红花了。在那个年代,生活是那么的朴素,又那么的美好。当然因为我贪吃,所以我最喜欢那些能坐果的花,比如说蓝莓,我们叫都柿。都柿开花了我就特别高兴,因为我们山村小学的后面就是一片树林,一般是第二节课后的课间操,要做广播体操时,我基本上就会溜掉,从我的作业本上撕下一页纸,叠一个三角小喇叭,飞快地溜进树林,奔向各种果子。不管青的还是熟的,都摘。然后上第三节课,老师讲课时,我就在下面往嘴里塞,偷着吃点,什么马林果、水葡萄等等。大家知道花里边的忘忧草,其实就是黄花菜,我为什么喜欢它呢?因为它能吃。我妈妈喜欢百合花、芍药花,经常命令我"你去给我采点百合芍药回来栽",而我采这些花的时候,都会采一把黄花菜回来——用黄花菜做炸酱面太好吃了!

春天和夏天,也许因为太美好了,一闪即逝。我们几乎不敢种香瓜和西瓜,往往它们还在旺盛的生长期时,天就一天比一天凉了,它们没有熟的机会了。有时候9月份就要下雪了,霜来了,然后满山的绿叶变成了五颜六色的。五花山那是绚丽至极,美得醉人。到了这时候,没有成熟的果实,自然也就结束了生命。可能我受前面讲的第一个话题的影响,感觉什么都是有灵魂的,我觉得这些没有成熟的果实,都有一颗心,这么多颗心寂灭了,特别伤感。我很小的时候就爱伤感,骨子有一种天然的忧伤,可能与此相关。没熟的果子死了,冬天突然就来了,大自然是那么多变。而人的命运呢,其实也是如此。

那时都是土葬,过了六十岁的人,在当时就算高寿了,当地的风俗,就要准备一下寿材,打上个棺材,刷上红色的油漆摆在家门口,阴森森的。晚上的时候出去串门,经过棺材的时候,真是害怕。这种棺材摆在那儿,让你时刻知道人是有终点的。但也有不该到终点的时候,却在人生的列车出了故障,下车了,夭亡了。死有时候真是突然而至的。童年的时候,我们是四家住一栋房子,那栋房子有三个属龙的女孩,都是64年生人。有一个女孩生了痢疾,在卫生院打错针了,然后就死了。一个常和我一起玩的女孩,因为一针命就没了,她的母亲哭得是抢天呼地,让我觉得特别恐怖,每天在观察自己是不是有痢

迟 子 建
散 文 精 选

疾,生怕也被打错了针,死亡的阴影笼罩着我。还有一个对我刺激很深的,同一栋房的另外一个属龙的女孩,她叫小平。杀猪那天,她家的炕烧得特别热,不能睡人,她就来我家,和我睡在一铺炕上,她还把一块猪肉拿过来给我吃。我有一篇散文谈到这个细节。当天晚上她就发病了。第二天大人们用生产队的马车,把她送到了城里的医院,检查为结核性脑膜炎,一周后她死了。这些跟我整天蹦跶在一起的一栋房子里的同龄女孩,突然地死去,对我刺激太深了。命运是如此残忍,如此难测。我妈妈比较迷信,她跟我爸爸说"咱们最好是搬家吧,你看这栋房子好像养不住属龙的女孩子"。那时我们家也没地方可搬呀,就一直住在那里。可能我命比较硬吧,安然无恙,逐渐长大。

大自然的风霜雨雪,还有一些朋友、邻居命运的变故,包括我个人经历的父亲和爱人的早逝等等,让我觉得生命真的很脆弱,人生真是非常的苍凉。

很多批评家谈到我作品的死亡情结哪里来的,我想就是在我自幼生活的这片土地上,我看了生,看了死;看到了春天,也看到了冬天;同时看到了死去的植物,在第二年春天复生。明白了一个最朴素的道理:生生死死,永不止息。

我要谈的第三点是:苍凉与温暖。

冬天给予了我们极北之地人漫长的风雪,也给了我们对温暖的渴望,以及不屈、倔强的性格。所以我作品的底色是苍凉的,我笔下的北方人也是隐忍的、坚强的,就像冬天的河流。大家知道黑龙江是中俄界河,冬天的这个时候已经封江了,到了12月、1月的时候,冰会越来越厚,可是我们冬天时还会在江上捕鱼。我从小跟着大人去江上捕过鱼。你用冰钎砸开厚厚的冰以后,能看到江水像生命的春水一样在涌流,我们从水里还能捕上鱼来——即使那样的严寒,也没能真正把一条江冻僵,因为春天又会来。这样的气象就像人生,不管现实多么严酷,我的内心依然涌动热泉,这就是我作品中的"暖"吧。其实暖是对人性有较高的期望值,也是一种宗教情怀。我也知道恶在人性的丛林中像荆棘一样密布,悲凉之雾在我们人生之河中,从来就不曾远离我们。但我就想在这样的地方,在迷雾当中寻一丝丝的亮光,在

这无边的寒冷当中寻找这种丝丝缕缕的暖。实际上我作品的"暖"，也没那么强悍，有时批评家把它夸大了。过于的"暖"，大家都知道火炉烧得太暖了，烧过头了，就引起火灾了。我们老家的炕是用油纸糊的，要是烧得过热，它就会煳了，冒出焦煳的味道，炕面落下伤口结痂似的疤痕。所以说作品的温暖，要恰到好处。在这样一个苍凉的背景下，"暖"要水到渠成地呈现，不要一味地去给它一种"暖"，强加所谓"高大上"的东西。在"文革"时期，一些文学作品里的人物，就是"高大全"式的人物，那是小说人物的悲剧。

大家知道我有一个短篇叫《白雪的墓园》，有人读了，说我写得挺温暖，我说这个小说其实多凄切啊。1986年1月，我父亲去世了，他是在凌晨去世的，那天白天他看上去情况挺好，所以晚上我和姐夫在医院的抢救室守着他，让我妈妈去姐姐家休息了。凌晨时我看父亲不行了，赶紧让姐夫回家叫我妈。妈妈一进来看到我父亲停止呼吸了，她就哭；她是一个很坚强的人，她哭不像一般的人大放悲声，她是忍着的那种哭。她哭着哭着，我突然发现她的眼睛里瞬间有了一颗红豆，红红的，很大的一粒；我就想是不是从此以后我妈妈的眼睛就不好使了，所以害怕极了。举行完我父亲的葬礼，葬礼三天后要去圆坟，我们怕她伤心，不让她去。爸爸是腊月去世的，接着就是过年，过年前按风俗还要上坟——《白雪的墓园》写的都是真实的情节。我爸爸去世后的那段时日，我妈妈眼睛里那颗圆圆的红豆一直在，我们以为它永远就伴随着她了。要过年的时候，我们姐弟三人都好好地干活，哄我母亲，怕她伤心难过。挑水、劈柴、蒸年干粮等等，不想让她提起父亲的话题。腊月二十七，她要跟我们一起去上坟，我们坚决不肯，飞快地跑出家，七拐八绕，把她甩开了。我们回来后，发现她哭过。第二天早晨我们起床后，突然发现她失踪了，我们特别害怕她想不开去自杀了，到处找，可哪儿都找不到她。最后她终于回家了，外面在下雪，她落了一身的雪，进来后拍打身上的雪花。那时我父亲的坟还没立碑，一般来说要转年清明才立碑，所以坟前是没有名字的，再说那是当时做白事的几个人给选的一块墓地，所以她并不知道父亲埋在哪里。但是她进来说："我去看你爸爸去了。"我们立刻问："你找到了吗?"她说:"我找到了,我一上山,经过一座新坟的时候,我的心跳得和见到别的坟不一样,我就知道那是你爸。"那一瞬间我们特别难过,然后看她的眼睛,发现特别清亮,原来她眼里的红豆没了!她上了坟回来,眼里这颗一直带着多少天的、早晨时还在的红豆,突然就消失了。所以我写《白雪的墓园》的时候说,我父亲去世的一瞬,像一个顽皮的孩子在耍赖,不忍离开,他就化作一颗红豆藏在我母亲的眼睛里,直到我母亲亲自把他送过去,他才真正安心待在另一世了。

你们现在听的这个故事,小说里面的这些细节,都是真实的,批评家也把这样的小说定义为"温暖",我不敢苟同。这就是我们的人生啊,它是多么的残缺,多么的忧伤!所以我一直说,我作品的"暖",是苍凉当中的温暖。

第四点,我想谈一下现实与超验。

也许是童年所听的鬼怪故事对我的影响比较深吧,我一直觉得在人间之外,有另外的生命存在。那些离去的人,也许去了一个我们并不知道的空间,他们在以另外的方式与我们沟通,谁敢说不是这样呢?因为死去的人,也会托梦给你,我们听到这样的故事太多了。那么从这个意义来讲,我一直在想,人没了以后,是不是真在另外的空间存在呢?所以每当有消息称发现了第几空间,或者说灵魂有重量的时候,我总是无限好奇;我想如果能经过科学的证明,真有人以外的另外一个世界的存在,灵魂真的有极其微弱重量的话,那将是多么有意思的事情。

我的小说偏于现实主义的作品很多,可能这也是我的一些粉丝比较喜欢的作品,像我刚才谈到的《白雪的墓园》《亲亲土豆》《伪满洲国》《白银那》等等。但我也写了一些超验的作品,我这里想到的有《向着白夜旅行》。昨天是戴锦华老师的课,她当年写我的评论的时候,很推崇这篇小说。我写了一个人鬼同行的故事,向着白夜旅行,向着北极,因为时间关系我不展开来谈。还有就是《逆行精灵》《朋友们来看雪吧》《格里格海的细雨黄昏》《旅人》等。我在这里以一篇小说为例,来谈我为什么会写超验的东西。

2000年的时候,我们经由爱尔兰去挪威访问,当时是王蒙作为团长,也曾来你们这儿驻校的王安忆女士也同行,还有冯骥才、刘恒等

一批作家。我们到挪威去了卑尔根。卑尔根大家都知道,这是挪威最著名的作曲家格里格的故乡,格里格改编了易卜生的《培尔·金特》,组曲中比较著名的是《晨景》。我们去格里格的故居访问,他的故居面朝大海。接待方给我们代表团请来了一个钢琴演奏者,演奏类似于《培尔·金特》组曲里一些比较经典的《晨景》《索尔维格之歌》等曲子。钢琴演奏是在厅里进行的,它前面有一个很大的露台,这个露台面朝大海。露台是没人的,那天又没很大的风,可是在演奏的时候,我看到厅里通向露台的那个门,一会儿就"吱吱"地在响,然后就开了。门开了我就很好奇,我悄悄过去看,唉,并没有人啊。我就把门关上,可是关上以后,不一会儿它又慢慢地开了,好像背后有个重要人物要出场一样。我对冯骥才说,我怎么觉得是格里格想听他自己的曲子,所以他才从露台推门而入呢。门开了,虽然我们看不到他,但我相信他来了。这种感觉真是很奇妙,我有一种创作的冲动,冯骥才也鼓励了我,所以回来后我就写了《格里格海的细雨黄昏》。

我的《额尔古纳河右岸》是一部现实的作品,但这里面也有超验的东西。比如说我写到了那个萨满,她每救别人一个孩子,她自己就要失去一个孩子,你说这个是不是很玄妙?这是不是超验的东西?大家可以去看,这是情节是真实的。我还记得《百年孤独》里写的有些情节也是超验的,在一个部落,那些没见过磁铁的人们,突然有一天发现谁拖着一块磁铁在走——马尔克斯描写得太精彩了,他写磁铁所经之处,家里的锅呀什么的铁器,都跟在后面"嗖嗖"地走,平时那些针之类的找不到的可以被磁铁吸引的东西,突然全都现身了。这些东西在跟着一块磁铁走。你能相信这样的细节吗?它在科学上是对的,但也运用了超验的艺术手法。对于文学来讲,无论是现实还是超验,这都是一个作家真实心灵的写照,其实也是对现实的一种写照。谁能说现实生活就一定是日升月落,而没有灵魂出窍的时刻呢?它一定在静悄悄笼罩着我们。

我要谈的第五点,是女作家与女性形象。

去年我参加了一个关于我作品的研讨会,有一些批评家到场,其中有批评家,在谈我作品时候说,迟子建的作品虽然好,但是女性色

迟子建
散文精选

彩不足，似乎把自己隐藏和保护起来了，写个人化的东西太少。我是尊重所有善意的批评的，因为好的批评，对作家的写作确实是一种及时的提醒，是一种有力的鞭策。但是对这个批评，我还是持怀疑态度的。

我十七八年前曾经写过一篇文章叫《我的女性观》，其中的一些观点，我至今未变。我认为男女之间的关系就像太阳和月亮的关系，紧密衔接，各有各的光明，各自照耀不同的天空。不可能谁取代谁，也别指望谁打倒谁。对于我来说，我觉得女性与男性最大的区别，大多数的女性是生育的，她们在生育过程中获得了对生命最直接、最鲜活的认知，所以从爱生活的角度、从包容的角度来讲，女性可能更浓烈一些。

我个人不喜欢给作家做性别划分，因为任何的性别划分，都带着某种傲慢与偏见，而任何的写作，其实都是个人化的写作。男作家的写作难道不是个人化的写作吗？你说曹雪芹、蒲松龄、冯梦龙的写作，哪一个不是个人化的写作呢？来过你们这里驻校的男作家，韩少功、张炜、阿来、苏童、格非、毕飞宇，他们的写作太不一样了，是不是？苏童和毕飞宇还同在南京，可是他们的作品，是不是各具风采？也正是这些差异，他们才成就了自己。还有，为什么批评家喜欢在"女"字上做文章？强调男作家笔下的女性人物形象，强调女作家的"女性意识"，其实还是有封建的那些东西，似乎女性就是被"看"的。所以我是不喜欢给女作家定义的，也不喜欢贴性别标签。比如说王安忆、铁凝、方方，这些优秀的女作家，如果隐去她们作品的署名，你能看出它一定就出自女作家之手吗？

女作家写女性的东西，应该是情感的自然流露，有一些女性色彩强烈的小说，特别个人化的东西，也有精彩之作。因为个人毕竟也是社会的一部分。但如果为迎合潮流，有意为之，那就是看轻自己，为自己制造了牢笼。这就需要女性有思想的深度，有心灵上真正的自由，这样才能有精神上真正的独立。当然社会也应为女性发展，提供更多的与男人同处的平等空间。

从自然属性来说，女性有善良、隐忍的性别特征，而且热爱大自

然，对充满灵性的事物有着先天的直觉。所以女性成为作家——虽然我强调不要去给女性作家做标签，但我也承认，女性成为作家，确实有着一些比较先天的条件，所以你看这个世界，女巫多，男巫少。而很多优秀作品，是有"巫气"的。

这些年的文学作品，尤其是看到一些影视剧中的女性形象，我有时真是失望，越来越物质化，越来越无灵魂和操守。当然这里有社会拜金主义之风愈演愈烈的因素，让这样的女性形象大行其道。前天我给本科生上课谈到了元曲，关汉卿的戏剧，比如说《窦娥冤》《救风尘》《望江亭》，包括马致远写昭君出塞的《汉宫秋》，这些名剧都赋予女性至高的位置。她们尽管在生活当中受到了爱情的压迫，她们最后的选择，都是遵从自己的内心生活，而没有那么物质地屈从于这些剧里的官吏。再比如说像《红楼梦》里面，曹雪芹写的那些女性，尤三姐、晴雯，甚至黛玉——你看黛玉那么决绝地焚诗稿，这些女性形象，带着那个时代女性的尊严，虽然不排除有封建的因素，但一种女性天性当中的高贵和美好，一直存在。那么现在为什么女性的形象变成了这样呢？我还听到有人讲——未知真假，说现在有一些大学，那些校花基本都被大老板给包了，我就特别痛心。我觉得在中国，尤其在如此开放的一个时代，如果女性甘于这样，那么是整个时代的堕落，也是女性的堕落，这是让我非常难过的。

我们可能有很多人都喜欢梅丽尔·斯特里普演绎的那出著名的《苏菲的选择》，苏菲面临的选择是什么？在纳粹集中营中，让她交出两个孩子，只能存活一个。苏菲有两个孩子，一个男孩一个女孩。这个情节大家都知道，她后来把女孩送出去了，让她赴死，把男孩留下了；战后她特别的痛苦，剧里写到她与一个犹太知识分子痛苦的情感纠葛。现在很多人把它分析为"苏菲要把女孩儿献出去，是因为男尊女卑"。我不这么看，我认为苏菲身为女性，她把女儿献出去，更主要的是她知道，女性是真正富有牺牲精神的，她很自然地把女儿献出去了，而不是觉得女性是低贱的。我认为是苏菲天性里的牺牲精神，让她认为她的女儿应该也是这样的。从这个角度理解，我觉得这种女性人物形象太伟大了。

迟子建
散文精选

　　关于对女性的认知，不同的人有不同的态度。前不久我发了一条微博，记得在美国爱荷华国际写作中心时，有个奥地利作家在讨论会上说，他开始创作的时候是写爱情诗，因为女性喜欢爱情诗，后来他说真正有了女人之后，他就写死亡了。还有一个尼泊尔女作家，她在谴责她们国家议会里面都是长胡子的人，女性在政治上所占的席位太少了。我觉得政治呢，可能这是我的偏见，我觉得这真就是一场游戏，是男人之间的一个游戏；女性更接近大自然和天性当中的美好，不太适宜加入这样的游戏。

　　我有一个好朋友，是香港科技大学的刘剑梅教授，我很喜欢她的一些批评文章。她有两部著作，我觉得做批评的人，尤其是对女性文学研究感兴趣的人，可以去读一下，一个是《狂欢的女神》，一个是《彷徨的娜拉》，娜拉就是易卜生的名剧里出走的那个。《狂欢的女神》里面，她就写了世界上很多优秀的女艺术家，其中包括著名的墨西哥女画家弗里达·卡洛，一个那么不屈的女性，我去墨西哥的时候参观过弗里达·卡洛的画室，就是蓝屋。刘剑梅教授认为在当代，当代女性的物质化会妨碍她们精神上的成长，影响她们的高度。

　　我觉得从这个意义上来讲，女作家和女性文学千万不要围于自己的小天地，一定要视野开阔一点。

　　回到这个问题开头的话题，我当时特别想跟提出问题的批评家说，我作品《额尔古纳河右岸》里面的萨满，明知道救别人一个孩子，要死一个自己的孩子，她不断地救，不断地牺牲自己的孩子，这种女性像圣母一样，这不是女性意识吗？我还写过一个短篇小说《逝川》，写一个接生婆，一个老女人，孤苦一生守着一条江，也是那么坚强的一个女性。我还有一个短篇《亲亲土豆》，写丈夫得了癌症以后，夫妻之间的生离死别，最后她给丈夫搭了一个土豆坟，她离开那座坟的时候，一个土豆骨碌碌地滚下来，这个寡妇往前走的时候，还回头说了一句"还跟我的脚呀？"，当然还有《世界上所有的夜晚》中的女主人公，这些女性的伤痛，这种自尊，难道不是女性吗？一个作家的心扉和她笔下的人物共融了，只不过她不歇斯底里，就缺乏女性意识吗？我觉得不管从哪一个角度来说，狭隘地定义女性的形象不好。但我同

时也要强调,文学史上确实也有女作家写"私小说",完全写个人经历和情怀的,也有写得很棒的,但它的比例是极少的。

我今天要谈的最后一点,也就是第六点,是"走出去"与"走回来"。

"走出去"是中国文学向外走,我们知道莫言走得最好也最远,走到了斯德哥尔摩的荣誉殿堂。当然"走出去"特别重要,但是"走回来"也很重要。

我以一个小故事开始吧。2012年的时候举办伦敦书展,那年的春天,我从老家坐火车回哈尔滨。插个话吧,我挺爱写火车的,因为我故乡偏僻,火车一直是最重要的交通工具,我经常在路上折腾一两天,才能到家。那天我在火车上遇见一对老夫妻,老头是个老年痴呆症患者,他老伴跟我聊了一些他发病时的细节,比如他晚上时喜欢卷起行李,说他要出发了,还有的时候他站在镜子前,左照右照的,觉得自己特别美,有些被我写到《群山之巅》中那个患了老年痴呆症的安玉顺身上。我在火车上遇见的这个老头特别能吃鸡蛋,一会儿吃一个,他老伴就给他剥一个。我说你们这是干什么去呀?她说我们要去按手印,从大兴安岭经由哈尔滨,去老头原来的工作单位,好像是哪个地方的一个粮库,去按手印;你要是今年不按手印,你的退休金就会停发了。我说这个太不人性了。她说:"你不按手印,公家认为你这个人有可能死亡了。"我说:"那一定要见到活生生的?如果是瘫痪了或者其他情况,那怎么按?"她说:"那没办法,你就得领着他去。"

这件事发生后没多久,就在同年,因为要去参加伦敦书展,我去驻北京的英国大使馆按手印。按手印的时候,文化参赞对我们这些文化人还算特别关照,到了那儿很快就按完了。只为按一个签证的手印,我从哈尔滨至京,来去两天,非常辛苦。而没有手印作为证据,就无法签证,也让我心情沉重。可是到了书展开幕的时候,我在进入伦敦境内的时候,我们代表团的人都进去了,我却被拦住了。我英文不好,海关的工作人员一直在比比画画对我说,我明白了大概,就是我入境的手印和我当年留在北京的手印不符,难道我是女巫,"我"居然不是我了。你说我怎么办?好在我们代表团是参加伦敦书展的,照片什么的都对上了,尽管僵持了很久,最后还是放我入境。看来这样的手

迟子建
散文精选

印制造的麻烦，不要以为只有在中国存在，在世界上依然存在。

我今年 8 月在长春参加国际汉学家大会，见到了一些汉学家、翻译家，也见到了瑞典的陈安娜，她刚好要翻译我的《额尔古纳河右岸》。她翻译作品也要采风，会后她和丈夫万之先生，去了内蒙古我描写的这个部落，做了实地采访。她真是很敬业。我们在讨论的时候，我有一个发言叫《藩篱外的青草》，我说无论是文学还是其他，藩篱一直存在。消除文化上的藩篱，也不是一朝一夕的事情。

这种"走出去"有时也容易跟风。李安是我非常欣赏的一位导演，大家知道他拍了著名的《断背山》，就是那个同性恋题材，它是根据美国女作家安妮·普鲁的一个短篇小说改编的。那一时期这样的电影太多了，2005 年我和刘恒在爱荷华国际写作中心时，看过几部类似片子。爱荷华大学有一个免费放映厅，几乎每天晚上都要放映各个国家的电影，作为资料片。刘恒是搞电影的，他给张艺谋和陈凯歌等大导演都做过编剧。我不会说英语，但电影打的英文字幕，我还能看懂一些，所以我和刘恒去看电影的时候，偶尔兼做他的翻译，讲讲剧情。我们俩那时期看的片子，我后来查了一下日记，澳大利亚的、法国的都是同性恋题材的，基本刘恒一看开头又是这样的，他就呼呼大睡。有时候醒来的一瞬，他会看看银幕嘟囔一句，又是这个呀。商业和文学在融合的时候，一个作品成功了，它能带来好的一面，当然也可以带来不好的一面。盲目跟风是对艺术最大的不敬和伤害。所以任何一种艺术的发展与创新，需要艺术实践者有开放的视野、包容的心态、独辟蹊径的勇气，当然更重要的是人文关怀。在全球化的背景下"走出去"是必然的，也是必须的；但"走回来"，也就是珍视我们的内心生活，珍视我们民族优秀的文化传统，珍视我们脚踏土地的丰饶与贫瘠，阳光与阴影，我们才不至于堕入虚浮的泥潭。

过于追随国际风，文学可能失去自我，而一味地展览黑暗与丑陋，无视我们民间存在的善良与美，也是一种投机和不自信的表现。同样，无视于我们所体味到的寒凉，生硬地把五味杂陈的生活兑成一锅甜粥，也是脆弱的表现。所以我说，无论"走出去"还是"走回来"，都要警惕文化极端现象的出现。在这个时刻，每一个作家都要警醒，你一

定要脚踏实地，要倾听自己内心的声音，一定要写自己想写的东西，绝对不能跟风，这样我们的艺术才能脚踏实地。所以当年在挪威的那个主题发言，我在结尾的时候就说，我很小的时候，因为生活在北极村，我认定世界就北极村就这么大了；可是我成年以后，到过了世界上的一些地方，我发现世界原来如此的大；可是我又走了很多地方以后，我发现对于我的文学世界来讲，它其实只是一个小小的北极村。

通过以上六个方面，民间神话与原始宗教，大自然与命运感，苍凉与温暖，现实与超验，女作家与女性形象，"走出去"与"走回来"，我简要地回顾了一下自己的写作之路，当然也是我文学的"求经之路"。其中有我对自己作品的回顾，也有我的一些文学观，在理解上可能比较粗浅，不够深入。我也想引出这些话题，由大家去丰富和完善这些话题的讨论。

再回到《大唐玄奘》这部电影，玄奘翻译的《心经》流传于世，对佛教的贡献巨大。他走了两条路，一条是现实的路，玄奘走过的路往返数万里，在他那个年代走了几年。他还有一条精神之路，那就是佛学之路，也就是求经之路。他求来的经，至今万人传诵。可是文学的取经却不是这样的，也就是说每个作家，各念各的经。我也不知道我这样的"经"，会不会对你们有一点点的启发。对于我这样写作来者来说，我走过的现实的取经路，就是我刚才回顾的，我是从大兴安岭开始到哈尔滨，又到了世界上的一些地方，不管经历了多少山川河流，最爱的还是故乡的山水；但我写作的"求经之路"，起起伏伏的。因为在我眼里，没有完美的写作，写作也是没有尽头的。这也就意味着，写作的求经之路无限漫长，而这也是它的魅力所在，壮阔所在。这样的路具有无与伦比的诱惑性，是艰难之路，同时也是灿烂之路。对于一个生长在极北之地的人，一个在雪地里打滚，经历了几十年严寒摧打的人，一个开始不断生长白发的50多岁的人，筋骨还算强健吧！我愿意在这样的路上倾听风雨，迎接未知的暴风雪，继续我文学的"求经之路"。

（2016年11月在华中科技大学人文素质教育基地的演讲）